EU RECEBERIA AS PIORES NOTÍCIAS
DOS SEUS LINDOS LÁBIOS

MARÇAL AQUINO

Eu receberia as piores notícias dos seus lindos lábios

Posfácios
Eliane Robert Moraes
Marçal Aquino

2ª edição

Companhia Das Letras

Grafia atualizada segundo o Acordo Ortográfico da Língua Portuguesa de 1990, que entrou em vigor no Brasil em 2009.

Capa
Alceu Chiesorin Nunes

Imagem da capa
Café, 2020, acrílica sobre papel de Marcelo Tolentino, 20 × 29,7 cm.
Coleção particular

Preparação
Maria Cecília Caropreso

Revisão
Marise Simões Leal
Carmen S. da Costa
Luciana Baraldi

Os personagens e as situações desta obra são reais apenas no universo da ficção; não se referem a pessoas e fatos concretos, e não emitem opinião sobre eles.

Dados Internacionais de Catalogação na Publicação (CIP)
(Câmara Brasileira do Livro, SP, Brasil)

Aquino, Marçal
Eu receberia as piores notícias dos seus lindos lábios / Marçal Aquino ; posfácios de Eliane Robert Moraes e Marçal Aquino. — 2ª ed. — São Paulo : Companhia das Letras, 2025.

ISBN 978-85-359-3807-4

1. Ficção brasileira I. Título.

25-256001 CDD-B869.3

Índice para catálogo sistemático:
1. Ficção : Literatura brasileira B869.3

Aline Graziele Benitez — Bibliotecária — CRB-1/3129

EDITORA SCHWARCZ S.A.
Rua Bandeira Paulista, 702, cj. 32
04532-002 — São Paulo — SP
Telefone: (11) 3707-3500
www.companhiadasletras.com.br
www.blogdacompanhia.com.br
facebook.com/companhiadasletras
instagram.com/companhiadasletras

A mujeres como yo no las conoces; las contraes.
Xavier Velasco, *Diablo Guardián*

O amor é sexualmente transmissível

Não adianta explicar. Você não vai entender.

Às vezes, como num sonho, vejo o dia da minha morte. É uma coisa meio espírita, um flash. E, embora a mulher não apareça, sei que é por causa dela que estão me matando. E tenho tempo de saber que não me deixa infeliz o desfecho da nossa história. Terá valido a pena.

Hoje, a Lua está transitando por sua casa astrológica favorita. Câncer. Uma criança nascida neste dia terá personalidade calma e cordata. Gente boa, portanto. Sofrerá num lugar como este.

Sopra uma brisa vinda do rio e a noite está silenciosa e com um cheiro de dama-da-noite tão intenso que chega a ser enjoativo. Faz calor ainda. À tarde, vi pássaros voando em formação rumo ao norte. Não demora e teremos frio. Menos aqui, claro.

O homem que sai na varanda da pensão é calvo e barrigudo, e usa camiseta, bermuda listrada e chinelos. Ele diz um boa-noite torcendo a boca — derrame? — e senta-se na cadeira de palhinha. Abre o jornal com suas mãos micóticas e passa a grunhir a cada notícia que lê. Tosse, bufa. O mais próximo que um ser humano pode chegar de um bovino.

Um garoto da redondeza vem sentar-se nos degraus da escada, como já aconteceu em outras noites. Não gosta de conversar, mas fica ali, ouvindo a prosa alheia. As roupas dele são ordinárias, porém limpas. O garoto tem altivez no olhar, uma espécie de confiança em estar no mundo. Algo secreto na cabeça dele, que não consegue se exprimir ainda, mas que o informa: você é melhor do que essa gente ao seu redor. É só uma questão de tempo para que todos saibam disso.

Dona Jane aparece com a garrafa térmica numa bandeja. O café costuma ser infernalmente adocicado.

Vai chover, dona Jane.

Isso quem diz é o careca, sem tirar os olhos do jornal. Uma notícia se destaca na página que consigo enxergar: estão liberando o rio para mineração outra vez. A cidade à beira de um novo surto de prosperidade. É só ver como aumentou o número de putas que circulam pelo centro e pelos lados da rodoviária. Noite e dia. São as primeiras a farejar o ouro.

Ainda demora pra chover, seu Altino.

Dona Jane também fala sem olhar para o careca. Ela coloca a bandeja sobre a mesinha e me presenteia com um sorriso que mistura afeto e apreensão.

Minhas juntas estão doendo, o careca diz.

É só o reumatismo, seu Altino.

Mas à tardinha eu vi relâmpagos na serra.

Dona Jane espia a noite na lateral da varanda. Uma enorme casa de marimbondos dependura-se do forro verde-água. Está abandonada.

Não vai chover, já mudou a lua.

Dona Jane apoia as mãos nas cadeiras. Veste uma blusa de mangas compridas, apesar do calor. Para esconder o nome de um homem que tem gravado no antebraço esquerdo. Nunca mostra a ninguém. Pecados de juventude.

O segredo, dizia Chang, o china da loja, não é descobrir o que as pessoas escondem, e sim entender o que elas mostram. Mas Chang está morto. Existe algo mais íntimo para exibir ao mundo do que as entranhas? Existe algo tão obsceno?

O careca grunhe e farfalha as folhas do jornal, como se quisesse derrubar as notícias que o desagradam. Dona Jane volta para dentro e sua passagem desprende uma lufada agradável. Lavanda. O menino me observa de forma direta. Tem traços bonitos, cabelos escorridos e a pele bem escura. Chang teria gostado dele.

Pensar no china faz com que eu me lembre da mulher, nesta noite escura como breu em que Urano, o deus cordial, atravessa o grande corcel de fogo. Além de mim, era a única ali que acreditava nessas coisas.

Foi na loja de Chang. Enquanto esperava que ele embalasse os filmes que havia comprado, distraí os olhos nas fotos da vitrine. O rosto de uma mulher num porta-retrato capturou minha atenção. Era jovem ainda, e muito bonita. Tinha os olhos grandes e escuros e sorria como se estivesse vendo, atrás de quem a fotografava, algo que a deixava imensamente feliz. Só vi mulheres sorrindo daquela maneira quando olhavam para gatos ou crianças.

Que rosto maravilhoso, eu disse.

E ouvi uma voz às minhas costas:

Muito obrigada.

Eu me virei e dei de cara com ela, a mulher do porta-retrato. Os cabelos estavam mais compridos e sorria de um jeito bem diferente do sorriso da foto. Um rosto com uma luz extraordinária. Cravou em mim um par de olhos cor de lodo de bauxita. Perdi o rebolado.

Desculpe, eu disse.

Ela balançou a cabeça, sem tirar os olhos dos meus.

Que pena. Tanto tempo sem receber um elogio e, quando recebo, logo depois pedem desculpas.

Senti um espasmo elétrico me percorrer abaixo da cintura. Com o canto do olho, vi que Chang me observava.

Nesse caso, mantenho o elogio, eu disse.

Que bom, fico feliz.

E continuou feliz ao encostar-se no balcão para entregar a Chang um canhoto de revelação de filmes. Usava uma camiseta que deixava à mostra, em seus ombros, meia dúzia de sardas e as alças de um sutiã preto.

O professor Benjamim Schianberg escreveu sobre as tentações em seu livro *O que vemos no mundo*. Segundo ele, alguns homens sublimam seus desejos, projetando-os num plano apenas mental, e isso é suficiente para satisfazê-los. Outros, diz Schianberg, apesar de resistirem com diferentes graus de esforço, acabam por ceder às tentações. São o que ele chama de "homens de sangue quente".

Ela abriu o envelope e espalhou as fotos sobre o balcão de vidro. Um arco-íris; o número de metal enferrujado na fachada de uma casa antiga; raízes de uma árvore que pareciam um casal num embate amoroso de muitas pernas e braços; a chaminé de uma olaria; uma bicicleta caída na chuva. Nenhuma pessoa ou animal. Apesar disso, fotos boas, feitas por alguém com olho e senso.

Ela notou meu interesse.

Gostou?

Esta aqui é muito boa.

Indiquei uma das imagens: fachos de sol entrando pelas falhas no telhado de uma casa em ruínas.

Poesia e precisão.

Falei isso, vê se pode. Ela me olhou, intrigada. Daí, riu.

Você é fotógrafo?

Já fui, eu disse. Hoje em dia só fotografo pra consumo próprio.

E o que você fotografa?

Um pouco de tudo.

Que nem eu.

Peguei a foto e a examinei de perto.

Você não fotografa gente.

Não gosto.

Porra, pensei, a foto que eu tinha nas mãos não era só boa, era formidável. Um dos fachos de sol incidia, em segundo plano, sobre uma boneca de pano jogada num monte de entulho. Parecia um spot iluminando uma bailarina caída num palco.

A boneca já estava lá?

Claro.

Chang empurrou o pacote de filmes em minha direção. E ela já estava guardando as fotos no envelope, quando falei:

Eu adoraria ter uma cópia.

Ela congelou o gesto de colocar as fotos no envelope, virou o rosto e me estudou, como se avaliasse se eu tinha mérito suficiente para receber o que pedia. Sustentar aquele olhar escuro foi uma experiência difícil. Fez com que eu me sentisse desamparado. Fiquei com a impressão de estar sendo visto de verdade pela primeira vez na vida. E também de estar vendo algo que o mundo não tinha me mostrado até então.

De acordo com o professor Schianberg (*op. cit.*), não é possível determinar o momento exato em que uma pessoa se apaixona. Se fosse, ele afirma, bastaria um termômetro para comprovar sua teoria de que, nesse instante, a temperatura corporal se eleva vários graus. Uma febre, nossa única sequela divina. Schianberg diz mais: ao se apaixonar, um "homem de sangue quente" experimenta o desamparo de sentir-se vulnerável. Ele não caçou; foi caçado.

A ideia surgiu na hora em que ela sorriu, como se tivesse me aprovado no exame a que me submetera, e separou a foto para me presentear. Nem parei para refletir, apenas coloquei a ideia em prática. Sangue quente.

Não é essa a foto que eu quero, eu disse.

E apontei o porta-retrato na vitrine. Aquilo a desarmou. Ouvi sua respiração se alterar. Chang abriu a boca, mostrando seus dentinhos de rato, e fez o que qualquer bom comerciante faria: puxou o vidro da vitrine e entregou o produto para o cliente examinar de perto. O rosto era mesmo excepcional: anguloso, estranho. Os olhos tinham antiguidade e abismos.

Queremos o que não podemos ter, diz o professor Schianberg, o mais obscuro dos filósofos do amor. É normal, saudável. O que diferencia uma pessoa de outra, ele acrescenta, é *quanto* cada um quer o que não pode ter. Nossa ração de poeira das estrelas.

Ela baixou a cabeça, tocou o canto dos lábios com a foto. E pensou no assunto por um segundo e meio. Então compreendeu o jogo. E o aceitou.

Vamos fazer um negócio mais justo, disse. Eu troco esse porta-retrato por uma das suas fotos, o que você me diz?

Chang riu. Seu ouvido antecipara o ruído da gaveta da registradora. Eu avancei uma casa:

Já aviso que você vai sair perdendo, eu nunca fotografei nada tão bonito.

Aquele rosto extraordinário corou um pouco. Só um pouco. Eu pulei várias casas e estendi o cartão para ela.

Passe qualquer dia no meu estúdio.

Ela leu e fez a pergunta que ouço há mais de quarenta anos.

Cauby? Igual ao cantor?

Na adolescência, isso me incomodava. Eu não gostava do cantor. Com o tempo, passou. Relaxei. Não ligava mais. Cheguei a ver um show do meu xará num bar em São Paulo. E se alguém me fazia essa pergunta, eu me limitava a responder:

É.

Ela me ofereceu a mão.

Prazer, Lavínia.

A mão era grande, maciça; o aperto, delicado. Os imensos olhos escuros me espreitaram — sorriam por ela. Eu pagaria para fotografar aquele rosto. Uma vez, no interior da Espanha, uma mulher na rua cobrou para deixar que eu a fotografasse. Paguei. Valia.

Ela entregou o dinheiro a Chang e não disse nada enquanto esperava pelo troco. Aproveitei que ela estava de sandálias para observar seus pés magros, ossudos, quase masculinos. Embora o formato não me agradasse, achei que ficavam bem nela. Um conjunto harmônico. Ela percebeu que eu olhava, mas isso não a incomodou. Gente à vontade no mundo.

Chang colocou o troco no balcão, dispondo nota sobre nota. Ela guardou o dinheiro na bolsa e então me encarou. Ouvi uma sereia ao longe.

Passo lá uma hora dessas. Telefono antes.

Quando você quiser, eu disse.

Ela se despediu e saiu para o sol da tarde. Um choque de luminosidades. Eu me encostei na porta para vê-la se afastando. Chang apareceu do meu lado.

Sabe quem é?

Não, eu disse.

Quer saber?

Não, repeti, sem desgrudar os olhos dela.

Chang juntou as mãos, estalou os dedos.

Você que sabe, ele disse.

Prefiro descobrir aos poucos, pensei. Saborear o mistério. Na quadra seguinte, ela atravessou a rua e sumiu no meio da gente miúda que andava pelo centro. Colorida em meio ao cinzento que predominava ao redor. Olhei para o rosto no porta-retrato:

tinha uma luz particular, só dela, e um ar de quem poderia ser o que quisesse na vida.

Dona Jane reaparece com uma bomba de pulverizar e borrifa várias vezes em direção à casa de marimbondos. Ela faz isso quase todas as noites. O cheiro do inseticida viaja no ar até arder em minhas narinas. O careca fecha o jornal e chia.

Pra que isso, dona Jane? Não tem mais nenhuma abelha aí, elas foram embora.

Ela circula a massa de barro endurecido, inclina a cabeça para olhar, atenta ao mínimo movimento.

Elas voltam, seu Altino.

Voltam nada. Esse troço aí faz mal pra saúde.

O careca se vira para mim atrás de apoio para sua queixa, mas eu baixo o olho para o livro. Estou relendo o trecho em que o professor Schianberg se ocupa da separação dos amantes. As transitórias e as irremediáveis. Ele menciona um maluco norueguês que afundou um navio como oferenda pela volta da amada. O problema é que o navio não era dele, e deu cadeia. Eu afundaria todos os navios nesta noite, Lavínia. Incendiaria o porto. Só para ver o brilho das chamas refletido nos seus olhos escuros.

A senhora vai acabar envenenando a gente, o careca diz.

Dona Jane arranca uma folha amarelada da samambaia, que se derrama majestosa de um xaxim preso no teto da varanda.

O senhor está ficando implicante, seu Altino. Olha a velhice chegando.

O careca sacode a cabeça, desanimado. E reabre o jornal. Pequenas veias azuladas se ramificam por suas pernas pálidas. A atenção de dona Jane se detém no menino sentado no degrau. Ele sabe que é examinado, mas evita olhar para ela. Como se a temesse.

Uma noite, logo que voltei para cá, eu estava na cozinha limpando uma de minhas câmeras, a única que sobrou. Uma Pentax.

Minha favorita. Era tarde já. Teve uma hora em que levantei a cabeça e dei com dona Jane me observando.

Acordei com um barulho, ela disse. Desci pra ver se está tudo bem.

Está.

Dona Jane continuou me olhando sem dizer nada, com cara de sonada. Como se estivesse ali só pelo prazer de ouvir a torneira pingando na pia de metal. O cabelo revirado fazia com que parecesse mais velha. Vestia uma camisola azul que chegava até os joelhos. Transparente. Dava para ver a circunferência escura dos mamilos. Preferi olhar o nome gravado em seu antebraço esquerdo. *Antonio*. Um aventureiro que andou pela cidade há alguns anos, com quem ela fugiu. Um vigarista. Parece que foi abandonada sem dinheiro no Rio. Dona Jane passou às minhas costas e apertou a torneira.

Não sei por que nunca fecham direito, ela disse.

Depois, parou ao lado da mesa e, ao notar que eu estava de olho na tatuagem, cruzou os braços. Não teve o mesmo pudor com os seios, que continuaram à mostra. Volumosos e semiflácidos e, ainda assim, atraentes.

Uma coisa, seu Cauby: quanto o senhor cobraria para fazer meu retrato?

Soprei um cisco da lente da Pentax. Eu tinha uma dívida com dona Jane.

Nada.

E o senhor faria?

Ajustei a lente na máquina e girei. Dona Jane descruzou os braços, mexeu no cabelo, mostrando os pelos que despontavam nas axilas. Meu nariz capturou a fragrância de lavanda de seu corpo.

Faria.

Mas então o senhor tem que pôr um preço nisso...

Encarei-a. Ela sustentou meu olhar.

Faço de graça, eu disse, se a senhora me deixar fotografar a tatuagem.

Dona Jane cruzou os braços outra vez, apertou-os contra o corpo. Como se tivesse sentido uma dor.

É uma lembrança ruim.

Na varanda, o menino, que ainda é alvo da atenção de dona Jane, coça a orelha, incomodado. Rói a unha do polegar — ou melhor: finge roer. É tímido. Ela me diz:

Vou ver a novela. O senhor precisa de alguma coisa?

Eu digo que está tudo bem, que não preciso de nada. Estou mentindo. Preciso de muita coisa, em especial numa noite como esta, em que Urano desliza mansamente pelo céu escuro. Poderia fazer uma lista. Nenhuma delas, contudo, dona Jane pode me dar. É uma pena.

Tome um copo de leite antes de dormir, seu Altino, ela diz. É bom contra o veneno.

Absorto na leitura de uma notícia, o careca não reage à frase. Dona Jane insiste:

Ouviu, seu Altino?

Ouvi, o careca resmunga com irritação, sem interromper a leitura.

O homem surge de repente na escada, vindo do beco. Não o conheço, nunca o vi antes por aqui. O menino encolhe as pernas, liberando o espaço nos degraus para que ele passe.

O homem é gordo, usa paletó e gravata e carrega a tiracolo uma bolsa com o logotipo de uma agência de viagens. Está ofegante e sua muito. Sou o primeiro que ele cumprimenta com um movimento de cabeça. Ele afasta as abas do paletó e, num flash que me atordoa, prevejo o que vai acontecer.

Ferido na cabeça, o careca tombará para a frente e o impacto de seu corpo destruirá o tampo de vidro da mesinha. Dona Jane ficará estendida de bruços, com metade do corpo no interior da casa. O menino talvez escape. Não, o homem não permitirá — esse tipo de gente nunca deixa testemunhas. Ele perseguirá o menino pelo beco, se for preciso. Tudo dependerá da ordem que escolher antes de atirar. O certo é que serei o primeiro.

O flash cessa. A eletricidade em minha coluna diminui, pouco a pouco. O homem afastou as abas do paletó apenas para pegar um pedaço de papel no bolso da camisa, que entrega a dona Jane. Ele pega também um lenço para remover o suor da testa e do pescoço.

Estou derretendo, diz.

Sua voz é grossa, empostada. Deve ser um dos advogados da mineradora. Eles sabem que a guerra com os garimpeiros pode recomeçar a qualquer momento e já chamam seus soldados para a trincheira.

Hoje vem chuva, o careca fala.

Tomara.

Gosto da voz do homem: soa firme, com um halo de autoridade, mesmo nos comentários triviais. Um advogado, sem dúvida. Quem mais usaria paletó e gravata num lugar quente como aquele, onde até o padre andava para cima e para baixo de camiseta e bermuda?

O homem se interessa por mim. Tento ler em seu rosto que tipo de impressão causo nele. Não consigo, o rosto é impenetrável. Um profissional. Dona Jane termina de ler o bilhete e examina o homem da cabeça aos sapatos empoeirados. Ele diz algo que ela já sabe:

O hotel tá lotado.

Natural. O exército de sanguessugas chegou. Gente de todo canto do Brasil. Sabem que não demora e as tetas da cidade estarão inchadas outra vez. De certa maneira, já fui um deles.

Tenho uma vaga, dona Jane diz, mas o senhor vai ter que dividir o quarto com outra pessoa.

O homem não gosta de ouvir essa informação, mas finge que não se importa. Sorri. Talvez esteja acostumado com hotéis finos. O careca se intromete:

É isso ou um quarto na zona.

Só o menino ri. O homem repreende o careca com um olhar severo. Depois se volta para dona Jane, com cara de "um cavalheiro não diz essas coisas perto de uma mulher" — mesmo um cavalheiro com sapatos empoeirados. Como se pedisse desculpas pelo careca, que nem se incomoda, firme no jornal.

Tá ótimo, o homem diz. Eu só quero um banho e uma cama.

Dona Jane o conduz para o interior da casa. Ele me examina uma última vez antes de entrar. Um olhar neutro. Não tem como saber que estou um pouco frustrado. A luz na varanda pisca uma, duas vezes. Alguém ligou o chuveiro. O careca resmunga:

Êêêê...

O trecho está grifado no livro. Nele, o professor Schianberg dá voz a Nietzsche — "Há sempre um pouco de loucura no amor, mas há sempre um pouco de razão na loucura" —, para depois contestá-lo, lembrando que na loucura dos amores contrariados não há espaço nenhum para a razão, apenas para mais loucura.

O menino volta a esticar as pernas na escada. Ouvimos o apito de um barco no rio, um som melancólico. Como um pio de mau agouro. Mas não tenho por que sentir medo agora. Sou um homem sem medo, o que é bem raro aqui neste lugar.

Às vezes, eu já disse, vejo o dia da minha morte. Não é um sonho, é real. Um flash que me atormenta.

Chang achava que os sonhos continham previsões (terá sonhado com o que aconteceu? nunca saberemos). Lavínia lia o futuro nas estrelas (onde quer que esteja, sabe que hoje é dia do trânsito de Urano, o deus vagaroso).

E eu, no que acreditava? Difícil dizer. Talvez na beleza, a única coisa que me pôs de joelhos no mundo. À minha maneira, eu seguia nesse tipo de religião.

Eu me sirvo de café e ofereço ao careca. Ele dobra o jornal e sorri, satisfeito com a deferência. E se aproxima, arrastando uma das pernas, e eu confirmo: derrame. É um bom sujeito, no fundo. Só precisa de um pouco de atenção.

Quando me vê erguer a xícara em sua direção, o menino se levanta do degrau e sirvo café para ele também. Bebemos em silêncio. Ouço a voz de dona Jane: ela recita o regulamento da pensão para o homem que acabou de chegar, enquanto sobem a escada para o segundo andar: não é permitido receber visitas femininas depois das dez da noite.

Lavínia sempre aparecia na minha casa durante o dia. A bela da tarde.

O apito do barco soa outra vez no rio. É uma grande noite, perfeita para não estar vivo.

O senhor viu isso?

Antes mesmo de receber o jornal das mãos do careca, sei o que ele quer me mostrar. Já li aquele jornal de manhã, da primeira à última página. Li até o horóscopo.

A notícia: Guido Girardi, o sujeito acusado de matar Chang, continua foragido.

Acaba soando cínico. A cidade inteira sabe onde Guido está, até a polícia. Mas não há interesse em prendê-lo. Na verdade, todos estão do seu lado, acham que ele teve um motivo justo para matar o chinês. Você não faria o mesmo?, perguntam, sempre que o assunto é a morte de Chang.

O chinês era um agiota, comprador de ouro roubado. E gostava de meninos. Talvez eu tenha sido seu único amigo ali, além dos garotos.

Coloco o jornal sobre o livro e finjo que leio com dificuldade. Na foto que ilustra a notícia, Guido está sério, circunspecto. É uma foto antiga, devem ter copiado de algum documento. Penso na ironia: com certeza, o próprio Chang fez aquela foto.

Conheci o chinês logo que cheguei, ficamos amigos. Ele foi meu fiador quando aluguei a casa (cobrou por isso, bem entendido; Chang só fazia coisas de graça para os garotos). Eu precisava de espaço para montar um laboratório, e isso era impossível na pensão de dona Jane.

Meu interesse inicial eram as prostitutas. Eu trabalhava num livro de fotos das profissionais que sobrevivem ao redor dos garimpos. Eram todas muito semelhantes, mulheres maltratadas pela genética e pela vida. (O que eu tentava? Negar a beleza?) Gostei da cidade, senti que o instinto me mandava ficar ali por uns tempos. Havia eletricidade no ar: a tensão entre os garimpeiros e a mineradora tinha chegado ao auge. Alguma coisa estava para acontecer e eu resolvi esperar para ver.

Então Lavínia apareceu.

Devolvo o jornal ao careca e ele arrasta a carcaça de volta até a cadeira no canto da varanda. O menino se espreguiça e senta-se nos degraus outra vez. Retomo o livro e leio mais um trecho grifado: o professor Schianberg diz que a natureza do amor, de não nos permitir escolher por quem nos apaixonamos, é uma rota que pode conduzir à ruína. Entendo por que Schianberg escreveu isso. E dou razão a ele. Alguns amores levam à ruína. Eu soube disso desde a primeira vez em que Lavínia entrou na minha casa.

Tínhamos combinado por telefone. Enchi três caixas com fotos que fiz em diversos períodos da minha vida — um bom pedaço da minha história estava naquelas caixas. Incluía material da época em que trabalhei como fotógrafo de um grande jornal em São Paulo. Fotos boas, o jornal era ousado. (No fim, não sobrou nada disso, mas não é uma perda que considero irreparável.)

À falta de um bom vinho, beberíamos cerveja. Ou suco (eu tinha polpa de frutas no congelador).

Às três da tarde soou a campainha. Uma tarde chuvosa, atípica. A temperatura havia caído. Você podia sair à rua de casaco sem ser chamado de maluco; naquele lugar isso acontecia. Abri a porta e dei de proa com o carteiro e sua capa berrante ensopada de chuva. Um puta susto pela ninharia de uma mala-direta da American Express endereçada ao antigo morador da casa (ninguém importante me escreve há anos, nem a Receita Federal).

O carteiro partiu rindo do susto que me deu e eu já ia fechar a porta quando a vi. Atravessava a rua devagar, alheia à chuva. E a chuva parecia muito feliz em poder tocá-la.

Em *O que vemos no mundo*, aprecio o capítulo em que o professor Schianberg fala da primeira vez que despimos certas mulheres. Com algumas, é sempre a primeira vez, diz o lunático mestre. Não se deve ter pressa, ele ensina no capítulo intitulado "Vestir e despir o mundo". Olhando aquela mulher atravessar a rua na chuva, pensei: eu daria um dedo para arrancar o vestido verde que ela está usando. Um dedo, não. Dois. (E acabei dando mais. Meus ossos, todos.)

Lavínia me beijou no rosto e entrou em casa. O engraçado é que eu estava meio nervoso, e ela também. Tensos. Schianberg sustenta que temos sensores internos, animais, que nos avisam em certas ocasiões. As especiais.

Ofereci suco. Lavínia perguntou se não tinha conhaque. Foi o que bebemos. Gostei que ela tivesse tirado os sapatos e se sentado no chão, sobre o tapete, para vasculhar as fotos. Aninhou-se ao lado das caixas de papelão com a intimidade de um gato. Os pés oblíquos e sedutores.

A música que estava tocando? Uma fita com clássicos. Mozart, Beethoven, esse povo. É do que eu gosto.

Minha casa ficava numa viela, perto do centro. Era uma construção modesta, com dois quartos (um deles convertido em laboratório), uma sala acanhada, cozinha, banheiro e quintal. Lavínia gostou do quintal. Adorou Zacarias, que não deu a mínima para ela. Eu tinha herdado um tatu do antigo inquilino. Um velho tatu, que nem escavava mais. Vivia nos fundos, na dele. Eu o alimentava com bananas e tomates, mas não conquistei seu afeto. Nunca ficamos grandes amigos. (Eu tinha o costume de conversar com Zacarias. Longas conversas. Neurose de solitário, acho. "Querido sujeitinho casca-grossa: minto se disser que não senti sua perda. Ela agachou-se e tocou sua carapaça indiferente naquela tarde chuvosa; tornou-o sagrado.")

Lavínia escolheu a foto de um silo envolvido por um gigantesco redemoinho de poeira, antes de uma tempestade. Fiz num lugarejo do Oregon, quase vinte anos atrás. Eu gostava daquela foto. O silo prateado parecia um foguete prestes a decolar.

Ela enamorou-se também pela imagem da escadaria de uma casa de madeira em Nova Orleans, os corrimãos tomados por uma trepadeira viçosa. E ainda por um conjunto de janelas coloridas (Marechal Deodoro, Alagoas). Achei intrigante: Lavínia não gostava mesmo de fotos com gente.

Estou morta de vergonha, ela disse.

Por quê?

Eu permanecia sentado na poltrona, de frente para ela, num ângulo perfeito para espiar suas coxas, que o vestido não ocultava. Mas evitei fazer isso. Não há por que ter pressa etc. (*apud* Schianberg, Benjamim).

Como é que eu tive coragem de mostrar as minhas fotos pra você? Eu sou amadora, nem sei fotografar direito.

Repeti o que havia falado na loja de Chang: as fotos eram boas. E eram mesmo. Ela indicou os quadros na parede.

É, mas você é um profissional.

Não significa muito.

Significa, sim. Significa que você é um bom fotógrafo.

Já ganhei até prêmio, eu disse de molecagem.

Tá vendo?

Lavínia bebericou um gole de conhaque, envolvendo o copo com as duas mãos. E se interessou pelas estantes, que tornavam a sala ainda mais apertada.

Nunca vi tanto livro na minha vida. Você já leu todos?

Já.

Ela se levantou, alisou a barra do vestido.

Um cara que tem uns livros, umas fotos e uns prêmios...

E um tatu chamado Zacarias, acrescentei.

Lavínia riu. Iluminou a sala. Ela olhou para a velhinha de Granada no quadro.

Quem é?

Minha avó, menti.

Linda, ela.

Morreu no ano passado, eu disse, espichando a mentira.

Que pena. Eu adoro velhinhas.

Lavínia correu o dedo pela lombada dos livros. Deteve-o no *Tratado sobre a tristeza*; chegou a puxar o volume, mas não se aventurou a abri-lo. Fotografei o autor numa de suas viagens ao Brasil, um psicanalista italiano. Grande beberrão. Entendia tudo de tristeza, mas não era triste. Ao contrário: tinha motivos de sobra para viver alegre. Viajava acompanhado de uma ninfeta, um pequeno terremoto de pele sardenta e cabelo avermelhado. Cheguei a achar que era sua filha, até ver os dois se beijando com furor.

Depois de inspecionar os livros, Lavínia se voltou e sorrimos um para o outro. Calculei que o conhaque tinha nos aquecido com intimidade suficiente. E arrisquei:

Posso fazer uma foto sua?

Ela mexeu no cabelo, inibida, cobriu o rosto com as mãos.

Hoje, não. Estou feia.

Como se fosse possível, pensei.

Eu volto outro dia.

Promete?

Prometo.

Lavínia recolocou os sapatos e pegou a bolsa. E eu me levantei da poltrona para acompanhá-la até a porta. Chovia ainda, mas isso não a incomodou. Depois que ela foi embora, voltei para a sala e, ao som do velho Ludwig, a *Cavatina* do *Quarteto de Cordas, op 130*, liquidei com a garrafa de conhaque. Eu me sentia atordoado, febril. A única doença que Deus transmitiu aos homens, segundo o professor Schianberg.

Mas isso é uma pouca-vergonha, o careca fala, de repente, enfurecido com uma notícia que leu.

Eu e o menino olhamos para ele. A boca está mais torta do que nunca.

Vocês viram essa? O governo vai indenizar a mineradora pelo tempo que ela ficou parada. Dá pra acreditar?

O careca gargalha. Uma coisa engasgada, meio insana. Um relincho de boca estrábica. Tanto que assusta o menino, que arregala os olhos.

E o senhor sabe de onde vai sair esse dinheiro, seu Cauby?, o careca se exalta. Do nosso bolso, seu Cauby, do nosso bolso.

Ele tem uma crise de tosse. O menino ri.

Tá rindo, é?, o careca o interpela. Tenho dó de vocês, que são jovens. Ainda têm muito o que passar.

O menino tenta controlar o riso. Não consegue grandes resultados. Ri pelo nariz. Eu também rio, solidário. O careca não acha aquilo engraçado. Ainda não recuperou o fôlego e fala aos solavancos.

O senhor vai me perdoar, seu Cauby, mas vou dizer com todas as letras: enquanto ficar baixando as calças pros gringos, este país tá fodido.

O rosto do menino se ilumina. Ele adorou ouvir o palavrão.

Paiseco, o careca resmunga.

Eu não digo nada. A luz hesita mais uma vez. O chuveiro. Há somente um banheiro na pensão. A essa hora, você corre o risco de pegar fila no banho.

Bom, pra mim isso agora não importa mais. Tô no fim. Quanto tempo ainda tenho? Pouco.

Que é isso, seu Altino?, eu digo.

Mas é verdade. Eu já cumpri minha jornada, como se diz. Agora, isso tudo é problema de vocês, que são mais moços.

Gosto do careca. Ele parece não ter a mínima noção do que aconteceu. Não é possível. Só se o derrame o afetou a esse ponto.

Eu não sou tão moço, seu Altino.

O careca me encara. As lentes dos óculos embaçadas de gordura.

Quando tinha a sua idade, ele diz, eu arrebentava o mundo com as mãos. Agora, não: estou no fim.

O careca tosse — e fala do fim sem conhecimento de causa. Não tem ideia, mas fala do fim. Todos falam, é fácil. Quero saber quantos tiveram a coragem de ir até lá. De encontro ao fim. Eu tive.

Lavínia voltou à minha casa uma semana depois. Apareceu de surpresa. Não me encontrou.

Eu cochilava no sofá, despertei com a campainha. Dois sujeitos. Um deles eu conhecia, um investigador chamado Polozzi. O outro era o delegado, um homem rústico. Foi ele quem falou:

Vem com a gente. Traz a máquina.

Zonzo de sono, nem tive a chance de raciocinar direito. Peguei uma câmera, eles me enfiaram na viatura e rodamos para fora da cidade. Uns quinze quilômetros. Até a beira de um barranco.

Os cadáveres estavam jogados num monte de lixo. Três caras. Tinham usado munição pesada neles. Principalmente na cabeça. Um negócio feio.

Clica os presuntos aí, o delegado disse. Seis fotos para cada um, entendido? Dê preferência ao rosto, é pra reconhecimento.

Olhei para os defuntos. E senti enjoo. Protestei:

Porra, cadê o fotógrafo de vocês?

O delegado apontou um dos mortos. Um gordo, em quem faltava metade do crânio.

Olha ele ali. Tinha que se meter nessa história dos garimpeiros?

Havia um clima de guerra na cidade. E a mineradora jogava duro com seus adversários.

Aquele outro é o filho dele, o delegado disse. Era do sindicato.

Vendo que eu não me mexia, ele bateu no meu ombro.

Tá esperando o quê? Eu vou pagar pelo serviço, pode ficar sossegado.

Por que não chamaram o Chang?

Ele não pode ver sangue, o investigador Polozzi disse, com voz de falsete. Aquele china delicado...

Fiz o trabalho. Mortos em várias poses, um festival de moscas. Depois, me afastei e vomitei metade do meu almoço. O delegado deu risada.

Ia te oferecer a vaga de fotógrafo, mas já vi que seu estômago é fraco.

Eu tinha trabalhado na reportagem policial em São Paulo, registrei coisas tenebrosas. Fazia tempo. Eu estava fora de forma.

O meu negócio é fotografar gente viva.

Polozzi abriu a porta da viatura para que eu entrasse.

Então é bom trabalhar depressa, disse. O pessoal tem o costume de morrer por aqui.

Cheguei em casa mareado, sujo. Quando entrei, pisei no bilhete que Lavínia enfiara por baixo da porta. *Estava me sentindo bonita. Volto outra hora*. Não havia assinatura, apenas o horário: ela estivera ali minutos antes. Ainda saí à rua e andei pelos arredores na esperança de encontrá-la. Mas tudo que vi foi ordinário: putas de roupas curtas e coloridas e com pintura pesada no rosto misturadas com mulheres e crianças opacas, que garimpavam quinquilharias das lojas de 1,99 do centro. Na praça, velhos e desocupados jogavam dominó e ruminavam o mormaço da tarde. Fui para casa. E passei a esperar.

O primeiro clarão recorta os relevos da serra contra um céu carrancudo. Depois, o som de um trovão se prolonga, até terminar num grunhido do careca.

Eu não disse? Minhas juntas nunca me enganam.

A brisa que sopra do rio muda de ritmo e se converte num vento espesso, quente, que agita as samambaias de dona Jane. As folhas roçam o rosto do careca, que as repele. Seu gesto é inútil e ele é obrigado a mudar a cadeira de lugar. Não demora e pingos enormes começam a bater no calçamento da rua. O menino se levanta da escada e se abriga na varanda. E ficamos os três em silêncio, observando a tempestade fustigar a cidade. De repente, no meio de um estrondo mais forte, as luzes se apagam. Alguém dá um grito no interior da pensão.

A chuva varre a rua em colunas agitadas pelo vento. É isso que vemos a cada clarão que ilumina a varanda. Dona Jane surge segurando um lampião e o coloca sobre a mesinha, ao lado da garrafa térmica.

Santa Bárbara, ela diz, que temporal.

Não falei que ia chover, dona Jane?

Ela ignora o comentário e olha para o vaso de samambaia, que balança feito um pêndulo no teto da varanda. O careca não sabe, mas está na linha de tiro, caso o xaxim resolva despencar.

A luz se restabelece. A enxurrada usa o beco de atalho para chegar ao rio. Um velho Fiat passa na rua, repartindo a água com os pneus. Dona Jane vai até a extremidade da varanda e espia.

Credo, será que vamos ter enchente de novo?

Ninguém se dá ao trabalho de responder. O careca retomou a leitura do jornal. O menino está sentado à minha esquerda, com as pernas encolhidas e as costas apoiadas na porta da pensão. Olha apreensivo em direção ao beco — deve morar numa das casas, construções precárias da época em que a cidade começou. A maioria ainda exibe uma marca marrom de pouco mais de um metro, lembrança de uma enchente anterior.

Não tem perigo, a gente está no alto, eu digo.

Não sei, não, seu Cauby. No ano passado, a água bateu ali nos degraus...

Imagine, o careca fala. Se a enchente chegar aqui, metade da cidade vai estar debaixo d'água.

Um ruflar de asas. E algo atravessa a varanda em voo rasante. Nem dá tempo de saber se é um pássaro ou um morcego. O careca se assusta e agita o jornal dobrado sobre a cabeça. Diz:

Opa.

Eu e o menino rimos. Dona Jane fica observando a enxurrada barrenta que desce a rua. Ela faz mais um comentário, porém o ruído da chuva no telhado encobre sua voz, e volta para o interior da pensão. O careca estica as pernas imberbes e contempla satisfeito os fios de água que vazam pelos buracos da calha. É nesse momento que o menino fala, de repente, para meu espanto.

Ô, seu Altino, conta a história de novo.

O careca olha para mim.

Primeiro, eu preciso saber se o seu Cauby quer escutar outra vez...

Já ouvi a história, pedaços dela, mas digo que quero. Sei que ele está louco para contá-la. O menino me lança um olhar de agradecimento. O careca coloca o jornal sobre a mesinha e começa a falar:

Ela se chamava Marinês. Foi por causa dela que eu vim parar neste fim de mundo e nunca mais fui embora.

O povo costuma dizer que a cidade reserva uma maldição para os forasteiros: quem bebe a água do rio, falam, nunca mais consegue ir embora. Chang acreditava nessa lenda. E de certo modo a confirmou. Eu e o careca também. Cada um à sua maneira, ambos por causa de mulher.

Eu sou do Rio, ele diz, mas passei no concurso do Banco do Brasil e eles me mandaram para Belém. Foi assim que conheci a Marinês. Era minha colega no banco. A mulher da minha vida.

O menino ouve o relato com uma luz de genuíno prazer no rosto. Não mexe um músculo. O careca faz uma pausa, levanta a cabeça e olha para a chuva. Parece em transe.

Em seu livro, o professor Schianberg escreveu: “A grande desgraça é que as lembranças não bastam para confortar os amantes. Nunca aplacam. Ao contrário: servem só para espicaçar as chagas daqueles que foram condenados à lepra do amor não correspondido”.

O problema, o careca diz, é que a Marinês tinha um noivo.

Noivo. Grande coisa, eu penso. E Lavínia, que tinha um marido? Na segunda vez que ela entrou na minha casa, eu ainda não sabia quem ele era. Teria feito diferença? Não creio.

Eu estava no quintal, cuidando da minha plantação de maconha, quando ouvi a campainha. Fazia três dias que eu não saía de casa — não queria correr o risco de um novo desencontro. Ninguém apareceu para me visitar nesse tempo, nem o carteiro. Lavei as mãos na torneira do tanque e, a caminho da sala, passei pela cozinha: louças e talheres sujos se amontoavam na pia.

Os cabelos de Lavínia estavam presos, acentuando a espantosa beleza das linhas de seu rosto. Usava jeans e camiseta, maquiagem e batom, o que a fazia parecer mais velha. Perguntei logo que ela entrou:

E hoje, você está se sentindo bonita?

Ela abriu a bolsa e retirou uma Canon. Disse:

Ainda não sei.

Minha opinião conta?

Lavínia baixou os olhos, mexeu na câmera, evitou me encarar.

Eu quero fazer umas fotos do tatu, posso?

Vamos lá pro quintal.

Ela deu uma discreta avaliada no caos da pia ao passarmos pela cozinha. Zacarias estava imóvel no fundo do quintal, perto de um pneu velho encostado no muro. Lavínia se abaixou e gastou um filme inteiro com ele. Cheguei a ver essas fotos mais tarde. Nada tinham de especial, eram apenas fotos de um velho tatu indiferente.

Quando Lavínia se ergueu, seu cheiro me atingiu em cheio. Reparei nas meias-luas de suor em suas axilas. E reparei também que ela não estava usando sutiã. Isso me abalou um pouco. Bem menos, é verdade, que o sorriso dela no momento em que disse:

O que você quer fazer agora?

A chuva diminuiu, mas a enxurrada continua a correr de um jeito alarmante para o beco alagado. De vez em quando, o estrondo dos trovões ainda soa lá pelos lados da serra. O careca ergue a cabeça, como se farejasse no ar a lembrança de um cheiro perdido. E fecha os olhos por um instante em homenagem a Marinês. Já o ouvi descrever a mulher, porém não resisto e colaboro para a exumação daquelas lembranças:

Como ela era, seu Altino? Morena?

Era uma mistura de índio com preto. Uma mestiça deslumbrante.

Devia ser. Ele passou mais de trinta anos enfeitiçado pela mulher, com quem convivia todos os dias (eram caixas no banco).

Um dia eu me declarei, ele fala.

E dá uma risada triste. De cortar o coração.

Só que ela não quis nada comigo.

A história: após amargar uma paixão silenciosa durante um bom tempo, o careca confessou seu amor. Marinês disse que não podia fazer nada, gostava do noivo, estavam de casamento marcado (o que não era verdade, diga-se). Esquivou-se. Aceitou, no entanto, a corte do careca — e talvez tenha sido essa a desgraça. Se fosse repelido, ele talvez tivesse voltado para o Rio, onde talvez tivesse encontrado outra mulher.

Talvez, talvez. No reino amoroso, o professor Schianberg ensina, o "talvez" é moeda sem nenhum valor. Talvez se eu tivesse perdido aquele avião, talvez se não tivesse tomado aquele trem, quando ainda existiam trens. Se eu não tivesse aportado ali ou não andasse atrás de putas para fotografar. Se tivesse ido para outro lugar...

Minha vida não estaria completa. Porque nenhuma vida está completa sem um grande desastre, como afirma Schianberg. Um sábio. Pervertido, mas sábio.

Depois de fotografar Zacarias, Lavínia entrou na cozinha e começou a lavar a louça acumulada na pia.

Não, não faça isso.

Eu gosto, ela disse.

E espirrou detergente na esponja. Fiquei parado, sem saber como agir. Então a luz que entrava lateralmente pelo vitrô incidiu no rosto dela. E achei que era o instante perfeito.

Fotografei Lavínia em centenas de ocasiões. Todo tipo de ângulo. Como se quisesse documentar cada um de seus poros. Mas, para falar a verdade, em nenhuma outra foto ela aparecia tão bela quanto na sequência que fiz naquela tarde. Eu gostava muito de uma das imagens, em particular. Um close. Bem no momento em que Lavínia soltou os cabelos e agitou-os, seu rosto ficou semiencoberto e, no espaço entre duas mechas, capturei o brilho de seus olhos. Acho que foi a grande foto de uma mulher que fiz em toda a vida. Uma imagem preciosa. Daquelas que justificam guardar o negativo num cofre de banco. Perdida para sempre. Pena.

Me diga uma coisa, seu Cauby, o careca diz. O senhor já fez alguma loucura por alguém?

O menino põe a atenção no meu rosto. Acho incrível que o careca me faça essa pergunta. É impossível que ele não saiba. Sorrio e digo que fiz muitas loucuras, como todo mundo. O menino fica satisfeito com a resposta, o careca não.

Estou falando de uma grande loucura, seu Cauby. Um sacrifício.

Montale, citado pelo professor Schianberg, fala da mulher que deu o nome de seu amado a uma árvore e de como ele retribuiu, batizando um incêndio com o nome dela. Penso também no norueguês que acabou na cadeia depois de pôr um navio a pique. Schianberg não informa se ele reconquistou a amada com esse gesto.

Sabe o que é passar anos esperando uma migalha cair da mesa?, o careca pergunta.

Latas e pedaços de madeira deslizam pela enxurrada. Um sapato velho. A água começa a subir no beco, formando uma piscina. O entulho boia num redemoinho. O menino não vê nada disso. Sua atenção está aprisionada no relato do careca.

Eu vivia esperando um olhar, um gesto, por mínimo que fosse. Um sorriso dela era uma festa para mim. O senhor tem ideia do que é isso, seu Cauby?

O careca se agita, gesticula, tosse. Está emocionado. A impressão é de que as lentes de seus óculos se embaçam. O menino acompanha com a boca ligeiramente aberta.

Tenho, digo.

O careca me encara e aí noto algo diferente em seu rosto: respeito. É assim que confirmo: ele sabe do que aconteceu.

Em *O que vemos no mundo* há um capítulo dedicado ao amor platônico, o "maldito amor complacente" na classificação do professor Schianberg. Homens de sangue quente, ele diz, nunca se sujeitam a esse gênero de amor. Preferem abdicar, se a situação for irremediável, a ser passivos como aqueles que se rendem à esplêndida ilusão do amor platônico.

Como um negócio daqueles poderia ter sido platônico? Nunca. Lavínia terminou de lavar a louça e os talheres e enxugou as mãos num pano de prato esgarçado. E então, com a naturalidade de um bicho doméstico, atravessou a cozinha e me puxou em direção à sala.

Tínhamos falado da perfeita noção de felicidade dos animais defendida pelo grande Konrad Lorenz (1903 -1989), que ela não conhecia. Como chegamos a isso? Lavínia perguntou se eu achava que Zacarias era feliz vivendo num cantinho cimentado do quintal (esse o grau de loucura que se instaurava quando estávamos um perto do outro). Tínhamos falado também de astrologia. Sabíamos que, naquele dia, a Lua visitava a conjunção Marte e Urano, favorecendo as transformações. Algo iria ser posto em marcha. Algo grande, descontrolado.

Ela me abraçou e encostou a cabeça em meu peito, bem em cima do meu coração atropelado. E falou apertando as minhas costas:

Entra em mim.

Olhei para a porta do quarto: lá dentro nos esperavam os lençóis enrugados da cama arrumada com pressa e imperícia. Lavínia notou que eu olhava para o quarto e abriu meu cinto. Sussurrou:

Aqui.

Foi igual adentrar um território sabendo que ele tem dono: com curiosidade e medo. Uma invasão. Lavínia livrou-se das sandálias e deixou que eu a despisse. Depois, tirou as minhas roupas. E acabamos no chão, sobre o tapete. Ela por cima.

Antes de mais nada, porém, o inferno das nossas obsessões. Ela levantou-se e me olhou de um jeito estranho. Achei que tinha mordido seu lábio com furor excessivo. Não era isso: Lavínia tirou a aliança e jogou dentro da bolsa. Disse:

Um pouco de decência não faz mal a ninguém.

O careca se ergue, mete a mão no bolso da bermuda e pega a carteira. E se aproxima para me entregar a foto de uma mulher de pele jambo, cabelos curtos, lábios grossos e olhos meio rasgados. O menino fica de joelhos e estica o pescoço para conhecer Marinês. Ela está sorrindo na foto, mas seu rosto tem uma aura trágica. Uma notícia de loucura na família. Algumas pessoas têm isso. Geralmente, acabam mal.

O senhor entende por que eu fiz o que fiz, seu Cauby?

Entendo.

Marinês foi fotografada num parque de diversões. Às suas costas, quase desfocada, uma criança que passa segurando um balão colorido também olha para a câmera. Uma parte da roda-gigante aparece enquadrada ao fundo. A luz é de inverno e Marinês está vestida com uma blusa vermelha. É uma bela mulher, não há como negar. Uma típica mestiça, genuíno produto nacional. Já me disseram que as brasileiras são as mulheres mais bonitas do mundo. Besteira. Vi mulheres belíssimas em todos os cantos do planeta onde estive. Fotografei algumas. Minha *obra*.

Passo a foto de Marinês para o menino e tento imaginar como teria sido o careca mais jovem. Difícil. Dá para ver apenas que o tempo foi impiedoso com ele. Um rosto de sulcos e bolsas — e tufos de pelos escuros que espreitam da cavidade de suas orelhas. Sofrimento, acho, esse combustível tão caro aos platônicos.

A chuva cessa, deixando o ar da noite limpo, brilhante. Uma noite de vidro. A enxurrada perdeu volume e a água empoçada no beco aos poucos começa a baixar. O careca guarda a foto na carteira e volta a sentar-se no seu lugar. O menino está com o olhar parado, ausente. Sofreu um baque forte com a imagem de Marinês. Posso apostar que já pôs a imaginação para funcionar. É assim que a coisa começa.

Uma digressão: eu tinha quinze anos quando me apaixonei pela primeira vez — por uma vizinha de apartamento. Marieta, uma artista plástica, quarenta e poucos anos. Foi ela quem me iniciou. Passamos tardes deliciosas juntos, aproveitando que não havia ninguém em casa. Marieta tinha fama no prédio, me dava verdadeiras aulas de sacanagem. Eu era louco por ela: matava aulas, escrevia poemas. Emagreci.

Meu pai descobriu por acaso. E me deu uma surra brutal (me quebrou dois dentes, um par de costelas) e me botou para fora de casa (morei seis anos com uns primos, a melhor fase da minha vida). Só voltei depois que o velho morreu, mas isso já é outra história. Por que tamanha fúria? Simples: ele tinha um caso com Marieta. Estavam brigados, em recesso. Eu, que não sabia de nada, entrei no meio do fogo cruzado.

Um P. S.: reencontrei Marieta faz alguns anos. Quase setentona, uma anciã de olhos opacos e aguados. Apesar das rugas, o rosto ainda mandava lembranças de alguém que foi bonita em sua época. Ruínas de uma catedral. Falamos do velho, imaginem, durante um chá num fim de tarde. Ela me contou que minha mãe sempre soube. E que nunca tomou nenhuma atitude por temer que meu pai saísse de casa para viver com a amante.

Minha mãe foi uma criatura amarga. Descendia de uns barões do café arruinados e mantinha a pose aristocrática. Sofreu sua cota no mundo. Tinha morado em Paris na juventude, lia Proust e Balzac no original. Era uma mulher culta, de modos refinados, imprópria para o consumo de um sujeito bronco como meu pai, um alcoólatra depressivo. O velho foi um bom fotógrafo, afinal. Documentou meia dúzia de Copas e alguns momentos cruciais do futebol. Vivia falando de uma obra paralela — "artística", ele dizia —, que nunca realizou. Isso o fez infeliz. E ele se dedicou com afinco a reduzir a pó os sonhos de todos que estavam ao seu redor. Adoeceu de um jeito fulminante e morreu sem que nos reconciliássemos. Não fui nem ao seu enterro.

Que ninguém pense, porém, que minha mãe foi uma presa

fácil. Ela jogava o jogo com as armas que possuía, armas cortantes. Não perdia a chance de lembrar meu pai de sua condição de arrivista ignorante. Exilado na casa dos primos, não pude acompanhar de perto boa parte desse entrevero, mas, pelo que me lembro, um vivia para infernizar o outro.

Gente neurótica e infeliz pra caralho, gente que nunca poderia ter se encontrado na vida — meu pai e minha mãe deveriam ter vivido em países diferentes, um na Bahia e o outro esquimó, para evitar o risco de um encontro. Mas se cruzaram e deu no que deu, um ficou curioso pelo inferno do outro. Meu pai falava em carma; minha mãe, eu soube, não chorou uma lágrima no funeral dele.

O menino continua com o olhar distante. Só volta à tona ao ouvir a voz do careca.

E sabe de uma coisa, seu Cauby? Eu não me arrependo de nada. Faria tudo de novo, se fosse possível.

Penso, mas não falo:

Eu também.

O careca balança a cabeça.

Acho que valeu a pena.

Eu também acho que valeu a pena, seu Altino, eu deveria dizer. Valeu a pena ser invadido por uma onda de felicidade, ser tocado por uma tormenta. Uma vez, no interior dos Estados Unidos, fotografei uma placa que dizia: "*No one forgets a hurricane*". Dá para esquecer?

Eu não me esqueço. Lavínia andando pelada pela minha casa numa tarde suspensa, totalmente chapada (ela também apreciava os fluidos da marijuana). Um verso de um poema querido.

Parei de trabalhar, virei um velho hippie. Ainda tinha dinheiro para aguentar por uns tempos — saldo da minha fase de sanguessuga. Eu não sabia quanto duraria, nem que tamanho tinha. Sabia apenas que era grande, muito grande.

Eu adivinhava os dias em que ela viria. Já acordava com a música daquela mulher tocando na cabeça.

Deixei de fotografar qualquer coisa que não fosse Lavínia.

Minto. O investigador Polozzi apareceu numa tarde e me levou para fotografar uns índios na delegacia. A polícia preparava um relatório para a Funai sobre um incidente ocorrido na tribo que vivia encurralada pela cidade. Estava ligado a uma tradição deles, que feria a lei dos brancos: haviam sacrificado uma índia que tivera um filho com um garimpeiro, e depois a enterraram com a criança ainda viva. Eram três índios, estavam encolhidos numa cela imunda. Não trocaram uma palavra enquanto os fotografei. Me olhavam com hostilidade.

O resto do tempo eu podia ser encontrado em casa. Em muitas tardes, em companhia de minha modelo exclusiva.

Lavínia Rezende (*née* Santos), 24 anos, 1,68 de altura, 63 quilos. Grau de instrução: ginasial incompleto.

Religião: nenhuma em especial.

Hobbies: fotografia e astrologia.

Com exceção de pintas e sardas esparsas pelo corpo, não possuía sinais particulares marcantes. Nem cicatrizes.

Signo: Leão. Ascendente: Peixes. Lua em Áries, em trígono com Netuno. Cavalo no horóscopo chinês.

Personalidade: instável, com tendência para a ciclotimia.

Não tinha apreço especial nem por música nem por livros. (Consegui contaminá-la com os clássicos, mas fracassei com os livros.) Adorava cinema. Se pudesse, passaria boa parte da vida dentro de uma sala escura. Era seu jeito de sonhar.

Alternava fases de furor sexual com períodos de quase desinteresse.

Se deixassem, era capaz de dormir vinte horas seguidas. Ao acordar, não se lembrava dos sonhos; só sabia que eram ameaçadores.

Respeitava todas as formas de acesso ao outro lado. Não fazia objeção a drogas, tomava o daime com frequência.

Tinha um irmão, mas não mantinha nenhum tipo de contato com ele ou com a mãe havia anos. Não gostava deles a ponto de sentir saudades.

A pessoa mais estranha que encontrei na vida. E a mais sem medo da morte. Encarava o inevitável como inevitável e pronto.

Doida de rachar.

Era de Linhares, no Espírito Santo.

Viajara um bocado, mas jamais saiu do país. Nunca tinha entrado num teatro ou num navio. Chorava na sala da minha casa vendo filmes de amor antigos no videocassete.

Mostrei-lhe Truffaut, Meden, Mehldau, Murilo e Drummond. Falei de Cappa, de Kertèsz, de Richard Kern, de Eric Fischl e de outros malucos que andaram e ainda andam por aí atrás de poesia. Meus heróis. Mostrei-lhe um mundo, o meu mundo.

E me assustei com o mundo que ela me mostrou.

Lavínia não tinha conhecido o pai, odiava falar no assunto. Viveu uma infância de fome, passou a adolescência na rua, foi estuprada. Roubou para comer. Esteve em instituições. Chegou a fazer programas com homens na rua. Parecia um milagre que não tivesse acumulado cicatrizes, que não tivesse levado um tiro antes de ser salva.

Detalhe: existiam duas mulheres dentro de Lavínia.

Uma era casada. *Casadíssima*. Com um homem a quem chamavam de santo. Um homem exatos trinta e oito anos mais velho do que ela.

A outra Lavínia vinha me visitar. A bela da tarde.

A água do beco escoa, largando para trás uma camada de lodo e um punhado de detritos. Parecem as entranhas do beco à mostra. O careca dá uma risadinha irônica.

Eu virei o melhor amigo da Marinês, seu Cauby, dá pra acreditar? *Amigo íntimo.* Ela chegava a me fazer confidências sobre o noivo.

Eles se entendiam bem?, pergunto.

Maravilhosamente bem. O cara era boa gente, estava se formando em direito.

Um cara direito se formando em direito, eu digo.

O menino ri.

Marinês só tinha uma queixa, o careca diz. Ela queria que o noivo fosse mais ciumento.

(Eu tive ciúme de Lavínia.)

O careca dá um tapa na canela. Os pernilongos, de um tipo menor, escurinho, iniciam sua ronda. Terríveis.

Mas o cara não tinha ciúme.

Como era o nome?, pergunto.

Do noivo?

É.

Carlos Alberto. Eu tinha inveja dele, seu Cauby, morria de inveja da maneira como a Marinês gostava dele. Sofri muito com isso.

(Ele se chamava Ernani, o marido de Lavínia. O homem santo. Também sofreu com ela, eu sei. Tenho por ele um sentimento estranho. Não chega a ser raiva.)

Pense na minha situação, ouvindo a Marinês falar dos bons momentos com o noivo, o careca diz. Era um martírio.

Eles nunca brigavam?

Que eu me lembre, só uma vez. Briga boba, seu Cauby. Ficaram uma semana separados. Eu achei que a minha chance tinha chegado.

E o que aconteceu?

Nada. A Marinês aparecia quase toda noite na minha casa pra chorar por causa do noivo. Não tirou nem a aliança.

Como é que pode? A mulher procurava o careca para curtir

a dor de cotovelo e não acontecia nada? Não dá para entender. Ou melhor, dá: *platônicos*.

O senhor precisava ver a cara de felicidade da Marinês quando veio me contar que tinha reatado com o noivo. Aquilo quase me matou.

O senhor nunca pensou em se afastar, pra tentar esquecer?

Ah, seu Cauby, cada vez que eu tentava me afastar, a danada percebia e não deixava isso acontecer. Ela ficava mais atenciosa comigo, mais carinhosa. Me enchia de esperança outra vez. Começava tudo de novo, um inferno.

Por que somos seduzidos por algumas coisas e por outras não?, indaga o professor Benjamim Schianberg. (Lavínia não se interessava por fotos com gente. Eu tentava compreender o mundo fotografando gente.) Se dominássemos os nossos impulsos, ele escreve, não seríamos mais felizes com isso, mas é certo que muita coisa seria evitada — guerras, inclusive.

O senhor sabe aquela intimidade de irmãos?

O careca esfrega os indicadores esticados.

A gente era assim, ó. Eu sabia até mesmo que a Marinês nunca...

E olha para o menino antes de concluir:

Que ela se guardava para depois do casamento, o senhor me entende?

Eu digo que entendo, e o menino me lança um olhar cúmplice e o princípio de um sorriso malicioso. É esperto, captou a mensagem.

Cheguei a preencher um pedido de transferência no banco, o careca diz. Mas logo que soube a Marinês me procurou e me fez desistir da ideia. Me pediu para ficar. Dá pra compreender uma mulher dessas?

Balanço a cabeça.

Não.

Também nunca compreendi direito as duas mulheres que existiam dentro de Lavínia. Eu me contentava em reconhecer se era uma ou a outra quem estava em cena. No começo, achei que tinha a ver com a Lua.

O marido penava com as duas. Mais com a Lavínia que aparecia para me visitar usando roupas provocantes, um dedo de pintura e muita lascívia. Trepava de um jeito atrevido, como se estivesse punindo a outra, a Lavínia mansa, assustada com o mundo.

Embora parecesse um jogo, logo descobri que era intenso demais para ser um jogo.

Uma pista: Lavínia entrava na minha casa e me agarrava antes mesmo que eu fechasse a porta. Fodia me olhando no rosto, com olhos de cadela no cio. Falava da outra Lavínia na terceira pessoa. Chamava-a de puritana. E tinha uma espantosa energia sexual. Era capaz de passar horas trepando de forma enlouquecida. Um animal de sangue muito quente. Uma ameaça para sujeitos acima dos quarenta (como eu) e bem acima dos quarenta (como o marido). Uma vez, na época dos programas de rua, um velho desembargador se apaixonou por ela e propôs casamento.

Estava tudo certo pra gente viver junto. Mas aí o coroa teve um troço no coração e a coisa gorou.

Quem me contava isso era a Lavínia doida. A que eu, de brincadeira, chamava de Shirley. Aquela que a Lavínia mansa, a sério, xingava de vadia. Era bem mais do que dupla personalidade. Era uma doença. E não tinha cura. E eu adoeci daquela mulher. Contraí o vírus da sua insensatez.

O careca faz uma pausa, como se tivesse encerrado um capítulo de seu relato, e olha para o menino.

Me faz um favor, rapaz: pega um copo d'água pra mim lá dentro. Minha garganta secou.

O menino se levanta igual a uma mola e entra na pensão. Não percebe que o careca o afastou da varanda de propósito. Para me dizer, em voz baixa e com a mão em continência ao lado da boca torta:

Um dia, a Marinês me contou que tinha decidido se entregar ao noivo. Os dois não estavam aguentando esperar mais. Fiquei aborrecido, foi por isso que pedi transferência no banco.

E ela se entregou?

Não.

O careca se curva e espia o interior da pensão, atrás do menino, e diz:

Fizemos um trato: ela continuou virgem e eu desisti da transferência.

Ele endireita o corpo na cadeira e dá uma risada curta, triste.

O que vemos no mundo fala das moléstias amorosas, do amor que vira peste. De acordo com Schianberg, é difícil identificar o instante em que isso acontece. Comigo e com Lavínia foi fácil: já começou doente.

O careca bebe um gole de água ruidoso e depois dá um suspiro de satisfação para o menino, que voltou a sentar-se nos degraus e aguarda que ele prossiga com o relato de sua provação amorosa. Dona Jane aparece para recolher o lampião. Caímos num silêncio suspeito, e ela capta o clima. Olha de um para outro.

O que foi? Interrompi alguma coisa?

Eu e o menino nada dizemos. A boca do careca se abre num esgar. É um sorriso. Torto e amarelo.

Estou falando da Marinês.

Dona Jane, ainda desconfiada:

De novo? Como é que o senhor aguenta, seu Cauby?

Eu digo que gosto. Dona Jane, enérgica:

Muda um pouco o disco, seu Altino. Fala de outra coisa. Fala da vida.

O careca dá uma risada sinistra. *Vida*. O que resta para ele? O que o careca pode esperar da vida daqui para a frente? Só mais rugas. No entanto falamos da vida o tempo inteiro, mesmo quando o que vivemos não pode, de jeito nenhum, ser chamado de vida. Quando não há mais vida, e nada pode ser mudado em nossa história.

Dona Jane é diferente: ela ainda não entregou os pontos. Pode ser que apareça alguém que a desvie da rota. Passa muita gente por aqui — otários, incautos e aventureiros. Quem sabe um deles não resolve tomar nas mãos o destino de uma dona de pensão de um lugar ordinário?

O menino tem todas as chances. Mas precisará ir embora.

Eu? Sou um caso perdido.

Lavínia levantou-se da cama e recolheu do chão a calcinha e o sutiã, duas peças de cor discreta e modelo comportado. Depois, entrou no banheiro e encostou a porta.

Eu já tinha visto Lavínia urinando várias vezes. A outra Lavínia, a que eu chamava de Shirley. A que mijava na minha frente, de porta aberta, sem nenhum pudor, e que fazia todo tipo de coisa que eu pedia. A que preferia o sexo fora da cama e gostava de curvar-se sobre a cômoda para ser penetrada na posição chamada por ela e pelo *Kama Sutra* de "cachorrinho".

Ouvi o som da descarga. Lavínia saiu do banheiro e começou a se vestir para ir embora. Perguntei:

E o seu marido, como ele é?

Ela ergueu os ombros, baixou os olhos, continuou abotoando a blusa.

Você quer mesmo falar dele?

Desculpe...

Não, não tem problema. O que você quer saber?

Lavínia puxou o zíper da saia e calçou os sapatos.

Ele é bom pra você?

É.

Ela pegou a aliança na bolsa e recolocou-a no dedo. Por último, usou um elástico para prender os cabelos num rabo de cavalo.

E eu? Sou bom pra você?

A outra talvez tivesse respondido que eu era a melhor coisa que poderia ter acontecido naquela altura da sua vida. A mulher suave que se debruçou sobre a cama nada disse. Apenas me beijou e foi embora.

Dona Jane apaga o lampião e espia mais uma vez na direção da serra. Os clarões agora se repetem mais fracos e espaçados, não chegam a iluminar por inteiro o contorno montanhoso. Ela se vira para mim.

Bom, já vou me recolher. Boa noite.

Um boa-noite ambíguo, que soa como um convite. Dona Jane fica parada com as mãos na cintura e os olhos nos meus — vendo uma coisa, imaginando outra. O menino se mexe impaciente na escada. O careca coça a canela. Eu bebo café e penso na noite em que dona Jane me interceptou na porta do meu quarto.

Será que o senhor não está precisando de um cobertor?, ela perguntou.

Eu respondi que não. Fazia tanto calor à noite quanto de dia.

O senhor reparou que está esfriando de madrugada?

Eu disse que não havia reparado. Sabe o que dona Jane falou?

Eu sou muito friorenta, seu Cauby. Tenho que pôr o cobertor na cama toda noite.

Eu não disse nada. Dona Jane me estudou por alguns segundos. E tocou meu braço enquanto dizia:

Se o senhor precisar de alguma coisa é só falar comigo, tá certo?

Eu não desejava dona Jane. Era uma pena, mas não a desejava. Um típico caso de STTL, na definição do professor Schianberg. Síndrome de Transferência Total de Libido. Em geral, ele escreveu, poucos homens são fiéis de verdade. Tudo depende da oportunidade e da temperatura do sangue do homem em questão. Em alguns casos, contudo, diz o aloprado autor de uma *Ars*

Amatoria particular, o indivíduo se apaixona com um grau de entrega tal que toda a sua libido se transfere, de modo exclusivo, para o objeto amado. STTL.

Aconteceu comigo.

Conhecer Lavínia tornou invisíveis as outras mulheres. Tornou-as *indesejáveis*. Fiquei imune à sedução.

De vez em quando, alguma prostituta recém-chegada ao garimpo ainda batia na porta de casa, resíduo dos meus dias de sanguessuga. Garotas novas, quase impúberes, e também velhas marafonas em fim de carreira, que já tinham dado expediente até no garimpo de Serra Pelada. Mesmo que fossem bonitas, o que era raro, não conseguiam me seduzir. Ver uma daquelas mulheres tirar a roupa e se deitar, para abrir as pernas e exibir a boceta como uma flor envenenada, não mexia comigo, não me provocava nenhuma reação. Eu me limitava a fotografá-las e a receber minha grana e as mandava embora. Estava imerso no feitiço de Lavínia, envolvido numa espécie de neblina doce e dolorosa. Uma felicidade sem futuro, como qualquer felicidade que se preze.

Passávamos muito tempo juntos na minha casa. Um refúgio na tormenta (os garimpeiros estavam tocaiando os funcionários da mineradora). Plantamos avencas entre os canteiros de maconha; Lavínia improvisou uma casa com tábuas velhas para abrigar Zacarias da chuva — casa onde ele nunca entrou, diga-se. E fodíamos. Com poesia ou com sarjeta, dependendo da Lavínia que estivesse em cena.

Ela me visitava sem se preocupar muito com a discrição. Eu tinha consciência de que éramos descuidados, negligentes, principalmente num lugarejo como aquele. Mas não fiz nada a respeito. Dava para adivinhar que ia acontecer. No fundo, acho que torci para que acontecesse.

Schianberg escreve que é comum os amantes se tomarem

por invisíveis. Apaixonados, ele diz, pensam que estão sempre a sós com o mundo. É um engano: estão apenas ofuscados pela luz que eles próprios emitem.

Então descobri quem era o marido de Lavínia.

Estava de bobeira na loja de Chang e tateei o assunto:

Sabe a mulher do porta-retrato?

Lavínia?

É.

O que tem ela?

Preciso de uma informação.

Chang exibiu um ar vitorioso e, num princípio de sorriso, seus dentinhos infantis.

Ah, agora você tá interessado?

Um garoto entrou na loja. Um garoto de uns doze anos. Magro, branco, cabelo espetado e cara de mau. Um calor dos diabos e ele enfiado numa jaqueta que imitava couro. O garoto tinha olheiras, porra.

Chang abriu de vez o sorriso ao vê-lo. Cintilou entre os dois uma fagulha obscena de intimidade.

Me espera lá dentro, Juninho, Chang falou.

O garoto empurrou a portinhola e transpôs o balcão para passar aos fundos da loja. Teve tempo de me desafiar com sua cara de quem conhecia mais vícios do que eu. Chang esperou que ele fechasse a porta.

O que você quer saber?

Quem é o marido dela?

Chang examinou meu rosto. Depois, baixou a cabeça e apoiou as mãos no balcão de vidro. Fez suspense. Senti o cheiro do perfume que ele usava. Pinho.

Não tem um galpão lá perto do rio?

Eu conhecia. O galpão de uma antiga revenda de tratores. Passei centenas de vezes pelo lugar, mas só descobri o que funcionava ali no dia em que ouvi os gritos. Fiquei impressionado. Gente desenganada pela vida.

O nome dele é Ernani, Chang disse. Ele é o pastor daquela igreja.

Por um segundo, o ar ao meu redor fedeu a enxofre. Pelo menos foi o que me pareceu. Chang atacou de alcoviteiro:

Por quê? Tá acontecendo alguma coisa entre você e ela?

Em vez de responder, olhei para a porta que o garoto atravessara. Chang sabia que eu sabia. Na verdade, a cidade inteira sabia. Cheguei a ver as fotos que ele fazia dos meninos. Ingênuas demais. Pornografia naïf. Os modelos de Chang, na maioria dos casos, tinham pinta de desajustados e no corpo marcas de sérios confrontos com a vida. Escória juvenil. Havia entre eles até mesmo um aleijado, um rapaz negro, engraxate na rodoviária. Uma de suas pernas era musculosa; a outra, raquítica e torta. Seu pau era mais grosso do que a canela dessa perna ruim.

Chang passou a chave na registradora e depois ajeitou a gola da camisa que usava sob o jaleco azul-claro e correu os dedos pelos cabelos ensebados.

Faz um favor pra mim: pendura a placa na porta quando você sair, o.k.?

Fiz isso. "Horário de almoço. Volto logo." E fui embora pensando no pastor Ernani.

Dona Jane entra na pensão. Nem bem ela some e o menino olha para o rosto do careca, que acabou de se interessar por um casal que passa em frente à varanda. Andam devagar, conversando em voz alta, o que não é suficiente para desviar a atenção do menino. O careca diz:

Onde eu parei mesmo?

O casal sobe a rua aos saltos, para evitar a lama. Lentamente, o som do riso dos dois vai diminuindo, até desaparecer. O careca fala do dia em que Marinês o convidou para jantar. Era aniversário dele.

Quase morri de susto na hora em que entrei no restaurante, ele diz. Sabe quem me esperava? Marinês e o sujeito, o noivo. Ela queria me apresentar o Carlos Alberto.

Que situação...

E o pior de tudo, seu Cauby, é que o Carlos Alberto era bacana mesmo. Tanto que fiquei amigo dele.

Gosto dessa parte da história. O careca e o noivo de Marinês começaram a se ver com frequência, viraram unha e carne. Costumavam sair para se divertir nos fins de semana, os três.

Ele sabia o que eu sentia pela Marinês, mas nunca se incomodou com isso. O Carlos Alberto gostava muito de mim.

O careca faz outra pausa e usa um lenço dobrado para enxugar a saliva acumulada no canto dos lábios retorcidos. E então diz:

E eu gostava muito dele.

Fiquei curioso pelo marido de Lavínia, quis saber como ele era. Fui até a igreja para conhecê-lo. Tinham reformado e pintado o galpão. Cantavam quando entrei e ocupei um dos bancos improvisados. Nem me notaram. Homens, mulheres e crianças, umas duzentas almas. Gente simples e fervorosa. Eu soube depois que não era incomum usarem pepitas para dar sua contribuição à igreja. O dízimo de um Deus à beira de um garimpo.

Com o olhar vidrado, cantavam com disposição um hino que falava da astúcia de Satanás em aproveitar-se das fraquezas humanas e da imensa tolerância de Deus em compreendê-las. "Afasta o zelo do Senhor a tentação de Satanás", dizia o refrão.

(Nunca acreditei no diabo. Apenas em pessoas seduzidas pelo mal.)

O pastor Ernani cantava de olhos fechados.

Era alto, forte, volumoso. Caíam bem nele o terno e a gravata escuros. Acentuavam o ar respeitável que começava em seu rosto severo e jovial, apesar das olheiras. Usava óculos de leitura na ponta do nariz e tinha os cabelos grisalhos fixados com cuidado.

Um sessentão charmoso e conservado. Sua voz vigorosa se destacava das demais no início de cada estrofe do hino. Satanás que se cuidasse.

Às vezes, eu pensava nele enquanto tirava a roupa de Lavínia (Schianberg adoraria ouvir isso).

Não esperei o fim do culto. Fora do galpão, uma gordinha de pele encardida me assediou com o jornal da igreja. Era boa de lábia e me empurrou um exemplar. Falou dos horários dos cultos e explicou que, às segundas, o pastor realizava as sessões de cura e desobsessão. Agradeci e me afastei. Eu estava doente, mas não desejava me curar; eu tinha uma obsessão, mas não queria que ninguém a removesse de mim. Muito menos o pastor Ernani.

Ele também era obcecado por Lavínia. Por metade dela, de certa maneira. Pela Lavínia dócil, que ele ergueu da sarjeta e salvou. Da outra, que não conseguia compreender nem controlar, Ernani tinha medo.

Uma coisa incrível: até o cheiro das duas era diferente.

A Lavínia sem juízo tinha cheiro de bicho. Suor e tesão. Estava sempre à beira da excitação. E era imprevisível. Um dia se atracou comigo no quintal, de repente. Levantou o vestido — o vestido verde que eu tanto amava — e fez com que eu me ajoelhasse à sua frente. Não estava usando calcinha.

Um momento glorioso, com direito a testemunhas. Uma foi Zacarias, que dormitava feito um velhinho no fundo do quintal. A outra eu só vi quando Lavínia me puxou pelos cabelos, para que eu me erguesse. Meu vizinho espiava a cena por cima do muro. Pensei na hora: fodeu. Eu nem conhecia direito a figura, só sabia que o nome era Decião, um velho pescador.

O que você faria?

Lavínia baixou o vestido.

Passei o dorso da mão pela boca e disse a única coisa que me pareceu razoável dizer naquele instante:

Boa tarde.

Decião respondeu — e, por alguns segundos, tive a sensação de que a situação estava sob controle. Mas, sem a maravilhosa xoxota de Lavínia à vista, ele procurou outro matagal onde pousar os olhos inchados de cachaça. E encontrou: os canteiros em que os pés de maconha cresciam bonitos que só vendo.

De repente, Lavínia começou a rir de um jeito descontrolado. Gargalhava. A ponto de me dar murros no peito. E o equilíbrio desandou.

Meu vizinho não se alegrou com aquilo. Vimos isso escrito em seu rosto. Ele balançou a cabeça contrariado e desapareceu atrás do muro. Eu também ri. De nervoso. Lavínia demorou para se controlar — seus olhos lacrimejavam. Quando conseguiu, desceu o zíper da minha calça e disse:

Bom, agora que ele já viu mesmo...

E curvou-se à minha frente.

A doida.

A outra Lavínia, a mansa, tinha cheiro, sabor e pudores diferentes. A Lavínia melancólica. A que às vezes se deixava envolver por uma nuvem de culpa e paranoia. Ficava se achando suja. A que gostava de dizer que era triste em legítima defesa.

A Lavínia maluca não estava nem aí. Vivia de surpresa. Teve uma vez que, depois de farrearmos a tarde inteira na cama e fora dela, *essa* Lavínia me comunicou:

Vou passar a noite aqui.

Isso não vai te criar nenhum problema?

Lavínia me olhou.

Pra mim, não. E pra você?

Aquilo me encheu de felicidade, mas também me deixou tenso. O que o marido iria fazer a respeito? Ernani podia ser um pastor, mas era um homem — e não um santo, como muita gente achava.

Vocês brigaram?

Lavínia estava nua, com as costas apoiadas numa pilha de travesseiros e as pernas encolhidas, ligeiramente afastadas. Eu não conseguia parar de olhar. Um negócio infernal.

Ele nunca briga, ela disse.

O homem que pregava a tolerância, a parcimônia, dava exemplo em casa: jamais discutia ou levantava a voz. Contrapunha aos aborrecimentos uma visão positiva da vida. Para ele, conviver com aquela Lavínia que me exibia distraída as dobras escuras da vulva era um desafio. Talvez ter à mão uma ovelha corrompida o ajudasse a exercitar seus dons de salvador. É a única explicação que encontrei.

Improvisamos um espaguete, abri um vinho e coloquei música; Lavínia acendeu velas na mesa da cozinha. Depois de comer, deitamos no sofá e fumamos uma amostra da primeira safra que colhi no quintal. E ficamos ouvindo Mozart. Felizes e estúpidos. Se tudo acabasse naquela hora, eu não poderia dizer que tive uma vida ruim.

Então o mundo real mandou notícias: tocaram a campainha.

Demorei a reagir. Lavínia mantinha olhos e ouvidos fechados para aquela sala e abertos, felizes, em outro lugar, longe dali. Eu me levantei do sofá, atordoado de THC e sem a mínima noção do que fazer. Pensei em não atender, fingir que não havia ninguém em casa, mas a luz da sala estava acesa e o *Concerto para piano e orquestra nº 23 em lá maior, K. 488* vazava das caixas num volume que poderia ser ouvido pelo próprio Mozart, no paraíso.

A campainha soou de novo. Um toque impaciente.

Lavínia continuava com os olhos fechados e um sorriso de sábio chinês no rosto. Estava só de corpo presente. Um corpo lindo, cálido, vestido com uma das minhas camisetas. E mais nada. Eu me arrastei até a janela, afastei a cortina e espiei, preparado para receber a viga do fim do mundo que cairia sobre mim.

Mas não era quem eu esperava.

E abri a porta para que entrasse na minha história com Lavínia um personagem que, mais tarde, daria uma contribuição decisiva a tudo que aconteceu. Nada mais adequado, por sinal, do que chamá-lo de "personagem": era um tipo muito singular.

Atendia pelo nome de Viktor Laurence. Pseudônimo, é óbvio. Nunca descobri seu nome verdadeiro. Acho que ninguém nunca soube direito de onde ele viera. Tinha surgido por ali e ficado. Um aventureiro. Acabou sendo um bom amigo que fiz naquele lugar.

Mas Viktor Laurence era peçonhento. E eu não compreendi isso a tempo. Ou melhor: avaliei mal o perigo. Acontece.

Só andava de preto, da cabeça aos pés, chovesse ou fizesse sol. Viktor fumegava até na sombra.

Ele cuidava do jornal que circulava na cidade, um semanário mantido com dinheiro da mineradora. Publicava apenas as notícias que interessavam aos patrões — até o horóscopo era favorável aos caras. Viktor fazia de tudo no jornal, dos textos à parte gráfica. Sua tribuna era a coluna social que escrevia.

Morava com um gato chamado Camus num sobrado em deliciosa decadência, de frente para a praça central. Costumava sentar-se na varanda nos finais de tarde para tomar chá e reler Augusto dos Anjos, enquanto espiava com desdém o povão passando, além da grade, à altura de seus joelhos.

Fiz amizade com ele na época em que inventei de fotografar o interior do casarão. Um sobrado magnífico, extravagância de um garimpeiro que enricou no primeiro surto de mineração. Meia dúzia de quartos na parte de cima, três banheiros com mármore de primeira. O metal utilizado nos arabescos que enfeitavam a varanda daria para fabricar uma locomotiva.

Eu gostava de conversar com ele sobre livros, tinha lido tudo. Viktor Laurence escrevia um longo poema sobre o suicídio. Um poema interminável, um *Mahabharata* sobre as contrariedades da vida.

Possuía alma de dândi. E um traço estranhíssimo: era assexuado. Dizia que não se interessava por mulheres e muito menos por homens. Vivera o que chamava de "experiências de campo" nos dois lados. Contava que não tinha gostado de nenhum, achou tudo muito anti-higiênico. Eu o mantinha em observação nesse tópico.

Louco por dinheiro. E inteligente, muito inteligente.

E epilético. De rolar pelo chão. (Essa era a sua grande dor: a indigência servida com um dedo de espuma ao distinto público, a baba na sarjeta — não ponho aspas porque estou citando de memória um trecho do poema que ele nunca terminou.)

Adorava o meu trabalho. Publicava minhas fotos com regularidade, pagava bem. Sabia valorizá-las na edição.

Existiam dois assuntos que ele evitava: a idade e o passado. No fundo, Viktor Laurence era apenas mais uma aberração num lugar cheio delas. Um lorde entre berberes, um Rimbaud com tarja preta.

Ele passou pela minha casa naquela noite para pegar umas fotos que eu prometera ceder para publicação. Contive-o na porta e Viktor percebeu que eu tinha visita. Ficou curioso, espiou por cima do meu ombro. Viu somente os pés magros da dama apoiados no encosto do sofá e seus tamancos jogados ao acaso. Pedi que ele voltasse no dia seguinte para escolher as fotos — e Viktor já estava se despedindo quando algo aconteceu. Vi a surpresa iluminar seu rosto. E me virei. Ele conhecia todo mundo naquele lugar. Sabia muito bem quem era a mulher descabelada de fumo que cambaleou do sofá até o banheiro. Viktor sorriu.

Você não viu essa mulher aqui, certo?

Nunca, ele disse. Ou melhor: eu vi, meus leitores não.

E continuou sorrindo. Depois que ele foi embora, fiquei ruminando um aspecto específico da questão: quanto valia aquela informação?

Lavínia saiu do banheiro com uma cara estranha. Ainda cambaleava. Eu estava sóbrio: a conversa com Viktor dissipara por completo os vapores da maconha.

Saco, Lavínia disse. Acabei de ficar menstruada.

Ela deitou-se no sofá, pôs a cabeça no meu colo e eu fiquei mexendo no seu cabelo. A mulher do pastor Ernani. Uma delas. Viktor Laurence tinha adorado descobrir aquilo. Eu o considerava um amigo, mas ele era misantropo demais para ser amigo de alguém.

Uma semana depois, começaram a aparecer mensagens cifradas na coluna social do semanário. Tipo: "Jovem senhora da sociedade local está muito entusiasmada com um dos forasteiros mais charmosos que já passaram por estas bandas". Título desse *gossip*: "Casamento em perigo".

Fui falar com ele.

Viktor Laurence tomava chá na varanda. Subi as escadas, puxei uma cadeira e sentei perto dele. Na mesinha, além do bule e de um livro — *Aforismos*, de Wilde —, havia um exemplar do jornal com as páginas rabiscadas de vermelho. Ele corrigia a última edição.

Quer um pouco? É chá preto inglês. Não é sempre que a gente encontra pra comprar.

Peguei o jornal, abri na coluna social e fui direto na jugular:

O que que há? Você está querendo me prejudicar?

Viktor pousou a xícara sobre a mesinha e examinou a nota que eu indicava. Daí, riu.

Meu Deus, como você é pretensioso, Cauby. Quem falou que é você o *forasteiro charmoso*?

Ele olhou para os lados antes de continuar. Como se alguma das criaturas de expressão embrutecida que passavam em frente à varanda pudesse se interessar pela nossa conversa. Todos os dias, aquela gente tinha um único propósito em mente: pôr as mãos na maior quantidade possível do ouro que as entranhas da terra expeliam e cair fora.

Essa nota é sobre a mulher de um figurão daqui, Viktor disse. Ela está de caso com um engenheiro da mineradora.

Olhei para o rosto dele: não deu para saber se falava a verdade.

Não acredita? Eu posso dar os nomes. Quer?

Não precisa, eu disse, não estou interessado em fofoca.

Viktor continuou me encarando. Eu me levantei para ir embora.

Tome um pouco de chá. É bom pra acalmar os nervos.

Eu agradeci e ele também se levantou, para me dar um abraço. Com a boca próxima ao meu ouvido, disse:

Eu sou seu amigo, Cauby.

Desci as escadas e Viktor encostou-se na grade da varanda para falar:

Fique tranquilo: você também é charmoso. Se eu me interessasse por homens, adoraria ter alguma coisa com você.

Dormi muito pouco na primeira noite que Lavínia passou na minha casa. O sono dela era agitado. Ela se debatia e murmurava palavras desconexas. Eu acordava a cada movimento dela. E pensava no marido. O que o pastor Ernani estaria fazendo naquele momento?

Então aconteceu: dormi com uma Lavínia, acordei com outra.

Eu estava na cozinha na manhã seguinte, preparando ovos para o café e, logo que ela saiu do quarto, percebi que havia ocorrido uma metamorfose. Lavínia acordou arredia. Estremunhada. Deixou claro que não queria ser tocada e não forcei a barra. Tomamos café e, logo em seguida, ela foi para casa.

Esperei o dia inteiro por notícias da catástrofe. Mas nada aconteceu.

O telefone tocou três vezes. Chang foi o primeiro: ligou para avisar que havia chegado uma câmera digital que eu encomendara. Na hora do almoço, um sujeito telefonou e perguntou quanto eu cobrava para fotografar um casamento. E, no fim da tarde, ligou alguém que preferiu ficar em silêncio. Ouvi a respiração dele (dela?) durante uns dois minutos e desliguei.

Fazia oito meses que as Lavínias tinham entrado na minha vida.

Estou andando pela rua e me aproximo de um estranho que, sem mais nem menos, saca um estilete comprido e começa a me golpear na barriga. Sinto a dor, ouço o sujeito dizer entredentes:

Pra você aprender a não folgar com a mulher dos outros.

Um sonho, claro. Apenas um sonho que tive. A coisa não acontecerá desse jeito. É improvável.

O curioso nesse sonho é que, ao ver o rosto do homem que me desventra, eu o reconheço. Chico Chagas. O que torna ainda mais improvável que aconteça nessas circunstâncias. Torna impossível.

Sou fatalista, acredito em destino.

Afinal, que outro nome dar à força que me conduziu ao encontro com Chagas? Acaso? Não, é pouco. Conheci a figura na época em que eu vivia "da porra dos outros", como costumava dizer uma puta chamada Magali. Eu voltava a pé do meu plantão habitual na zona. Já era bem tarde, uma madrugada escura como breu. No momento em que atravessei a praça, vi um sujeito sentado sobre o capô de uma Brasília caindo aos pedaços. Ele me acenou e pediu ajuda para empurrar o carro. Problema na partida.

Tive vontade de fotografar Chagas logo de cara. Ele usava botas, calça social e uma camisa vermelha de mangas compridas, abotoada no colarinho e nos punhos. Em cima disso tudo, um chapéu preto de feltro e um rosto ossudo, equino. Seu bigode tinha sido moda nos anos 50 e os olhos boiavam por trás das lentes esverdeadas dos óculos. Olhos de sapo.

Empurrei a Brasília. O motor vacilou um pouco, mas, na segunda tentativa, acabou pegando. Chagas acelerou forte e puxou o afogador. O escapamento fustigou o ar imóvel com rajadas de fumaça branca. Ele saiu do carro com a mão estendida.

Francisco das Chagas, ao seu dispor.

Eu disse que era Cauby, escutei a pergunta inevitável sobre o cantor e respondi como sempre, conformado:

É.

A risada dele faiscou — dois de seus incisivos superiores eram de ouro. Figuraça.

Tem alguma coisa que o moço precise, que eu possa fazer?

Imagine, eu disse. Não foi nada.

Chagas abriu os braços, abarcou as casas que circundavam a praça, todas com as luzes apagadas.

Eu tenho um problema de hérnia, não posso fazer força. Faz um tempão que estou parado aqui, esperando que apareça alguém. O moço caiu do céu.

Eu disse que a cidade dormia cedo.

E acordava cedo também. Não ia demorar para começar o movimento a caminho do rio. Às vezes, ao voltar da zona, eu cruzava com eles. Homens, mulheres e crianças amarfanhados de sono, ainda atordoados pelo sonho em que se viam colhendo um relâmpago do útero da terra: a pedra que modificaria suas vidas.

Existe algum bar aberto por aqui?, Chagas perguntou. Vai ser um prazer pagar uma bebida pra você.

A essa hora até a zona já fechou. Tô vindo de lá.

O ouro dos dentes brilhou outra vez. Eu poderia nunca mais ver aquele rosto. Pensei na galeria de personagens que vinha colecionando ao longo do tempo. Chico Chagas era um belíssimo exemplar. Eu não ia perder aquela oportunidade.

Na verdade, tem uma coisa que você pode fazer por mim, eu disse.

E o que é?

Você posaria para uma foto?

Ele ergueu a aba do chapéu e fixou em mim os olhos que as lentes tornavam desproporcionais ao rosto.

O moço quer tirar meu retrato, é isso?

É.

Chagas me estudou mais um pouco. Como se tentasse entender que espécie de maluco tinha diante dele.

Pra quê?

Expliquei que era fotógrafo. Ele continuou me fitando, desconfiado.

Não precisa ser agora, é claro, eu disse. Você pode voltar outra...

Chagas me interrompeu.

Quer saber de uma coisa engraçada? Esse é o único favor que eu não posso fazer.

Se tivesse um rosto como aquele, você também detestaria ser fotografado, acredite. Você só enfrentaria o espelho para fazer a barba e olhe lá — talvez recorresse a um barbeiro. Foi o que pensei na hora.

Não pode ser outra coisa?, Chagas perguntou.

Peguei um cartão no bolso.

Se algum dia você mudar de ideia, me procure. Meu estúdio fica no fim daquela rua.

E indiquei a viela calçada por pedras enormes que nascia na

lateral da praça. Chagas contraiu os olhos de sapo para ler o cartão. Disse:

Fico te devendo.

Ele se despediu, entrou na Brasília e foi embora. Fiquei parado na praça, ouvindo as explosões do escapamento na madrugada, sem imaginar que tinha acabado de comprar uma espécie de salvo-conduto futuro. Outro capricho do destino.

Então Lavínia sumiu por mais de um mês. Exatos trinta e sete dias.

Na segunda semana, comecei a telefonar. Ninguém atendia ou eu desligava assim que ouvia a voz possante do pastor, voz de quem só empregava maiúsculas para falar. O pior é que eu não podia me afastar de casa. Temia que Lavínia aparecesse de surpresa, como acontecia às vezes.

Conversei muito com Zacarias. E seu mutismo acabou me irritando. Parei de cortar a barba. Aos poucos, meu rosto cobriu-se com uma penugem cheia de fios grisalhos, e foi a única coisa que se modificou na rotina pantanosa em que submergi. Passei dias fumando maconha e ouvindo clássicos, e olhando com impaciência um dedo de pó avermelhado se depositar sobre os móveis da casa.

Eu espalhava as fotos de Lavínia sobre a cama e tentava organizá-las pela cronologia. No fundo, eu queria recuperar os detalhes do dia em que fizera cada uma. O incêndio que as precedera.

Existia um conjunto impressionante de nus (Lavínia foi a mulher mais sensual que fotografei; mesmo distraída, parecia ter um pacto de cumplicidade com a câmera). O tom dos nus variava dos mais rebuscados, que se pretendiam artísticos — e daí eróticos —, aos escancarados.

Tirei fotos de uma quantidade absurda de mulheres, devo ter batido um recorde entre os fotógrafos brasileiros. Nenhuma delas, porém, devassou as carnes de um jeito tão escandaloso quanto Lavínia. Nem as meninas dos garimpos. Só que ver as fotos da nudez agressiva da Lavínia-Shirley, ou mesmo outras, na contraluz, que mostravam apenas o bico de um dos peitos da Lavínia suave e acanhada, não saciava a fome que eu sentia. Servia só para espicaçar o bicho que escavava dentro de mim.

O que o pastor Ernani teria pensado dessas fotos? Arrisco: uma mulher que se sujeita a esse tipo de coisa não se respeita e terá de prestar contas no fim dos tempos do que andou fazendo com seu corpo.

Sem Lavínia, foi como se uma nuvem sinistra de abandono estacionasse em cima de mim. Passei a me fotografar todos os dias com uma Polaroid e espetava o resultado no painel de cortiça da cozinha. A decadência documentada nessa sequência de autorretratos não deixava dúvida: eu e minha barba ficávamos cada vez mais tristes. Eu estava deteriorando.

(Flagrei Decião espionando por cima do muro, e o que fiz não contribuiu nem um pouco para melhorar minha imagem com ele: doidão de fumo e álcool, uivei para o meu vizinho.)

Até que me bateu um pressentimento: tinha acabado. Lavínia havia caído fora sem aviso prévio. Gastei tempo reconstituindo os detalhes de nosso último encontro, procurando uma pista, o indício de uma ruptura. Não me lembrei de nada anormal que houvesse acontecido. Desde, é claro, que você considere normal a mulher de outro homem entrar na sua casa às três da tarde e, sem dizer uma palavra, tirar a roupa para mostrar uma lingerie sacana, comprada especialmente para a ocasião. Não chegamos ao quarto nesse dia: fodemos em pé, no corredor. E nem isso pode ser considerado anormal — era a Lavínia feroz que me visitava.

A única coisa anormal era a minha vida sem ela.

Nunca prometemos nada um ao outro, e eu sabia que podia acabar de repente. Poema que cessa antes de virar a página. Um haikai. Na prática, contudo, não me conformava com a ideia. Eu queria mais.

Vai durar enquanto for bom para os dois, Lavínia disse uma vez, enquanto um tiver tesão pelo outro.

Qual das duas dissera aquilo? Eu já não me lembrava. Talvez metade da frase cada uma das Lavínias, a mansa e a devassa.

No final da terceira semana sem notícias dela, fui até a igreja do pastor Ernani, sem entender direito o que pretendia com aquilo.

Era dia da bênção de prosperidade econômica. Entrei no templo-galpão no momento em que todos erguiam bolsas e carteiras acima da cabeça para receber as graças do pastor. Havia uma energia poderosa no ar — e também uma amostra infernal das possibilidades de decomposição dos odores humanos. Ernani vestia um terno cinza, camisa branca e gravata bordô — de longe, o melhor figurino dentro do galpão. Eu me incluía entre os malvestidos com um jeans surrado, uma camiseta puída e os tênis sujos de pó. E minha barba desatinada.

Saí do galpão abafado no meio de um hino. Do lado de fora, motoristas de táxi conversavam numa rodinha sob as árvores. Escurecia devagar. Vi a mulher que distribuía os jornais da igreja e, antes que ela me abordasse, me afastei em direção à ponte.

As águas barrentas se espalhavam para fora do leito do rio, revirando a vegetação nos barrancos. Sinal de chuva na cabeceira. A draga da mineradora deslizou suavemente rio abaixo, expelindo uma coluna de fumaça preta. Quando passou sob a ponte, o homem em pé na popa me olhou. Era o vigia da embarcação — os garimpeiros haviam incendiado uma das dragas da mineradora uma semana antes. Atravessei a ponte a tempo de vê-lo surgir do outro lado. Ele observava as margens, mantendo um dos braços estendido ao lado do corpo. Segurava uma escopeta.

Ouvi as vozes assim que a draga se afastou. E, logo abaixo da ponte, dois sujeitos se ergueram no meio do capinzal, sujos de lama até a cintura. Um deles, o mais velho, levava uma cartucheira. O outro era um rapazote, quase um menino ainda. Os dois galgaram o barranco aos escorregões. Personagens do faroeste encenado naquele lugar. Lamentei não estar com a câmera.

Percebi que as pessoas começavam a deixar o galpão e voltei. O pastor Ernani foi um dos últimos a sair e, no trajeto até o carro, parou diversas vezes para cumprimentar os fiéis. Sorria, satisfeito da vida. Entrou no carro, manobrou e atravessou a ponte. Calculei que ia para o bairro nobre, onde os endinheirados da cidade viviam em chácaras. Entrei num dos táxis e fui atrás.

A casa em que Ernani e Lavínia moravam era um sobrado com uma varanda de madeira espaçosa na parte de cima, onde ficavam os quartos. Consegui ver uma rede, vasos com plantas e as cortinas cor-de-rosa, que o vento agitava para fora dos janelões. A construção ocupava os fundos de um terreno retangular, arborizado, cercado por uma mureta de pouco mais de um metro. Na minha opinião, o pastor dava um crédito de confiança excessivo à parcela de ovelhas que vivia do outro lado do rio. Já tinham arrombado duas vezes a minha casa — por sorte não conseguiram estourar o cadeado da porta do laboratório. Roubavam de tudo. Numa das vezes, perdi o aparelho de som e uma câmera; na outra, levaram mantimentos e bebidas e quase toda minha roupa.

Ernani cumprimentou o velho que regava o gramado com uma mangueira e depois sumiu dentro de casa. Reapareceu na parte de cima, para recolher as cortinas e fechar os janelões. Pedi que o taxista saísse dali. Ele me olhou desconfiado. Deve ter achado que eu planejava assaltar a casa do pastor.

Saltei na ponte, atraído pelo grupo de homens que se debruçava numa das guardas. Viktor Laurence estava entre eles e acenou ao me ver saindo do táxi. Encostei-me ao seu lado. Fachos de lanterna se agitavam de um jeito nervoso no capinzal sob a ponte.

Atiraram no vigia da draga, Viktor disse.

Um grupo de homens vasculhava o local e um deles gritou um palavrão. Viktor balançou a cabeça.

Estão se sujando de barro à toa: não tem mais ninguém nesse mato. Cadê a máquina?

Eu não estou de serviço.

Os homens da busca usavam uma corda para descer pela encosta do rio. Viktor cruzou os braços e me encarou.

Posso te dar um conselho?

O que é?

Corta essa barba, Cauby, não fica bem no seu rosto. Você tá parecendo um velho.

(Lavínia não chegou a me ver barbudo, só nas fotos feitas com a Polaroid.)

Voltei outras vezes à rua em que ela morava. Passei pela frente da casa em horários alternados — parecia sempre deserta. Numa ocasião, vi o velho jardineiro. Ele podava a trepadeira que se enroscava na mureta e pensei em abordá-lo e perguntar por Lavínia, mas não tive coragem. Não dava para saber se o marido descobrira. Se isso tivesse acontecido, eu já estaria sabendo. Teria sido avisado — talvez de forma violenta, como era comum naquele lugar.

Foi nesse dia que desisti daquilo. Lavínia dera o nosso caso por terminado, não havia nada a fazer. Eu tinha de respeitar sua decisão. Era desleal procurá-la.

Mas meu cabelo ainda se mexia depois da passagem do furacão. Eu queria vê-la uma última vez, queria ouvir de sua boca que tinha acabado.

O monstro emergiu devagar do pântano: cortei a barba, limpei a casa, voltei a sair à rua. É verdade que eu ainda buscava o rosto de Lavínia no meio das pessoas com quem cruzava (eu calculava que, num lugar daquele tamanho, uma hora acabaria me encontrando com ela). Mas tentava não pensar nela. À noite era mais complicado — e eu recorria a um coquetel de conhaque e *Cannabis*. Um anestésico infalível.

Ela reapareceu no trigésimo sétimo dia.

Eu aguardava a chegada de um candidato a prefeito para uma sessão de fotos e, quando ouvi a campainha, dei uma última conferida no estúdio improvisado na sala e abri a porta. Uma Lavínia diferente, com o cabelo bem curtinho e o rosto mais cheio, tirou os óculos escuros e sorriu para mim de um jeito tímido.

Posso entrar?

Permanecemos abraçados na sala por um tempo, sem dizer nada, um apertando o corpo do outro. Sentir de novo seu cheiro me inundou de um tipo de felicidade que poucas vezes experimentei na vida. Naquele instante, eu soube: seria capaz de qualquer coisa para ficar com aquela mulher.

(Negociaria com o diabo?, poderia me perguntar o professor Benjamim Schianberg. E eu responderia: se acreditasse nele, sim.)

O som da campainha me fez regressar à sala. Provocou um tremor em Lavínia.

Tenho que fazer umas fotos de um cara, eu disse.

Ela entrou na cozinha, disse que ia visitar Zacarias no quintal. Respirei fundo antes de abrir a porta. O candidato a prefeito era um advogado que trabalhava para o sindicato dos garimpeiros, um baixinho de rosto oval e esburacado e jeitão de trambiqueiro. Parecia pouco à vontade dentro do paletó ordinário que usava. Junto com ele, entrou um rapaz de modos afetados, meio aveadado, que não parava quieto e me deixou nervoso. Abriu um estojo de maquiagem e aplicou pó de arroz no rosto contrariado do baixinho, que logo o interrompeu. Daí, o rapaz passou a examinar a sala com atenção. Parou em frente à estante e correu o dedo pelas lombadas dos livros. Depois, deu atenção às fotos nas paredes. Inclinou a cabeça, como se isso o ajudasse a ver o quadro com a velhinha de Granada.

Enquanto eu posicionava o baixinho sob o spot, notei que a curiosidade do rapaz o levava em direção à cozinha. O jeito foi apelar:

Cuidado aí: o cachorro está solto no quintal.

Na mosca: ele deu um pulinho para trás, pôs a mão diante da boca. Só faltou o gritinho.

Eu morro de medo de cachorro, disse.

Você é muito cagão, o candidato falou. De que tamanho é esse cachorro, afinal?

É bem grande, eu disse.

O rapaz olhou preocupado para a cozinha.

E ele não entra aqui?

Às vezes entra.

O candidato riu. Fui até a cozinha e, antes de fechar a porta que conduzia ao quintal, espiei Lavínia. Agachada ao lado do abrigo de madeira, ela conversava com Zacarias.

Quando retornei à sala, o rapaz estava sentado no sofá, de pernas cruzadas. Reparei que nem assim conseguia se controlar. Mexia os dedos de um jeito frenético, como se tocasse um piano imaginário. Havia ali um distúrbio qualquer de hiperatividade. Por sorte, o baixinho era paciente. Tive dificuldade para me concentrar e a sessão demorou mais do que eu esperava.

Eu fazia as últimas fotos no momento em que ouvi o celular. Começou a tocar distante, abafado. Tocou duas, três vezes. Vi pelo visor da câmera que o baixinho gesticulava, mas demorei para entender que falava comigo. Levantei a cabeça.

Você não vai atender?, perguntou.

Eu me virei e o assessor indicou a origem do som. O celular tocava dentro da bolsa que Lavínia deixara no sofá. Pensei por um segundo e falei que não iria atender. O rapaz olhou para o corredor que conduzia aos quartos e depois para mim, e eu ganhei um sorriso malicioso.

Terminei de fazer as fotos e os dois foram embora. Lavínia entrou na sala e esperou que eu terminasse de remover o filme da câmera.

Senti a sua falta, ela disse.

Aconteceu alguma coisa?

Precisei viajar.

Você podia ter me avisado...

Acabei de falar e já me arrependi: minha voz soou magoada. Que direito eu tinha de cobrar alguma coisa? Lavínia ergueu o rosto triste para mim.

Desculpe, ela disse.

E segurou minha mão e me puxou em direção ao quarto. Seus olhos escuros continuaram tristes.

Despi Lavínia sem pressa nesse dia, me controlando. Tirei a saia e a blusa, ela se livrou das sandálias. E, por um tempo, ficou apenas de calcinha e sutiã. E era muito bom de ver. Lavínia tinha engordado, estava um pouco mais cheia na cintura e no rosto, e os seios pareciam maiores.

Minha intenção era protelar as coisas ao máximo, e começamos de um jeito manso. Um reencontro de corpos, o reconhecimento de um terreno nunca decifrado por completo. Mas não demorou para esquentar, e quando vi estávamos à beira do precipício. Meu orgasmo chegou como uma dor. Percebi que Lavínia queria mais e fiz o que pude, mas não adiantou. Eu me sentia exaurido e tive de pedir uma trégua. Ela riu e disse:

Eu espero.

E saiu nua da cama para ir até a sala apanhar a bolsa, me oferecendo, infelizmente por um instante apenas, uma visão magnífica de seu traseiro, um traseiro de fazer qualquer homem olhar para trás na rua. Ela voltou ao quarto mexendo na bolsa. Comentei que o celular havia tocado. Lavínia falou sem olhar para mim:

Não tem problema.

Até que encontrou o que procurava na bolsa e me entregou.

Eu trouxe pra você.

Uma caixinha de madeira, uma arca em miniatura, fechada

com um cadeado minúsculo. Sacudi a caixinha, mas não ouvi nenhum som.

Tem uma mensagem pra você aí dentro, ela disse. Mas você só deve ler num dia em que estiver desesperado.

Bem desesperado?

É.

Lembrei dos dias que passei sem ela. Dias em que encontrar, por acaso, um fio de seu cabelo preso na fronha do travesseiro bastava para me encher de angústia e dor. Estive a ponto de rastejar. Atire a primeira pedra aquele que não estremeceu ao recuperar, nos lençóis encardidos da cama em que dorme solitário, o cheiro da mulher ausente.

Eu sentia uma felicidade vulnerável naquele momento, contaminada pelo temor de que Lavínia sumisse de novo. Pensei no pastor Ernani. E dei um golpe baixo:

Que tipo de mensagem? Religiosa?

É uma coisa que escrevi pensando em você.

E a chave do cadeado?

Não tem, ela explicou. Aí é que está a graça: você vai ter que quebrar a caixinha pra ler a mensagem.

Fiquei curioso, admito. Mas disfarcei. Balancei a miniarca mais uma vez e a coloquei sobre o criado-mudo. Lavínia pegou um cigarro na bolsa e acendeu. E aproximou-se da janela para soprar a fumaça na direção do quintal.

Que novidade é essa? Desde quando você fuma?

Às vezes eu fumo, ela disse. Quando fico muito ansiosa.

Bonito, pensei: fumava e eu não sabia, e viajava sem me avisar. Sei que é louco, mas eu queria explicações, detalhes, precisava saber o que acontecera. Mas não ousei perguntar nada. Preferi investir em outro flanco:

Conheci seu marido outro dia.

Essa informação não acrescentou nenhuma novidade a seu

rosto. Lavínia esticou o braço para fora da janela e bateu a cinza do cigarro. Disse:

Ele odeia que eu fume.

Avancei para um campo minado:

Me conte uma coisa: vocês transam?

Ela riu. E foi então que percebi que ocorrera uma transformação. Não era a mesma mulher tímida que entrara naquela casa horas antes. O olhar estava mudado. Foi a Lavínia-Shirley quem falou:

Por que você está perguntando isso?

Ah, sei lá. Achei que ele podia estar interessado só na sua alma.

Ela colocou o cigarro entre os lábios e tragou, sem tirar os olhos de mim. Falou soprando a fumaça:

Você tá enganado: ele se interessa pelo meu corpo também.

Eu ri sem vontade de rir. Aquela era uma conversa estúpida, e eu sabia que depois iria sentir dor. Por que continuava? É simples: morava um monstro dentro de mim, que, ferido, exigia reparação.

E como é? É melhor?

É diferente, ela respondeu.

Ao ouvir isso, o monstro uivou. Ciúme. Vê se tem cabimento: senti ciúme do marido. Lavínia jogou o cigarro pela janela e então voltou para a cama e deitou-se ao meu lado. E começou a me acariciar. Eu me sentia muito irritado comigo mesmo.

Duvido que você consiga alguma coisa agora, eu disse.

Quer apostar?

Ela curvou o corpo sobre o meu e começou a lamber meus mamilos. Depois, desceu, me beijando, em direção à virilha. Quer saber? Se tivesse apostado, eu teria perdido.

Na hora em que ela foi embora, pedi que não sumisse de novo. Lavínia disse que não dependia dela.

E quando é que a gente se vê?

Ainda não sei, falou. Eu telefono.

Depois que Lavínia se foi, andei pela casa feito um maníaco. Ela estava de volta e, no entanto, aquilo não me deixou feliz como eu esperava. Eu queria mais. Sentado em sua poltrona favorita, o monstro assistiu a tudo isso muito satisfeito. Afiava as garras no tecido da poltrona.

De acordo com o professor Schianberg, o desejo de se apossar por completo do outro é uma das doenças mais comuns do amor. É o resfriado das moléstias amorosas, segundo ele. O problema, Schianberg escreveu, é permitir que se transforme em gripe crônica. Costuma ser letal.

Inquieto demais para ficar em casa, e com o estoque de bebidas em baixa, resolvi sair, atraído pela música distorcida que meu ouvido captava. Havia uma festa na cidade, patrocinada pela mineradora. Pura estratégia de marketing. Viktor Laurence me falara do assunto: a mineradora tentava criar uma imagem favorável junto ao povo — e, de quebra, abria espaço para um comício do candidato a prefeito que apoiava.

Tinham instalado um palco enorme na praça, de onde um grupo de carimbó fazia a plateia cantar em coro uma de suas músicas. Um aglomerado com humanos de todo tipo. Uns gaiatos trepados nas árvores mexiam com as mulheres que passavam.

Eu me encostei numa barraca que vendia cerveja e cachaça em copos de plástico. Pedi um pouco de cada e fiquei por ali, apreciando o movimento. Era uma fauna excelente se você estivesse interessado em fotografar desvios da evolução. Homens e mulheres gastos — até as crianças pareciam envelhecidas. Riam de um jeito acanhado das piadas maliciosas contadas pelo cantor. Gente desacostumada a rir.

De repente, tomei um choque que me levantou a um palmo do chão: Lavínia passou à minha frente de mãos dadas com o pastor Ernani.

Os dois procuraram um lugar de onde pudessem enxergar o palco, e se postaram numa das laterais da praça. Matei a cachaça, peguei meu copo de cerveja e me espremi entre as pessoas, até encontrar um ângulo que me permitisse observá-los.

Lavínia estava deslumbrante. Usava um vestido vermelho que eu conhecia bem, um que a deixava com os ombros de fora e que já era justo antes, quando ela pesava menos. Shirley comandava o espetáculo naquela noite. O pastor vestia o de sempre. O tipo de sujeito que, se pudesse, apareceria de terno no juízo final. Era a primeira vez que eu via os dois juntos.

Lavínia ergueu-se na ponta dos pés para espiar por cima daquela plantação de cabeças. Eu olhava direto para ela, esperando que me notasse. Teve um momento em que o pastor a abraçou por trás e Lavínia aconchegou a cabeça no ombro dele. E, ao fazer esse movimento, me viu. Por um segundo, seu olhar parou no meu. Não houve nenhuma mudança em seu rosto. Aninhada nos braços do marido, parecia tranquila, feliz.

O monstro despertou e se remexeu entre as minhas vísceras. Meu cheiro ainda deve estar naquele corpo, pensei com despeito.

Lavínia acendeu um cigarro e o pastor falou alguma coisa. Uma recriminação. Ela riu e passou a mão de leve no rosto dele. O monstro dentro de mim rosnou. Puta que pariu: a mesma mão que, algumas horas antes, segurou meu pau.

Tentei acalmar o monstro bebendo o resto da cerveja e fui até a barraca para reabastecer, e tive de me enfiar no meio de uma multidão de homens para ser atendido. A temperatura local se elevara por conta das duas dançarinas de minissaia que rebolavam no palco. Peguei a cerveja e a cachaça e saí empurrando gente e derramando bebida ao redor, até recuperar meu lugar. Lavínia e Ernani haviam saído dali. Circulei por fora da praça, mas não consegui avistá-los outra vez.

Viktor Laurence acompanhava o show da varanda do

sobrado, um excelente posto de observação. Empurrei o portão, subi a escada e me debrucei ao seu lado na grade.

Bela festa, hein?

É, tá animada, eu disse.

Esquadrinhei com paciência o movimento das pessoas pela praça. Havia gente demais ali. Viktor falou sem olhar para mim:

Ela já foi embora.

Quem?

Ora, *quem*... Quem mais pode ser, Cauby?

Eu não disse nada. Ele apontou o espaço entre dois carros, junto ao meio-fio.

Saíram agorinha mesmo. O carro estava estacionado ali.

A homarada presente urrou e eu olhei para o palco: as dançarinas içavam um sujeito barrigudo para dançar com elas. As duas não sabiam com que tipo de gente estavam mexendo.

Viktor reparou nos copos de plástico que eu segurava.

Joga fora essa porcaria, que eu vou pegar uma bebida decente pra nós.

Ele trouxe uísque e gelo para a varanda. Sentamos nas cadeiras de vime e enxugamos a garrafa, conversando sobre os russos — Viktor era capaz de recitar trechos inteiros de Tchecov. Mas eu estava desatento, não conseguia ficar sem pensar no que devia estar acontecendo entre o pastor e Lavínia naquele momento. Shirley dava as cartas, e eu sabia que ela não brincava em serviço.

Quando a queima de fogos encerrou a festa na praça, fui embora. Desci a viela bêbado a ponto de precisar me apoiar na parede das casas, a maioria pintada de branco, uma afronta ao pó avermelhado daquele lugar.

Antes de me deitar, peguei a caixinha de madeira e considerei a ideia de quebrá-la. Mas resisti: ainda não estava desesperado o suficiente. Então adormeci, exalando álcool e rancor. E sonhei que andava por uma rua e me aproximava de um estranho que, sem mais nem menos, sacava um estilete comprido e começava a me golpear na barriga.

Pra você aprender a não folgar com a mulher dos outros, ele dizia enquanto me espetava.

Carne-viva

O pastor viu Lavínia pela primeira vez numa rua de Vitória.

Ele estava na cidade fazia quase um mês, acompanhando a construção de uma filial da igreja. Tinham comprado um estacionamento desativado perto do centro e Ernani supervisionava o trabalho do grupo de pedreiros que erguia o templo. Desbravando o caminho com a televisão (seis horas diárias de transmissão), a igreja se expandia e arrebanhava fiéis de norte a sul. A teologia da prosperidade prosperava. Nada de esperar pelo paraíso, era o lema, felicidade aqui e agora.

Nos últimos dias, o pastor enfrentava problemas bem terrenos — com os pedreiros, em sua opinião pouco ativos, indolentes. E andava aborrecido: temia não inaugurar a obra na data prevista pela direção da igreja. Se acontecesse, consideraria um fracasso pessoal, o primeiro. Aquela era a quinta unidade que ajudava a implantar.

À noite, Ernani se recolhia ao seu quarto no hotel. Desligava a TV assim que terminavam os noticiários — achava apelativa a programação de todos os canais — e depois lia até pegar no sono.

Comia no restaurante do hotel, evitando sair à rua: não gostava de Vitória, e andar pelo centro só piorava suas impressões. A visão da horda que tomava de assalto as marquises e desvãos dos edifícios logo que escurecia o incomodava. A paisagem humana naquela cidade, como em muitas outras que conhecia, gangrenava de forma irremediável. Em sua opinião, faltava pouco para os dias descritos nos livros sagrados, muito pouco.

Na noite em que encontrou Lavínia, Ernani só deixou o hotel para jantar fora porque tinha um motivo especial. Comeu uma moqueca típica do lugar, acompanhada de uma garrafa de vinho. E, embora jantasse sozinho, levantou a taça, solene, num brinde a Ieda, sua mulher: se fosse viva, ela estaria completando cinquenta e nove anos naquele dia. A mesma idade dele.

Ernani era de Barra Mansa, se mudara na juventude para o Rio, onde estudou direito. Mas não chegou a exercer a advocacia — sempre ganhou seu pão como burocrata do Tribunal de Justiça. Uma vida sem trepidações bruscas, cheia daquelas alegrias meio desbotadas que a falta de riscos proporciona, mas uma vida feliz. Os problemas vieram depois. Na mesma semana em que se aposentou, perdeu a mulher, vítima de um atropelamento. Seu mundo se desestruturou de modo vertiginoso e ele mergulhou numa depressão escura, que durou meses. Não tinha filhos ou planos nem motivação para tocar em frente, e desceu ao fundo do poço: pensou em se matar. Foi nessa época que, levado por um amigo, descobriu a igreja. E sua vida deu uma grande virada: uma visita a um templo em busca de consolo operou o milagre da transformação repentina no homem que, até essa data, nunca levara religião muito a sério. Ernani encontrou a luz naquele dia. E engajou-se na missão de espalhar a boa-nova da igreja. Sua ascensão foi rápida: em menos de um ano, o empenho e a dedicação o elevaram de ovelha a pastor. Ele costumava mencionar sua conversão como exemplo nas pregações que fazia.

Ernani achou bonita a mulher, uma das que tocaiavam clientes de um jeito dissimulado nas imediações do hotel. Gostou dos olhos escuros, pareciam misteriosos, ancestrais. Tudo poesia da cabeça daquele servo de Deus: na verdade, Lavínia estava baratinada com anfetaminas. Mal conseguia ficar em pé. Era assim que sua metade suave suportava a vida áspera que andava levando.

Pouco habituado a beber, Ernani se lembrou da garrafa de vinho ao perceber que diminuíra o passo para observar melhor a mulher que o encarava. E só mesmo a embriaguez para explicar por que parou e aguardou que ela se aproximasse para pedir um cigarro. Em outras circunstâncias, não aconteceria, ele não era disso. O pastor não ia para a cama com uma mulher desde que enviuvara. Não sentia falta, a missão na igreja consumia toda sua energia.

Ernani disse que não fumava. E não falou mais nada, mas também não se moveu. *Catatonizado* por uma força magnética poderosa. O campo gravitacional de Lavínia.

Ela ficou curiosa pela figura: terno, gravata, o cabelo penteado com capricho, mudando do cinza para o grisalho. Um coroa, mais um. Estava se especializando no atendimento à terceira idade: passara a tarde daquele dia entretendo um velho político num motel da rodovia. Um cliente devoto do Viagra e do *cunnilingus*. Era bem capaz que ainda tivesse entre as coxas resquícios do cheiro da loção pós-barba usada pelo velhote.

Lavínia perguntou se Ernani não queria ir a algum lugar com ela.

Onde?

Ah, sei lá, a gente pode ir pruma boate.

Ela falou isso rindo, um pouco embalada pelo ácido, um pouco por acanhamento. A presença daquele homem exerceu de imediato um poder estranho sobre Lavínia. Intimidou. Mas fascinou também.

O único lugar aonde eu poderia ir agora, ele disse, está fechado.

A voz, ela pensou. O feitiço da voz. Como um perfume bom. Perfume de quê? De segurança, de experiência e de autoridade diante dos fatos da vida. Mas de segurança, sobretudo. Uma voz quase paternal — tocou Lavínia.

Ernani contou que era pastor. E procurou, mas não encontrou, uma reação no rosto dela. Em sua militância nas ruas, Lavínia já tivera contato com uma boa fauna de pirados, incluindo gente com fantasias que envolviam religião. Nada que assustasse muito: uma vez, um sujeito tirou um hábito de freira do porta-malas do carro assim que entraram no motel, um hábito completo (incluía até um cinto encordoado), e pagou a mais para que ela o vestisse antes de transarem; a roupa, Lavínia nunca esqueceu, fedia a pomada anestésica. O homem de voz perfumada parado à sua frente era só mais um deles. Precisava apenas identificar o grau de sua loucura, para evitar surpresas desagradáveis. Beatos que entravam numa de purificar prostitutas, punindo-as. Existiam tipos assim, Lavínia sabia, reformadores do mundo. Às vezes se tornavam violentos.

Vamos para um lugar mais tranquilo, pra gente conversar, ela sugeriu.

O pastor Ernani degustou a proposta por um tempo. Anteviu coisas, a julgar pela maneira como a expressão se alterou em seu rosto. Lavínia teve essa impressão. Ele falou como se saísse de um transe:

Outra hora.

E continuou imóvel, fisgado pelo mistério da mulher que parecia deslocada nos sapatos de salto alto, na minissaia de couro justa e na camiseta decotada que usava. Ela não era aquilo, o pastor pensou. Estava disfarçada. Mais que disfarçada, estava escondida de alguém ou de alguma dor. O certo é que padecia.

Ernani voltou para o hotel. E levou Lavínia com ele — em pensamento. Ideias confusas, que o fizeram arrepender-se de ter tomado uma garrafa inteira de vinho.

Ele não conseguiu dormir direito nessa noite.

Depois de um par de horas de sono, despertou e ficou virando na cama. Sem concentração para a leitura, ligou a TV e avançou na madrugada se escandalizando com o nível do que via. Não se salvavam nem mesmo os programas religiosos. No canal que alugava o horário para sua igreja, um pastor jovem, que ele conhecia e considerava vaidoso, dava conselhos aos crentes por telefone.

Ernani pôs a culpa no vinho. Mas a verdade é que não tirava Lavínia da cabeça. Pensava nela como uma criatura vulnerável, que tinha cruzado seu caminho pedindo ajuda por baixo de uma fantasia de meretriz. Acreditava ter captado um S. O. S. daquele espírito. Tinha obrigação de oferecer sua mensagem de conforto.

Até então ele não havia pensado em Lavínia como uma tentação física.

Ernani sentia uma espécie de excitação espiritual. Chegou a levantar-se da cama e a vestir-se de novo (no caso, paletó, colete e gravata). Mas faltou coragem para procurar Lavínia. Às seis da manhã, tomou banho e café e saiu do hotel direto para o alojamento e acordou a peãozada mais cedo. As obras estavam atrasadas.

O pastor passou um dia turvo. Várias vezes se pegou pensando em Lavínia. Reagiu contra isso no começo, lutou para vencer a sonolência e concentrar a atenção no trabalho. Até que entregou os pontos — e foi visto alheio, com olhos vidrados de sonho, sentado sobre uma pilha de sacos de cimento. Uma novidade que os pedreiros apreciaram muito.

Nessa noite, suas leituras não progrediram. Era um leitor disciplinado, dotado de grande curiosidade intelectual. Lia de tudo, sem preconceitos. Tinha descoberto o livro *A senda do jardim das delícias*, em que V. Sarabhaï expõe suas teorias sobre a busca da felicidade. O pastor se encantara com os ensinamentos de Sarabhaï (que, por sinal, morreu num hospício em Agra), a ponto de se autoaplicar os testes propostos pelo livro. Exercícios de desapego zen como caminhos que conduziam à iluminação. A felicidade em dezessete passos. Ernani acreditava nesse tipo de coisa. E também nos sinais que brotavam à sua volta. Num deles, em especial, o mais nítido: encontrara a mulher justamente no dia do aniversário de Ieda. Não fosse a data, nem teria saído do hotel, e ficaria sem conhecê-la. Mas tudo estava escrito, o pastor acreditava, ninguém escapa de seu destino. Talvez, de outro plano, Ieda estivesse mandando algum tipo de mensagem para ele.

Não era carnal, o pastor sabia. *Ainda* não era carnal.

Foi com esse pensamento que deixou o hotel para procurar a ovelha de olhos antigos, que pareciam ter visto mais coisas assustadoras do que deviam. Só que demorou para encontrá-la. E, até Lavínia aparecer, o pastor teve de tolerar os gracejos, risos e psius das mulheres que circulavam pelo lugar e mais os gritos e assobios vindos dos carros que passavam. Uma viatura policial deslizou lenta pela rua, e o PM ao volante mediu Ernani com curiosidade. Isso o incomodou bastante, mas não a ponto de fazê-lo desistir.

Lavínia desceu de um táxi um pouco antes da meia-noite. Desceu, mas ficou debruçada na janela do carro, conversando com o motorista. Ernani acompanhava a cena a distância e gastou esse tempo ensaiando mentalmente o que iria dizer. Sentia uma onda de alegria se quebrando a seus pés. Uma alegria nervosa.

Ela o reconheceu e se aproximou, sorrindo, depois que o táxi partiu, o que ele considerou um bom começo. Usava a mesma minissaia de couro da noite anterior e botas em lugar dos sapatos de salto. Ernani falou que tinha uma mensagem para ela.

Mensagem? De quem?

De Deus. Vim até aqui especialmente pra isso.

O pastor envolveu as mãos frias de Lavínia com as suas e apertou-as, fervoroso, fazendo um grande esforço para não olhar os mamilos que espetavam o tecido da blusa justa.

É importante, faz horas que estou aqui te esperando.

Ela observou as duas mulheres que discutiam com os ocupantes de um carro, do outro lado da rua. E tentou livrar suas mãos, mas o pastor não permitiu.

Você está precisando de ajuda, ele disse.

Lavínia se assustou com a fagulha que crepitou nos olhos de Ernani nessa hora. E estremeceu com o ruído dos pneus do carro, que arrancou debaixo de insultos das duas mulheres. Ela puxou as mãos com força. O pastor manteve os braços erguidos à frente do corpo, congelados, como se ainda tivesse as mãos dela entre as suas.

Eu tô precisando é de dinheiro, Lavínia falou.

E precisava mesmo, para comprar droga. Tinha usado o táxi num giro pelas boates da área, atrás de um conhecido que poderia fornecer, mas não encontrara o sujeito. Lavínia estava se drogando pesado na época. Não dispensava nada: pó, comprimido, erva, chá, o que pintasse. Só evitava as agulhas e o cachimbo de crack, tinha medo. Ficava dopada para aguentar o ruído do mundo ao seu redor. E também porque a outra se aproximava, sua metade crespa. Lavínia pressentia a tempestade: sentia-se irritadiça, melancólica, seu humor se tornava fosco. Uma forma aguda de TPM. Não conseguia ficar dentro de si nessas ocasiões, queria ausentar-se. Para não *estar em casa* quando a outra chegasse.

Doida de vontade de tomar um aditivo e ainda por cima tinha de aturar um coroa maluco falando de Jesus? Nem fodendo. Lavínia abriu a bolsinha, tirou um cigarro e acendeu. A fumaça da primeira tragada dançou errática entre os dois e depois sumiu. Ventava em Vitória, como de costume.

Não faço nada de graça, ela disse.

O pastor voltou à terra, baixou os braços, descongelou. Para tirar a carteira do bolso da calça.

Eu pago pelo seu tempo, disse. Você só precisa escutar o que eu tenho pra dizer.

Ela viu notas graúdas na carteira que Ernani entreabriu à

sua frente. E o estudou com um pouco mais de atenção: era grande, forte, mas não parecia agressivo. Apenas fanático. Lavínia conhecia o script: ele iria levá-la para um quarto de hotel e passaria algum tempo vociferando contra os pecados do mundo, até pular em cima dela e possuí-la com a mesma disposição com que pregava. Sabia, pelas companheiras de luta, de histórias de clientes que rezavam enquanto fodiam. Aos berros. Esse número ainda não tinha acontecido com ela. Lavínia encaixou o pastor na seção "*bíblias* inofensivos" e, confiando em sua intuição, topou acompanhá-lo.

Ernani foi para o hotel, levando-a com ele. Agora, em carne e osso — mais osso do que carne, na realidade: foi a fase em que ela esteve mais magra.

Lavínia morava de forma precária numa casa da periferia de Vitória, dividia dois cômodos e um banheiro com um travesti e com outra mulher, que ganhavam a vida no cais. Um ambiente de atmosfera muito instável: todos na casa usavam drogas. Péssimo para alguém tão à flor da pele como ela.

O curioso é que a vizinhança assimilava bem o trio. Era comum mães deixarem os filhos pequenos aos cuidados do travesti ou de Lavínia enquanto trabalhavam. (Com a outra moradora da casa quase nunca podiam contar: a mulher passava a maior parte do dia imprestável. Um zumbi. Definhava envolta na fumaça do crack.) E, contra qualquer prognóstico, Lavínia e o travesti cuidavam bem das crianças. Ela, principalmente. Se sua vida se aquietasse algum dia, planejava ser mãe. Estava perto de completar vinte e um anos, ainda se permitia acreditar em sonhos.

Ao passar pela portaria do hotel, Ernani recebeu, além da chave, um olhar irônico do funcionário. Já o olhar que ele destinou a Lavínia continha outro ingrediente. Um pouco de espanto.

Ernani abriu a porta do quarto e falou que ela podia ficar à vontade, com gestos delicados, palavras mansas. Ainda desconfiada, Lavínia calculava quanto tempo iria durar aquela gentileza toda. E a primeira coisa que a surpreendeu foi a organização impecável do quarto. Cada coisa em seu lugar. Nada de camas desarrumadas ou de malas abertas e roupas espalhadas, como acontecia na maioria das vezes em que fazia programas em hotéis, com homens de passagem pela cidade. O pastor era um amante da ordem e da disciplina, daqueles que começam o dia arrumando o leito em que dormiram. As camareiras do hotel tinham pouco trabalho no quarto, só entravam para limpar o banheiro e trocar as toalhas e as roupas de cama.

Durante todo o tempo em que Lavínia esteve ali, Ernani não a tocou. Ou melhor: tocou-a, duas vezes, mas não do modo como ela esperava. Uma foi quando pediu que se ajoelhasse ao seu lado, segurou a mão dela e começou a orar. Lavínia sentiu-se um pouco desconfortável, meio ridícula, porém, a exemplo do pastor, manteve a cabeça baixa e os olhos cerrados. Não rezou, mas se rezasse seria para que aquilo terminasse logo, para que o homem deixasse de lengalenga e tirasse sua roupa, para que ele gozasse rápido. Queria pegar a grana e sair voando dali. Estava aflita para tomar algo que a deixasse alta, que a fizesse esquecer que a outra Lavínia batia na porta. Pronta para entrar em cena.

Mas o alívio com o fim das orações durou pouco: o pastor a convidou para sentar-se com ele na cama e iniciou uma pregação inflamada. Lavínia esfregou os joelhos doloridos, as pernas formigavam — não tinha o costume de ajoelhar-se, só por razões mais profanas e menos demoradas. Ela perguntou se podia tirar as botas, ele assentiu, sem parar de falar.

Ernani misturava trechos do livro em seu colo com detalhes de sua história pessoal, antes e depois da conversão. Era um orador habilidoso, sabia envolver alternando advertências apocalípticas com frases de intensa doçura. Parecia um pai dando conselhos à filha. Mexeu com a cabeça de Lavínia.

Houve um único intervalo: ela reclamou de fome e Ernani fez uma pausa para pedir sanduíches e refrigerantes ao serviço de quarto. O resto da noite, ele discorreu, sentencioso, sobre o pecado e a salvação e os vales onde jorravam o leite e o mel.

A primeira claridade do dia vazou entre as cortinas da janela e iluminou os dois recostados na cabeceira da cama. O pastor ainda pregava, exaltado, com a mesma energia do princípio. Ernani não havia dormido e no entanto não sentia sono ou cansaço. Ao contrário: disposto, aceso, vivia um instante repleto de felicidade espiritual. Um instante único, capaz de aplacar qualquer fome física.

Lavínia ficou impressionada com a sensação de conforto que boiar naquele oceano de palavras lhe proporcionou. Ainda planejava se drogar tão logo saísse dali, mas a fissura já não existia. Em outras circunstâncias, estaria babando. Ao lado daquele homem, que em nenhum momento a olhou com desejo, achava-se apaziguada de um jeito que ainda não experimentara. Sem a ajuda de aditivos, estivera a salvo do peso do mundo durante horas, imune à música da outra que, sereia, tocava em seus ouvidos fazia dias. Sentiu-se protegida, o que era bem raro em sua vida. E enxergou uma possibilidade de cura.

E só então se convenceu de que Ernani era um pastor de verdade.

Ele se entregava com tanto ardor àquilo que acabou por emocioná-la. Provocou uma catarse: Lavínia caiu no choro e o pastor a acolheu num abraço, tocando-a pela segunda vez. Ela chorou até sentir vergonha por deixar marcas úmidas no paletó de Ernani. Nunca havia chorado na vida por outro motivo que não fosse medo ou raiva.

Lavínia saiu do hotel às sete da manhã, perturbada com a experiência. Ernani deu a ela dinheiro equivalente a três programas completos, e ela teve de prometer que voltaria naquela noite, para jantar. O pastor queria ouvir sua história.

Eu não gosto de falar de mim.

Você ainda não está pronta pra falar, Ernani disse. Não se preocupe: vai chegar a hora certa.

Ele a tinha conquistado. Ou convertido, como dizia. Ou aliciado, como também se pode dizer, sem grande prejuízo para a verdade.

Àquela altura da manhã, Lavínia não conseguiu localizar nenhum dos traficantes que conhecia. Estava tão abalada pelo encontro com Ernani que decidiu testar sua capacidade de resistência à droga e foi direto para casa, onde apagou num sono profundo, que durou até o começo da noite. Talvez o mais correto seja dizer que entrou num estado narcoléptico, impermeável aos ruídos do mundo. Nenhum alarido externo teve o poder de despertá-la. Nem mesmo o Beethoven espúrio e desafinado do caminhão de gás, que transitava devagar pelas ruas sem calçamento do bairro, ou o travesti que cantava acompanhando o radinho de pilha, enquanto cuidava da limpeza da casa, sem economizar no barulho — era dia de faxina.

Ela acordou com a casa no escuro e em silêncio, cheirando a desinfetante. O travesti e a mulher já deviam ter saído para o batente. Lavínia se espreguiçou e continuou deitada mais um pouco no colchão estendido sobre o piso do quarto, ouvindo as vozes de gente que passava na rua. Tinha sonhado com cavalos. Não lembrava direito do sonho, como sempre acontecia, apenas de fiapos. Os cavalos eram cegos.

Levantou, acendeu a luz e cambaleou até o banheiro. Não sentia fome, apenas a boca seca e uma espécie de ressaca que entorpecia as vontades de seu corpo. Depois do banho, vestiu sua calcinha mais audaciosa, cobriu-se com um vestido, maquiou-se e vasculhou a casa atrás de alguma coisa que a deixasse ligada. Revistou tudo, até encontrar dois comprimidos ovalados num porta-joias escondido no fundo do guarda-roupa. Uma reserva química do travesti. Examinou os comprimidos e, mesmo sem identificá-los, engoliu um e devolveu o outro ao porta-joias.

A droga bateu quando Lavínia estava no ônibus, a caminho do centro. Chuviscava sobre Vitória e ela se sentiu muito bem com a profusão de luzes coloridas se liquefazendo além das janelas. Aos poucos, foi tomada por um irresistível sentimento de ternura por tudo que existia ao redor, em particular pelos espécimes encolhidos nos assentos do ônibus, imersos cada um em seu próprio mundo. Lavínia experimentou um amor sem medidas por todos eles. Amou a mulher abrutalhada que ocupava o banco vizinho ao seu e que lançou um olhar de reprovação para seu vestido curto. Com igual intensidade, amou o menino negro do assento à sua frente e o cobrador, um rapazote de bigode ralo e olhos estrábicos. E também o casal jovem que viajava em silêncio, de cara fechada, um distante do outro, apesar das mãos dadas sobre o colo. Amou a expressão quase bovina de um velho, que tinha a pele tão surrada quanto as roupas, e ainda o motorista, que às vezes a espiava pelo retrovisor. Até mesmo as árvores, que via passando velozes na janela do ônibus, pareceram estar onde deveriam. Um instante de comunhão e êxtase, em que todas as engrenagens do universo se ajustaram.

Lavínia desceu no centro e saiu caminhando sob a chuva fina, em direção ao hotel. Flutuava a um palmo do chão. Sabia que a sensação de bem-estar tinha a ver com o comprimido (tanto que registrou mentalmente que precisava se apoderar do outro tão logo voltasse para casa). Mas apenas em parte: algo havia mudado dentro dela. E Lavínia queria mais. Queria outra dose da droga poderosa que a voz e as palavras daquele homem continham.

Ernani tinha certeza de que ela voltaria, até como compensação pelo dia difícil que tivera de enfrentar. Lavínia alterara a rotina dele, e um homem metódico como ele só admitia a contragosto esse tipo de interferência. O pastor tinha dedicado mais tempo a si do que à causa da igreja naquele dia, o maior dos pecados em seu código de conduta pessoal. Estivera pela manhã no local onde os pedreiros levantavam o templo e não gostou nem um pouco do que viu. A conclusão do que seria uma igreja despojada porém moderna, equipada com confortos como ar-condicionado, e a primeira com uma creche para os filhos dos fiéis, parecia ainda bem distante.

Estava aéreo, com um zumbido insistente no ouvido. No almoço, contentou-se com uma salada e uma sobremesa num restaurante por quilo das imediações da obra. Os pratos pesavam bem menos do que o cansaço que se abateu sobre ele assim que acabou de comer. O corpo doía, como se tivesse tomado uma surra; no ouvido, o ruído se convertera num chiado de rádio mal sintonizada. Sem disposição para trabalhar, voltou para o hotel, engoliu uma aspirina e caiu num sono que o conduziu, sem sonhos, até a noite. Um dia perdido.

Ainda sonolento, terminava de barbear-se quando o telefone tocou no quarto. O que está escrito vai se cumprir, pensou, ao tirar o fone do gancho e ser informado de que *dona* Lavínia o esperava no hall. Ernani lavou o rosto, vestiu o paletó e fez um último exame da arrumação do quarto. Então desceu para receber outro olhar enviesado do funcionário da portaria.

Lavínia aguardava sentada numa poltrona; quando se levantou, o pastor não pôde evitar e teve os olhos atraídos para o relance que mostrou, por um segundo, a calcinha vermelha que ela vestia. Ernani sempre comentava esse detalhe com ela, às vezes enquanto faziam sexo. Mas não se tratava de um fetiche. Por que tão marcante então? Simples: uma fome que andara adormecida dentro dele despertou nesse instante. E ele gostou de senti-la. Foi ali que o pastor considerou pela primeira vez a existência da carne de Lavínia, e não apenas seu espírito.

(Tudo isso para dizer que ele sentiu um inesperado e insólito começo de ereção.)

Ernani não estava preparado para aquilo, e muito menos para o que Lavínia fez: ela se aproximou, bamboleante no vestido justo e cheio de brilhos, tomou a mão que ele estendia entre as suas e a beijou. O pastor recuou o braço, contrafeito.

Não faça isso.

O rapaz da recepção adorou a cena, imaginou outras, enquanto Ernani dava passagem a Lavínia e os dois se dirigiam para o restaurante do hotel. Ela andava à frente dele, esticando a barra do vestido, numa tentativa inútil de cobrir uma porção maior das coxas. Ernani a seguiu com as mãos nos bolsos, preocupado com a visibilidade de seu estado.

Os três homens que jantavam na única mesa ocupada pararam de falar para observar, de forma escancarada, a entrada do casal no restaurante. O pastor puxou a cadeira para Lavínia e depois sentou-se, ficando de frente para os homens, e os encarou de volta. Surgiu um comentário, alguns risos, mas logo eles se desinteressaram e retomaram a conversa. Lavínia olhava para Ernani com um quê de devoção no rosto, uma expressão parecida com a do anjo da guarda que zela pelos pequenos pastores na beira do precipício, na gravura de Fayard.

Eles conversaram muito durante o jantar. Por razões diferentes, mais falaram do que comeram. Lavínia estava alucinada demais para sentir fome. Quanto a Ernani, um súbito nervosismo prejudicou seu apetite, chegou a afetar sua voz. Tomou uma garrafa de água e pigarreou seguidas vezes. Não adiantou: sua voz soava sem potência, indecisa. Para dissimular, passou a gesticular e a coisa piorou: acabou derrubando um copo de água sobre a mesa.

Ernani aguardou que os homens da outra mesa deixassem o restaurante, pediu café ao garçom e convidou Lavínia a subir para o quarto. Insistia em ouvir sua história, queria conhecer suas dores e angústias. É verdade que existia outro motivo para fazê-la falar: o pastor se sentia desconfortável com o estado de sua voz.

Em geral, Lavínia detestava abordar o passado. Significava reabrir feridas, revisitar um mundo de privações e violências. Para contentar clientes que, era comum, perguntavam sobre sua vida pregressa, ela costumava mentir. Inventava biografias falsas ao sabor de seu estado de espírito na hora. Uma de suas mentiras prediletas: apresentar-se como a ovelha negra de uma família capixaba tradicional, uma família arruinada, que a obrigava a prostituir-se para pagar dívidas. Fantasias que serviam para protegê-la da lembrança dos episódios de uma dureza absurda de seu passado. Um pântano pegajoso que ainda a atormentava.

Mas Lavínia sentiu que não conseguiria mentir para o pastor. E optou por relembrar suas agruras numa versão resumida — e cor-de-rosa, porque omitia os fatos mais dolorosos.

Ernani conhecia o enredo que ouviu, quase um clássico: adolescente incompreendida pela família foge de casa, no interior, e se perde nas ruas da cidade grande. O que o deixou intrigado foi outra coisa: Lavínia parecia muito diferente. Diversas vezes, enquanto a ouvia, teve a sensação de que não se tratava da mesma mulher que estivera naquele quarto na noite anterior. Uma metamorfose assombrosa havia ocorrido com ela. Ingênuo, o pastor primeiro atribuiu a mudança à maquiagem pesada que ela usava. Depois, chegou a pensar que testemunhava os efeitos visíveis de uma conversão, um daqueles pequenos milagres que já presenciara antes na igreja.

Porém Ernani teve de considerar uma terceira possibilidade para explicar a transformação.

Foi na hora em que Lavínia parou de falar e lançou direto para dentro dos olhos dele um olhar incisivo, invasor. Por instinto, ele se encolheu contra a cabeceira da cama. Lavínia tirou as sandálias, mas não os olhos dos olhos do pastor, e recolheu as pernas, para ficar de frente e mais próxima. O vestido subiu pelas coxas, ela pareceu não se importar. Ernani evitava baixar a vista para aquilo que, na periferia de seu campo visual, pulsava como uma ilha vermelha em meio a um nevoeiro.

Ela estendeu a mão, tocou o rosto dele, o polegar brincou um carinho na comissura dos lábios. A respiração de Ernani mudou de marcha, seu coração, de ritmo. Anteviu um segundo antes o que iria acontecer, como alguém que flagra uma flor brotando. Lavínia ajoelhou-se na cama e, ainda com a mão no rosto de Ernani, curvou-se e o beijou.

Ele não reagiu de imediato enquanto ela afastava o rosto. Porém, quando Lavínia quis beijá-lo de novo, Ernani a conteve, segurando seus pulsos com delicadeza, e disse:

Você não precisa fazer isso.

Sem contar as crentes da igreja, que com frequência o assediavam com entusiasmo excessivo — queriam tocá-lo, e tocavam, com o fervor de quem toca um santo — , era a primeira vez em muito tempo que uma mulher chegava tão perto de Ernani. Dito de forma mais precisa: era a primeira vez que *ele permitia* essa aproximação.

Com as crentes, se quisesse, não seria difícil. A confiança, assim como a fé, tem parentesco com a sedução. A maioria daquelas mulheres era casada e muitas recorriam ao pastor em busca de aconselhamento para rusgas conjugais. Não perdiam a oportunidade de embutir insinuações maliciosas nas conversas com ele. Algo mais as estimulava: saber que Ernani era viúvo. Mas ele se fingia de morto, nunca cairia nesse tipo de tentação. Quer escândalo pior do que um pastor envolvido com uma de suas ovelhas? *Vade retro*.

Lavínia apoiou o peso do corpo nos braços e investiu outra vez, com uma força que surpreendeu Ernani. Ele virou o rosto para evitar o beijo, mas teve de amparar o corpo dela num abraço desajeitado. Agarrada ao pastor, ela murmurou, em tom de queixa:

Você não me quer?

Até o cheiro parecia mudado, o pastor constatou. Os trejeitos eram de outra mulher. E também o olhar, onde ele julgava ter captado, desde que a vira no hall do hotel, uma cintilação de joia barata. Quando a mão dela deslizou exploratória em direção à sua virilha, Ernani a empurrou para desvencilhar-se do abraço e se levantou da cama. Porque tinha aventado uma explicação aterradora para a metamorfose: o ardiloso Satã havia se apoderado daquele espírito vulnerável e agora se manifestava para tentá-lo. E por pouco não o iludira.

O pastor pegou a Bíblia que estava sobre o criado-mudo e recuou para o centro do quarto. Farejava o ar ao redor feito um cão perdigueiro, buscava o inconfundível odor sulfúrico que confirmaria estar em presença do maligno. (De fato, a camareira que entrou no quarto no dia seguinte detectou um cheiro marcante no ambiente, porém bem mais prosaico: o do perfume ordinário usado por Lavínia.)

Ela continuou esparramada sobre a cama, de pernas à mostra, trepidando na espiral descendente do ácido. A viagem chegava ao fim. Então se equilibrou nos cotovelos e tentou pôr em foco a figura nublada do homem que a fitava de olhos esbugalhados, como se o tivesse assustado o beijo que a deixara encharcada de amor e tesão.

Ernani abriu o livro e ergueu o braço para dar início a suas invocações. Mas não reconheceu a voz que lhe saiu da boca. Arranques silábicos. Uma velha inimiga, que o atormentara na infância e na juventude e que ele debelara, na época da faculdade, à custa de disciplinados exercícios de oratória, estava de volta. O gago. Um homem de meias palavras, como diziam, com picardia e maldade, os colegas do curso de direito. De repente, viu-se desarmado, sem o poder daquilo que, com muito esforço, convertera de limitação em seu maior dom. Bem na hora de um embate com o demônio, o pastor sentiu-se impotente. Caiu de joelhos ao lado da cama, agarrando-se em Lavínia. Ela percebeu que Ernani soluçava.

Mais tarde, restariam ao pastor lembranças imprecisas do que aconteceu em seguida. Ele se recordava da carícia de dedos se intrometendo em seus cabelos e de frases amorosas ditas com doçura à meia-voz. Como versos de uma canção de ninar. Ernani se acalmou. E acabou adormecendo.

Sonhou com Ieda, um sonho a um só tempo sereno e perturbador. Passeavam pelas alamedas de um jardim amplo e arborizado — o "jardim das delícias" descrito por V. Sarabhaï? — e, apesar de caminharem lado a lado, de alguma maneira sabia que não podia tocá-la, porque ela não pertencia mais ao mundo dos vivos. Mas isso o incomodou menos do que o mutismo da mulher, que não respondeu a nenhuma de suas perguntas sobre a vida além-túmulo. Ieda apenas sorria, sem nada dizer. E parecia muito feliz.

O pastor foi içado de forma brusca daquele cenário bucólico: despertou de repente, sufocado com a própria saliva. Como se alguém tivesse chamado seu nome um segundo antes da asfixia. Sentou-se na cama e tossiu, um pouco engasgado ainda, e tentou reter os sargaços do oceano de sensações que se esvaía na penumbra do quarto. A única luz vinha da porta do banheiro e recortava o corpo magro de Lavínia encostada no batente, olhando para ele. Ernani esfregou as mãos no rosto, sem saber por quanto tempo dormira.

Que horas são?, perguntou.

E se espantou com a própria voz, que soou plena, sem sombra dos hiatos da gagueira. Recobrara seu poder e isso o aliviou. Não teve como não pensar naquilo como um pequeno milagre.

Lavínia respondeu que não fazia a menor ideia. E não disse mais nada enquanto abria o zíper nas costas e se livrava com alguma dificuldade do vestido justo, puxando-o pela cabeça. Daí se aproximou da cama. O pastor se manteve imóvel, sentindo nas têmporas a pulsação disparar. Ela segurou as mãos dele e as guiou até a pele quente de seus quadris. Ernani viu a pinta minúscula que existia ao lado do umbigo, como uma ilha diante de um continente.

Não sei se eu estou preparado, ele conseguiu dizer, sem gaguejar.

Lavínia fez o pastor se levantar da cama e o abraçou. Descalça, media dois palmos a menos do que ele — e teve de ficar na ponta dos pés para beijá-lo. Ao apertar seu corpo contra o dele, notou que Ernani tremia um pouco. Notou também que ele podia até não estar preparado, mas estava pronto para ela.

O pastor não pensava em demônios nesse momento, e sim no rosto tranquilo de Ieda visto no sonho. Em seu sorriso. Como um sinal de aprovação.

Os dirigentes da igreja faziam grandes planos para o futuro do pastor Ernani.

Tinham acabado de obter do governo a concessão de um canal próprio de televisão, uma reivindicação antiga, atendida graças ao empenho em Brasília da bancada que reunia deputados simpatizantes ou ligados à causa da igreja — a essa altura, os adeptos já representavam um contingente eleitoral nada desprezível. Os equipamentos estavam comprados, o canal entraria no ar em breve, com vinte e quatro horas de programação religiosa. Pretendiam lançar Ernani como um dos telepastores. Sua dedicação e, bem mais que isso, o poder de sua retórica e, por que não?, seu tipo físico imponente o credenciavam para a função. Exalava credibilidade. Iam convidá-lo para um período de testes com as câmeras. Iam começar a prepará-lo.

Nessa época, o pastor morava no Ipiranga, em São Paulo, numa casa de propriedade da igreja, com piscina e churrasqueira no quintal, não muito distante do templo onde comandava os cultos. Ernani costumava pensar nesse período como um dos mais felizes de sua vida. Talvez o mais feliz.

A causadora desse estado de espírito cintilante saltou da cama Luís XV do casal, depois de quase doze horas de sono ininterrupto, e abriu o par de venezianas para o quintal, recebendo no rosto inchado a luz imensa de um dia de janeiro. Domingo, quase fim de tarde. Um pássaro enorme visitava a goiabeira. Da casa vizinha, protegida por um muro no qual a hera se enroscava com fé nos fios da cerca eletrificada, chegava o som alto de uma televisão. O gramado amarelava ao sol. A água da piscina imóvel e azul.

Lavínia vestiu um roupão, passou pelo banheiro e atravessou descalça o corredor em direção à sala. De bermuda, sem camisa, Ernani assobiava distraído, acompanhando a música do aparelho de som, enquanto cuidava da limpeza de um aquário habitado por um cardume multicor. Um raro deslize num homem que não dava muito valor a hobbies. Os peixinhos coloridos eram seu xodó. Serviam como higiene mental, dizia. Chegava a ficar triste se morria algum.

Lavínia tinha um gato, Fred, um animal atento ao delicado equilíbrio dos humores na casa. Em certos dias, com a dona nublada, esgueirava-se pelos cantos pisando macio. Podia levar um safanão apenas por ter olhado com cobiça para o aquário. O segredo era não se deixar notar nesses dias. Ou exilar-se no quintal até que o surto passasse.

Ernani reparou que Lavínia o espiava. Enxugou as mãos numa toalha e consultou o relógio.

Bem-vinda ao mundo dos vivos.

Mesmo com os olhos inchados, o cabelo revolto e o rosto crispado numa expressão selvagem, Lavínia continuava atraente. Olhar para ela causava sempre uma comoção em Ernani, um tremor de alma. Até em dias como aquele, em que exibia a metade escura de seu espírito, continuava uma mulher de uma beleza prodigiosa, capaz de desviar da rota um homem que simplesmente a visse, ao acaso, na rua.

Como aconteceu com ele em Vitória.

Depois da primeira noite em que fizeram amor, Lavínia mudou-se para o hotel e os dois não se largaram mais. Ernani ainda continuou por mais dois meses na cidade e comandou com vigor a conclusão das obras do templo (quatro dias antes do previsto). Nunca havia trabalhado com tanta vitalidade e alegria; sentia-se remoçado, cheio de energia. À noite, voltava apressado para o hotel, para os braços e pernas de Lavínia, que o fez redescobrir os esplendores da carne. Redescobrir, não: *descobrir*.

A felação, por exemplo: em vinte e nove anos de convivência com Ieda, jamais acontecera, e bem que ele teria gostado. Mas também nunca forçou. Eram amantes tímidos, Ieda e Ernani. Lavínia fê-lo uivar, acordou sua libido aos berros. Lambuzou-o com substâncias diversas, algumas comestíveis. Lambeu-o em recantos nunca antes visitados. Inventou jogos que excitavam a imaginação do pastor e posições em que ele se surpreendia com os ângulos que seu corpo assumia sem dor. Cumulou-o de carinhos e atenções. E, sobretudo, fodeu com uma intensidade desesperada.

Também teve muito prazer com ele, de uma forma inegável, visível, sonora. Ernani ficou ainda mais satisfeito, um pouco envaidecido até. Na sua idade, quem diria, o sexo passara a ter gosto de façanha.

Nem por um segundo se preocupava com demônios nessas ocasiões. Estava enfeitiçado demais. Considerava que seu lado animal despertara, era natural e, por isso, bom. No credo de sua igreja, por sinal, não existia nenhuma restrição específica a respeito da luxúria, como acontecia com a maioria das religiões e seitas.

O pastor também se espantou com o grau de intimidade que surgiu entre ele e Lavínia, com a rapidez com que isso aconteceu. Tivera outro tipo de proximidade com Ieda, mais reservada. Com Lavínia, estava tão aberto e próximo que seria capaz até mesmo de falar de seus medos, a fronteira íntima mais avançada para a maioria dos homens.

Foram dias de vinhos e flores, de passeios e compras no shopping, de jantares e cinema. E de sexo, muito sexo, de deixar o quarto recendendo a seivas e fluidos. Era como se Ernani quisesse compensar a longa abstinência a que se submetera após a morte de Ieda.

Até que cessou, de repente, sem aviso. Murchou. Um belo dia (nem tão belo nem tão dia: uma noite chuvosa), ao chegar ao hotel, Ernani encontrou uma mulher acabrunhada, rebarbativa a qualquer tentativa de contato. Outra mulher. Ele, que vinha no embalo daqueles dias físicos, estranhou e teve de conter seus ímpetos. Frustrou-se bastante ao ser rejeitado, mas não se aborreceu. Calculou que Lavínia estivesse menstruada. E aproveitou para racionalizar: talvez fosse prudente uma trégua naqueles embates amorosos, que o levavam muitas vezes a antecipar o horário de retorno ao hotel, mas que também faziam seu coração bater disparado e o extenuavam. Já não era um garoto e, embora tivesse a disposição de um, não havia como negar: andava abusando.

O problema é que a trégua durou semanas. Para um homem com o desejo aguçado pareceu mais.

Ernani insistiu, variou as estratégias de abordagem, umas sutis, outras mais diretas; todas foram ignoradas ou repelidas. Lavínia não queria conversa. Passava a maior parte do tempo reclusa no quarto do hotel, com a janela cerrada, dormindo ou sentada catatônica diante da televisão. Recolhida a uma zona cinzenta de depressão. Recusava a maioria dos convites para sair, parou de trocar de roupa e, até onde o pastor pôde constatar, houve dias em que nem banho tomou.

Ela ainda o acompanhava nas orações noturnas, mas sem um volt de entusiasmo. Uma mulher desfocada.

Mesmo assim, Ernani a queria de uma forma atormentada.

Quantas noites não acordou sem saber o que fazer com a ereção provocada por um simples roçar no corpo morno, porém indiferente, que dormia a seu lado? (A imagem que o pastor viu no espelho do banheiro em algumas dessas noites — um homem despenteado, com a cueca arriada até os joelhos, curvado num onanismo sôfrego — pareceu-lhe indigna, abjeta. E inevitável.)

Durante o dia, dissipava as energias na reta final de construção do templo. À noite, viam TV e o pastor seguia atento os mínimos movimentos de Lavínia pelo quarto, com olhos de pedinte. Pior era ser acordado pelas notícias que ela enviava de seus pesadelos. Murmúrios incompreensíveis. Às vezes, Lavínia se debatia demais e então Ernani a sacudia. Ela abria os olhos aterrorizados por um instante e, depois de se acalmar, segurava as mãos dele e viajava outra vez para aquele reino onde parecia ter apenas inimigos. Restava ao pastor concentrar suas olheiras no teto e o pensamento em detalhes como os galões de tinta que o acabamento da igreja ainda consumiria. Ou acariciar de leve a pele suada de Lavínia, que voltara a balbuciar em código, até o momento em que era obrigado a atender ao apelo rígido de seu desejo. Um apelo irrefutável, que acabava tirando Ernani da cama para mais um encontro com sua triste figura no espelho do banheiro.

Ruim com Lavínia, pior sem ela: numa tarde, ao chegar ao hotel, o pastor não a encontrou no quarto.

Ernani imaginava que isso pudesse acontecer em algum momento, e a possibilidade causava nele uma véspera de sofrimento. Mas era previsível. O que uma mulher jovem e bonita como Lavínia poderia querer com alguém como ele? Em pé no centro do quarto vazio, vendo a luz enferrujada do fim de tarde tocar a parede em frente ao hotel, Ernani sentiu-se velho pela primeira vez na vida.

Sentou-se na cama com a cabeça entre as mãos, para sofrer com um pouco de conforto. Cometera um erro reabrindo um assunto que, após a morte de Ieda, dera por encerrado em sua existência. Agora, quase sessentão, sofria de amor, de uma sensação opressiva de abandono e ridículo. Estava com vergonha de si mesmo.

Quando o quarto se tornou mais escuro que seus pensamentos, o pastor se levantou, acendeu as luzes e resolveu tomar um banho, para livrar-se ao menos em parte dos cansaços daquele dia. Abriu o armário e o alegre colorido das roupas de Lavínia, penduradas numa fileira de cabides, causou um estremecimento que o fez remoçar alguns anos. Eufórico, vasculhou as gavetas. Estava tudo ali, inclusive as lingeries. E os colares, as pulseiras e os brincos. E também sapatos, sandálias e botas, e até uma bolsa, com documentos e dinheiro. Ela saíra só com a roupa do corpo, Ernani animou-se, não podia estar longe. Talvez tivesse ido ao shopping. Ou a um cinema. O pastor achou bom, viu naquilo um indício de superação da crise. No ápice da depressão, Lavínia pouco saía do quarto, por mais que ele insistisse. Parecia uma flor apodrecendo numa estufa.

Ernani tomou banho, ligou a televisão e estirou-se na cama. E esperou Lavínia para o jantar. Acabou cochilando, sonhou que andava por uma praia deserta num dia nublado e encontrava o cadáver de um morcego na areia. Do sonho, interrompido pelo telefone, restaram a boca pastosa e um presságio, que fez sua mão tremer um pouco no momento em que tirou o fone do gancho. No entanto era apenas o zeloso rapaz da recepção: queria saber se o pastor desceria para jantar, como de costume, passava das dez, o restaurante não demoraria a fechar; não, ele não tinha notícia de dona Lavínia, talvez o recepcionista da tarde a tivesse visto sair, mas Ernani precisaria esperar até o dia seguinte para perguntar-lhe. O pastor cancelou o jantar e pediu que o rapaz chamasse um táxi. E saiu numa ronda meio insana pela noite de Vitória.

Ernani foi econômico nas instruções que deu ao motorista,

recomendou apenas que rodasse devagar pelas ruas. Passaram pelo local onde o pastor conheceu Lavínia e ouviram provocações e gritos das mulheres que faziam ponto ali. O taxista percebeu o interesse de Ernani.

Se o senhor me disser quem está procurando, talvez eu possa ajudar.

O pastor hesitou, não soube como referir-se a ela. Saiu:

Uma amiga.

O motorista fez cara de quem sabia de que gênero de amiga ele falava. Ernani então acrescentou:

Ela está doente.

A gente nunca deve pensar no pior, o homem disse, mas o senhor já procurou nos hospitais?

Ainda não.

Famílias inteiras de miseráveis se amontoavam debaixo das marquises, bandos de crianças seminuas erravam pelas calçadas do centro. O motorista precisou frear o táxi para não atropelar um negro andrajoso, que cruzou a rua discursando sua loucura. O pastor começou a temer pelo pior.

Uma viatura da PM ultrapassou o táxi na lateral de uma praça e Ernani quase pediu ajuda. Só não fez isso porque, nesse momento, avistou Lavínia encolhida num dos bancos de cimento. O pastor aproximou-se cauteloso: descalça, ela abraçava os joelhos e, ao erguer a cabeça, pareceu não reconhecê-lo. Seu corpo estava gelado, ele constatou ao ajudá-la a levantar-se. Tremia a ponto de bater os dentes. Só dizia, de forma maníaca:

Perdi os sapatos.

Lavínia repetiu essa queixa várias vezes no táxi, no trajeto até o hotel. Ernani a protegia num abraço.

O pastor a colocou na cama e deitou-se a seu lado. Ela não demorou a submergir num sono atormentado por gemidos e movimentos bruscos. De manhã, quando Ernani saiu para o trabalho, Lavínia dormia de bruços, tranquila, respirando de um jeito ritmado e sereno. Ele passou pelo hotel na hora do almoço e a encontrou ainda na cama, na mesma posição. No final da tarde, ao chegar da obra, o pastor a achou acordada, diante da televisão. *Acordada* é modo de dizer: Lavínia ainda parecia alheia. Mas Ernani viu que ela pedira comida no quarto e julgou isso um bom sinal.

No dia seguinte, ela emergiu das sombras.

O pastor voltou ao hotel um pouco mais cedo, para receber um visitante, e deu de cara com Lavínia de banho tomado, de saída para o cabeleireiro. Algo estava de novo aceso dentro dela — e Ernani ficou intrigado com isso. Um pouco excitado até.

O emissário da igreja que o visitou era um tipo engomadinho, de modos polidos, um pouco excessivo no apego aos perfumes. Chamava-se Sílvio, um dentista verborrágico, vício da experiência com interlocutores silenciosos e boquiabertos no consultório. Tinha as unhas manicuradas, usava um terno bem cortado e a barba aparada com cuidados de cirurgião. Chegou ao hotel pontualmente às cinco, pediu para ser recebido no quarto.

Os dois oraram, Sílvio sentou-se à mesa instalada num dos cantos e apoiou sobre ela a pasta de executivo. Sua voz era boa, modulada, mas ele dava excessiva atenção a cada sílaba que pronunciava, como se degustasse as palavras. Não demorou para o pastor sentir enfado com o relatório minucioso da expansão da igreja em território brasileiro, e para além das fronteiras — tinham acabado de implantar uma unidade no Suriname. Muitos brasileiros viviam lá, Sílvio disse. Ernani conhecia o pastor que assumira o templo com a missão de conquistar esse rebanho, um colega dos tempos do curso de formação de lideranças da igreja. Sílvio deu uma risadinha:

Coitado. É no cu do mundo.

Ernani tinha apreço por palavrões. Existiam momentos, ele

acreditava, que só um bom expletivo podia extravasar de maneira adequada a cólera ou uma contrariedade. Bem melhor do que represar dentro de si o veneno de uma explosão adiada. De quebra, Lavínia ensinara ao pastor outras possibilidades de uso dos palavrões, em especial se sussurrados em certas horas. Ele estremecia com aquilo. Porém, ao ouvir a frase do dentista, atirada como uma boia de intimidade entre os dois, sentiu-se um pouco desconfortável. E suspirou, deixando que a mente fluísse para longe do matraquear incessante.

Pensou no colega do Suriname até com um pouco de inveja. Mudar-se para um lugar afastado das metrópoles deterioradas fazia parte dos planos de Ernani. Claro que, como bom soldado, iria para onde a igreja o mandasse, sem reclamar. Mas, no futuro, se estivesse em posição de escolher, pediria para ser enviado para bem distante do que chamavam de *civilização*. Os bárbaros estavam vencendo, e alardeavam isso pichando seu evangelho feroz nos muros e prédios das cidades. Ameaçavam com suas roupas, cabelos, tatuagens e atitudes agressivas.

Fugir para longe também significaria, de certa maneira, retomar um projeto que a morte súbita de Ieda frustrara: quando se aposentou, Ernani pretendia mudar-se com a mulher para o interior do Rio, onde comprara um pequeno sítio.

Sílvio apertou os fechos da pasta — o ruído trouxe Ernani de volta ao quarto — e, afinal, entrou no assunto que motivava sua visita. Disse que, com a conclusão da obra em Vitória, a igreja tinha uma nova missão para o pastor. Em São Paulo. E espalhou sobre a mesa um conjunto de fotos de uma antiga garagem de ônibus que seria convertida em templo.

Ernani pensando em lugares pacatos e a igreja colocava em seu caminho a Babel mais caótica do país. Riu dessa ironia. Fez o dentista pensar que a notícia o agradava.

Você gosta de São Paulo?

Não conheço direito, estive lá poucas vezes.

O pastor detestava São Paulo. Nas raras ocasiões em que passou pela cidade, incomodou-se com tudo: o trânsito, o barulho, a poluição, o excesso de gente pelas ruas e nos ônibus, trens e metrô. Achava São Paulo feia.

Moro lá faz vinte anos. Apesar dos problemas, é uma cidade boa, Sílvio disse. Muito boa. Você vai gostar.

Ernani ganhou tempo, em silêncio, fingindo examinar com mais atenção uma das imagens. Estava chegando a hora de descobrir se Lavínia iria acompanhá-lo. Já havia tocado no assunto, e ela não demonstrara grande entusiasmo em deixar Vitória. A conversa acontecera durante a fase aguda de sua depressão, e ele tinha esperança de que a versão ensolarada de Lavínia pensasse diferente.

Sílvio enfileirou outras fotos sobre a mesa. Casas que a igreja possuía em São Paulo. Para Ernani escolher em qual delas gostaria de morar.

Esta aqui eu conheço.

O dentista pôs o indicador de unha bem cuidada sobre a fachada de um sobrado com colunas estilo anos 70.

Foi reformada faz pouco tempo. Tem até churrasqueira e piscina. Um pouco de conforto não faz mal pra ninguém, você não acha?

Ernani ergueu os olhos para o rosto de Sílvio. E tentou imaginar que reação provocaria se dissesse que estava pensando em não acatar a determinação da igreja. Claro que não faria isso, nem de brincadeira. E não só pela fé. Em seus anos de burocrata, ele fora bem adestrado para cumprir ordens e respeitar hierarquias. Mas se divertiu pensando na cara do dentista se comunicasse que pretendia ficar em Vitória.

O único problema, Sílvio disse, é que essa casa talvez seja um pouco grande para alguém sozinho como você...

O pastor o interrompeu:

Eu não estou mais sozinho.

Escapou da garganta do dentista um "ah" e, pela primeira vez naquele dia, ele se manteve calado por mais de trinta segundos, enquanto vistoriava o quarto. Procurou indícios de presença feminina. E cometeu uma grande injustiça com Ernani: atribuiu a uma mulher a cuidadosa arrumação que viu, os pequenos vasos com flores coloridas em fila no parapeito da janela. Até isso fora iniciativa do pastor. Ele amava as flores e achava que os vasos davam uma lufada de ar doméstico ao quarto.

Não sabia, Sílvio disse.

É.

E mais Ernani não contou. E nem precisava, em sua opinião. Sílvio abriu um sorriso.

Meus parabéns!

Por um instante, o pastor temeu receber tapinhas de congratulações no ombro. Porém o efusivo dentista optou por homenageá-lo de outra forma.

Você tem feito um excelente trabalho, disse. O bispo está muito satisfeito.

Ernani conhecia o bispo, estivera com ele em meia dúzia de ocasiões. Numa delas, para celebrar a compra de um *lear-jet*. O bispo utilizava o aparelho em seus deslocamentos — a igreja mantinha unidades em quase todos os estados da federação. Ele fora vítima de uma tentativa de sequestro fazia uns meses, agora só andava acompanhado de seguranças. Era um ex-executivo da indústria farmacêutica, um homem sedutor e de retórica vigorosa. Gravava discos com preces e hinos religiosos que vendiam milhares de cópias. Lotava estádios em suas cada vez mais raras aparições públicas.

O bispo cometia um único deslize, quase uma falha de caráter no rígido código de conduta de Ernani: pintava os cabelos. O pastor desprezava homens que recorriam a esse artifício na tentativa de ocultar seu tempo de vida. Só peruca era pior. Uma vaidade tola e inútil, Ernani professava, nunca ficava bom. Quase sempre resultava em seres constrangedores, capazes de envergonhar o Criador, caso Ele aparecesse para uma visita de surpresa.

Sílvio fechou sua pasta e levantou-se com cara de missão cumprida. Parecia muito satisfeito com o mundo naquele começo de noite. Ao apertar a mão de Ernani, repetiu o lema que, meio a sério, meio de molecagem, usava para encerrar seus encontros:

E não esqueça de visitar seu dentista regularmente.

O pastor riu por educação.

Nesse momento, Lavínia abriu a porta do quarto. E a temperatura ambiente se alterou. O queixo do dentista caiu, deu para ouvir o barulho. Ele olhou para ela como uma criança testemunhando um relâmpago. O choque de Ernani também foi grande, mas de outra natureza. Lavínia tinha pintado os cabelos de loiro.

Perdão, ela disse, pensei que vocês já tinham terminado.

O pastor a impediu de recuar. E, sem perceber o impacto que Lavínia causava sobre o dentista, teve a oportunidade de resgatar, com um prazer inesperado e até com um pouco de orgulho, uma expressão que nos últimos anos estivera ausente de seu repertório.

Minha mulher. Lavínia.

Ela o cumprimentou, mas não deu muita bola. O dentista sofreu com isso: era um homem habituado a atrair atenções, nem que fosse pelo excesso de perfume. Ser ignorado foi um golpe tão difícil de assimilar quanto ver aquela mulher deslumbrante voltar-se inteira para Ernani. (E, por um momento, seu sorriso e a luz de seus olhos escuros pertenceram a ele, só a ele. A intimidade dos dois excluiu tudo ao redor.) Lavínia beijou de leve os lábios do pastor — Sílvio seria capaz de jurar que uma fagulha brilhou no quarto por um instante. Depois, ela pediu licença e trancou-se no banheiro. O dentista ficou arrasado; se pudesse, choraria no próprio ombro. Ao se despedir, olhou para Ernani com uma inveja de tragédia grega. Estava ainda um pouco abalado, a julgar pelo que disse antes de deixar o quarto:

Ela tem dentes lindos.

O pastor recolheu as fotos da mesa e suas narinas captaram no ar um resíduo do patchouli do dentista. Quando saiu do banheiro, Lavínia flagrou-o cheirando a ponta dos dedos. Ela fez pose, girou o corpo, coquete, exibiu os cabelos para ele. Ernani a olhava meio espantado.

O que foi, não gostou?

Não é isso, ele falou. É que você está muito diferente, está parecendo outra pessoa.

Era verdade. E o cabelo tingido apenas acentuava a metamorfose. Fazia o pastor quase acreditar que estava diante de uma irmã maliciosa de Lavínia. Capaz de avançar insinuante em sua direção e dizer num tom provocativo:

Você prefere a outra?

Ernani não soube o que responder. Ou melhor: não teve tempo. Porque ela começou a despi-lo, enquanto sussurrava com os lábios colados ao seu ouvido:

Adorei você ter me chamado de *minha mulher*.

Lavínia esfregou seu corpo quente em Ernani. Ele deslizou a mão sobre o vestido e descobriu que ela deixara a calcinha no banheiro. O cheiro que o pastor sentia era um misto de tintura de cabelo, suor e algo que ele não conseguia identificar. Um aroma de abismo. Seria mentira dizer que Ernani não gostou — ele morreria por isso. Mas dizer que não teve medo também seria mentira.

Depois, eles continuaram nus, deitados lado a lado na cama, num torpor que a fome que sentiam não conseguia vencer. Ernani notou um fio de cabelo loiro preso aos pelos de seu peito. Lavínia levantou-se para ir ao banheiro e uma das fotos espalhadas no chão grudou na sola de seu pé.

O que é isso?

Ernani saiu da cama para juntá-las. Estava agachado quando falou:

Eu vou morar em São Paulo. Quer ir comigo?

Lavínia aproximou-se e, por um instante, seu púbis ficou a centímetros do rosto do pastor. E ali também ela estava loira.

O que eu vou fazer lá?

Ernani se ergueu:

Vai cuidar de mim.

Que nem eu cuidei agora?

Você vai ser minha mulher, ele disse.

Ela passou a mão no rosto dele e sorriu.

Você nem me conhece direito...

Me deixa conhecer.

Isso tinha acontecido fazia tempo já. Quase um ano. E a verdade é que o pastor ainda não podia dizer que a conhecia. Nem que compreendia os terremotos que sacudiam seus subterrâneos. Ele procurava adaptar-se ao clima da ocasião. Igual ao gato Fred. Um tipo de felicidade tenso e ciclotímico. Mas não havia razão para esconder: Ernani preferia a versão ardente de sua mulher.

Terminou de limpar o aquário, enxugou as mãos na bermuda e foi para a cozinha. Lavínia fumava encostada na pia. Tragadas longas, ávidas.

Coma alguma coisa. Tem café.

Tô sem fome, ela disse.

E ficou quieta pelo tempo que durou o cigarro. Daí, saiu ao quintal e aproximou-se da piscina. Um inseto com asas enormes dava rasantes à flor da água. Ernani a seguiu e teve de pôr a mão na frente do rosto para proteger-se do sol brilhante do fim de tarde. Foi de olhos semicerrados, entre cintilações, que viu Lavínia desamarrar o cinto do roupão e deixá-lo cair atrás de si, antes de descer a escada de metal e entrar na piscina. Permaneceu mergulhada por tempo suficiente para deixá-lo preocupado. A superfície azulada se aquietou e Ernani a enxergou submersa, uma imagem tremulante, os cabelos se mexendo como se tivessem vida própria. Até que Lavínia emergiu perto da borda e sacudiu a cabeça, espirrando água ao redor. O pastor falou:

Amanhã, você vai comigo ao médico.

Lavínia não disse nada. Apenas tomou impulso na lateral e deslizou de costas até o meio da piscina. E então mergulhou outra vez.

Lavínia não passava de um fardo de seis semanas na barriga da mãe quando seu pai foi embora de casa. Um homem truculento, ignorante, dado ao desemprego e à cachaça. Na verdade, o gosto pelo álcool era sua única afinidade com a mulher.

E não se pode dizer que o nascimento de Lavínia tenha alegrado a mãe: um aborto chegou a ser cogitado e afinal quase induzido por um pontapé na derradeira escaramuça com o marido. A única na família que ficou feliz com o surgimento de mais uma boca para comer — já existiam dois meninos, de pais diferentes — foi a avó, que vivia como agregada na casa. Nos primeiros anos, a velha funcionou como um refúgio sereno para a neta diante das trepidações cotidianas e da indisfarçável rejeição materna. Foi a pessoa que Lavínia mais amou na vida e de quem mais sentia falta.

A mãe fazia faxina em residências, mas nem sempre estava em forma para trabalhar por causa da bebida. A avó ajudava no orçamento com sua aposentadoria exígua e com os doces que preparava, e que os meninos vendiam pelo bairro. Foram tempos difíceis, de muita pobreza, de fome e humilhação. Lavínia sintetizava as lembranças dessa época numa cena: ela em companhia da avó na fila de mantimentos do serviço social, morrendo de vergonha dos conhecidos que passavam.

Uma vez, ela fugiu de casa e, de carona em carona, foi parar em Vitória. Perambulou três dias pela cidade, até ser apanhada pelo juizado de menores e reconduzida a Linhares. Tinha treze anos na ocasião. E não disse adeus às ruas de Vitória, disse até breve, prometeu que voltaria. Tivera oportunidade de descobrir que os vapores da cola de sapateiro podiam afastá-la, ainda que por instantes, das unhas afiadas da realidade.

Embora maltratada pelo dia a dia, a mãe de Lavínia, se bem-arrumada, ainda tinha predicados para atrair o interesse masculino. Tanto que ninguém se surpreendeu no dia em que ela perfilou a prole e comunicou: um homem viria morar com eles, um pedreiro que conhecera nas reuniões dos Alcoólicos Anônimos. A avó foi a única a considerar isso um mau sinal. Mas sua opinião pouco importou, mesmo porque três meses mais tarde ela trocou o espaço que ocupava na casa por um lugar menor e bem mais tranquilo: uma cova modesta no cemitério local.

No começo, os irmãos conviveram em paz com o padrasto, um mulato rude e trabalhador, que botou comida na mesa e por isso mereceu o respeito deles. Autoritário, exigia o tratamento de "senhor". E se podia ser censurado pela avareza nos afetos e negligência nas atenções, ao menos não pegava no pé de ninguém, e os irmãos acharam o arranjo perfeito. Ele passava a maior parte do tempo vendo televisão na sala ou trancado no quarto com a mulher. Lavínia não se preocupava com os gritos da mãe; já tinha idade para saber que ela estava se divertindo.

Dava para ver que os dois se gostavam, que se amavam de um jeito meio brusco mas intenso. O problema foi a presença da cachaça na verdadeira celebração em que se convertia cada encontro deles na cama. Trepavam e bebiam e discutiam e se ofendiam, tudo em excesso. Parecia uma competição para saber quem conhecia mais palavrões. Não demorou e começaram a se empurrar e, em seguida, a se estapear sem muita cerimônia.

Lavínia não compreendia por que a mãe aturava aquilo, mas intuía que tinha a ver com as escandalosas reconciliações que os dois promoviam no quarto. Um desses casais que se comprazem tanto em provocar quanto em lamber feridas.

Os irmãos de Lavínia praticamente viviam na rua, alunos aplicados num curso intensivo de pequenas contravenções. Ficavam semanas sem aparecer em casa e, se apareciam, dedicavam ao padrasto maior ou menor indiferença, de acordo com o que encontrassem para comer na geladeira. Ambos se drogavam. E Lavínia aderiu com fervor. Ajudava a suportar o que acontecia à sua volta. Uma ocasião, ao revistar o armário do irmão mais velho à procura de maconha, descobriu um revólver niquelado e documentos e talões de cheque de pessoas que não conhecia.

O mais incrível é que ela recordava esses anos como um tempo, se não feliz, ao menos pacífico. Os anos em que floresceu.

Nem tinha ainda menstruado direito e homens a olhavam com apetite nas ruas. Às vezes, ela os provocava. Um impulso que não conseguia dominar. Em alguns dias, já acordava com vontade de pôr roupas mais justas ou mais curtas, de se maquiar. E de açular a imaginação deles com poses e olhares que, mesmo analisados sem malícia, podiam ser descritos como tudo, menos como inocentes. Seus dias de *lolita*. Dias em que gostava de saber que era cobiçada, mesmo por gente abrutalhada, que não respeitava. A turma da cerveja no balcão da padaria do bairro, por exemplo.

Os garotos da sua idade mantinham distância, ficavam pouco à vontade com ela por perto. Pareciam temê-la.

E havia os dias em que Lavínia se transformava numa garotinha assustada com o mundo e se excluía num canto, encolhida feito ostra, enquanto esperava dissipar a tormenta interior. Precisava de atenção. Numa família funcional, seria levada a um médico. Mas aquele tipo de gente só se encontrava com médicos em caso de autópsia.

O dualismo tornou o comportamento de Lavínia errático. Ela parou de ir à escola — e ninguém em casa pareceu notar. A mãe e seu companheiro se consumiam e se bastavam um ao outro — desde que houvesse bebida. Os irmãos estavam prestes a se doutorar no crime. Carreiras em ascensão. O mais velho tinha comprado um carro e andava com umas garotas pálidas e tristes de cabelo colorido. O retrato falado do outro havia aparecido no jornal, ligado a um assalto ao escritório de uma siderúrgica. Investigadores visitavam aquele endereço com mais assiduidade que os dois irmãos.

Ninguém viu brotar a flor esplêndida. Metade branca, metade sombria.

Um mecânico da redondeza viu, gostou do que viu e convidou Lavínia para sair, e ela só não aceitou porque não quis. Ainda não estava pronta. (A mãe nunca soube.) Mais gente se interessou por ela, vieram outras propostas. Um professor insinuou aulas de reforço gratuitas — à noite, na casa dele, por amor à arte. Ela não caiu nessa. Serviu apenas para reforçar a decisão de largar os estudos, virou uma desculpa se alguém perguntasse por que não ia mais à escola. Mas quem perguntou?

Lavínia fazia bicos como balconista de loja, sempre por temporadas curtas. Não conseguia parar em nenhum emprego. Sua instabilidade atrapalhava: faltava com frequência, brigava com as colegas, discutiu com uma cliente. Ouviu pela primeira vez alguém referir-se a ela como "histérica".

De repente, sem mais nem menos, o padrasto também resolveu prestar atenção na enteada. Descobriu que apreciava seus olhos escuros, a cor que a pele dela adquiria ao sol, seu rosto iluminado nas raras ocasiões em que sorria. (Alguém sóbrio sorrindo naquela casa era quase um luxo, não havia motivo para isso.) Ele quis ver esse sorriso mais vezes.

Um dia, perguntou se ela não precisava de nada; em outro, trouxe um presente ao voltar do trabalho: um par de brincos baratos, de camelô, que Lavínia nunca chegou a usar. A mãe bebeu além da conta nessa noite e gritou um pouco mais que o normal depois que se fechou no quarto com o padrasto. De manhã, esperou que ele saísse para então discutir com a filha e, por um motivo menor que suas olheiras, xingou-a de "biscate". E inaugurou uma garrafa de Velho Barreiro, da qual deu cabo antes do meio-dia.

Então o padrasto resolveu incluir as madrugadas em seus instantes de atenção à enteada. Na primeira vez, Lavínia despertou e deu com ele em seu quarto, sentado na beira da cama. Sem camisa, vestido com um short listrado. Parecia sofrer, o que a deixou mais assustada.

O que aconteceu?

Ela tá bêbada.

Ele falou como se aquilo fosse alguma novidade que o desconsolasse. Lavínia podia jurar que, nos últimos dias, o padrasto andava incentivando a mãe a beber sempre um pouco mais. Ela não se moveu quando ele a descobriu e inspecionou seu corpo, como se estivesse dando de comer aos olhos famintos.

Você é muito bonita.

Na hora em que a mão dele tocou seu peito, Lavínia enrijeceu. Suas narinas foram agredidas por um blend de pinga, suor e poeira. Ele a impediu de levantar-se da cama. E adivinhou sua intenção de gritar, antecipando a mão calejada em seu pescoço. Lavínia sufocou e se debateu.

Fique quieta, senão você se machuca.

Ela obedeceu para ter o ar de volta. O padrasto deslizou a mão pelo corpo dela, apalpou por cima do pijama curvas mal delineadas e contornos que ainda se formavam. Deteve-se nos seios, apertou um dos mamilos. Lavínia gemeu. E viu que ele usava a outra mão para aliviar-se.

Foi rápido. Ofegante. E doloroso, a julgar pelo grunhido que ele emitiu, antes de tombar sobre ela e corromper sua pele com a baba. Ela não se mexeu por um bom tempo depois que o padrasto saiu do quarto. Seu corpo inteiro tremia de nojo e ódio. Mais ódio que nojo.

Lavínia levantou-se e tomou um dos banhos mais prolongados de sua vida, que não bastou para livrá-la do cheiro de bicho que a impregnava. Ela esfregou-se, frenética, até que uma convulsão curvou seu corpo para a frente. Quando os espasmos cessaram, chorou durante meia hora.

De manhã, vasculhou a casa atrás do revólver do irmão, mas não encontrou. Tentou abordar a mãe, inacessível dentro de uma nuvem verde de ressaca. Lavínia insistiu em conversar, quis mostrar o arranhão no pescoço. Acabou ouvindo:

Por que você não arranja um homem e deixa o meu em paz, hein?

Tornaram-se rotineiras as incursões do padrasto ao quarto da enteada. Era sempre idêntico, um ritual. Mudo, curto e sofrido. Ele se masturbava enquanto a acariciava, às vezes com algum desespero e brutalidade, chegava a deixar manchas azuladas em sua pele. Não adiantava trancar-se: o padrasto fizera pessoalmente uma reforma completa na casa, tinha cópia de todas as chaves. Uma vez, forçou a porta do banheiro, a única com trinco interno, no momento em que Lavínia estava no chuveiro. Ela gritou. De porre no sofá, a mãe falou com voz mole:

Para de amolar a menina.

Foi mais ou menos nessa época que a polícia matou o irmão mais velho de Lavínia. Apareceu na televisão. Andava envolvido com uma quadrilha especializada no roubo de cargas. A mãe e o padrasto tiveram de pagar o enterro, e isso os abateu mais do que a morte dele. A verdade é que ninguém naquela casa ficou mais triste do que já estava, Lavínia nem sequer foi ao cemitério. Atravessava um período agudo de lassidão, regado a marijuana. Nada a afetava. Só não podia dizer que tolerava com indiferença ser bolinada porque, em algumas ocasiões, o sêmen do padrasto sujava a cama, e ela era obrigada a levantar-se para trocar o lençol. Numa das visitas, ao deixar o quarto, ele colocou algumas notas sobre a cômoda.

Compre alguma coisa pra você.

Lavínia não disse nada, apenas acrescentou o dinheiro às economias que mantinha escondidas no forro do quarto. Estava se preparando para dar o fora, só precisava aumentar um pouco seu capital. Antes, porém, um incidente: a noite em que se pegou agitada, insone, quente de uma febre que a fazia suar e alterava seu cheiro. Chapou-se de fumo. E, com a alma coberta de horror, descobriu-se à espera de seu visitante. No íntimo, ficaria frustrada se ele não viesse. Mas o padrasto veio. Fez o de costume, sem muita variação. Quem mexeu no enredo foi ela, ao segurar a mão dele e puxá-la para o meio das coxas. Um improviso que o ofendeu. Ele recuou, levantou-se num pulo e a esbofeteou com a mão cascuda. Uma, duas vezes. Disse:

Cadela.

E saiu do quarto bem mais assustado que Lavínia.

O episódio serviu para interromper as visitas noturnas. E Lavínia, que já era olhada com desprezo pela mãe, passou também a ser encarada com rancor pelo padrasto, sempre que compartilhava algum cômodo da casa com os dois. Um ambiente pouco saudável para uma adolescente cindida em duas. Ela achou que passava da hora de cair na estrada.

E teria sido melhor se tivesse partido na véspera.

O padrasto, que não tirava os olhos magoados de cima dela, pareceu ter farejado. É possível que a tenha visto preparar a mochila. O fato é que, nem bem Lavínia se deitou, ele apareceu no quarto, mais bêbado que de hábito. E mais violento. Possuído. Arrancou as roupas dela, espancou-a quando ela mordeu seu braço, e a teve na marra. Violou-a.

Foi rápido, como sempre. Ele entrou, resfolegou e saiu. Nem chegou a suar. Lavínia nem percebeu com exatidão como aconteceu. Não fosse por uma pequena dor, quase um ardor, e pelo fluido que escorreu entre suas pernas, poderia dizer que nada sentiu em seu defloramento. Um mulato com poucos dentes e bafo de pinga, com mãos grossas como lixa, que mal assinava o nome. Seu primeiro homem. Assim que as coisas são.

O padrasto sentou-se na beira da cama, short na altura dos joelhos, respirando pesado, esfregando a mordida no braço. Antes de sair do quarto, tocou a enteada pela última vez. Alisou seu pé. Ossudo, comprido. Apertou-o. E ficou olhando para ela com o rosto vazio.

(Lavínia nunca mais pronunciou o nome do padrasto na vida. Se necessário, referia-se a ele como "o preto que vive com a minha mãe".)

Ela fugiu de casa no dia seguinte. Em definitivo. Levava uma mochila com roupas e todo o dinheiro que arrecadou numa busca minuciosa pela casa. Jamais teve qualquer notícia da mãe, do padrasto ou do irmão a partir desse dia. Nem procurou saber.

Foi direto para Guarapari. Era o auge do verão, as praias estavam cheias e ela resolveu dar um tempo por ali. Não teve muita dificuldade em sobreviver. Conheceu meninas de sua idade, perdidas no mundo como ela, e outras com menos idade e muito mais experiência, todas viciadas no veneno das ruas. Vivia drogada a ponto de não se lembrar onde dormira na noite anterior. Chegou a participar de festas de embalo com uns playboys. Dias muito loucos. Até que o tempo esfriou e os turistas debandaram. Ela cortou o cabelo bem curtinho, adotou um boné e roupas masculinas e se mandou para Vitória.

Lavínia aprendeu nas ruas a roubar, a bater e a apanhar, a correr da polícia. Tempos de guerra. A genética falou alto e ela começou a beber. Aproximou-se de uma turma barra-pesada de moleques, que agia na área do cais e não dispensava o cachimbo de *crack*. Estava um bagaço, pedindo esmola e tomando água de sarjeta, no dia em que foi recolhida pelos assistentes sociais do Estado a uma instituição de menores, na primeira de suas internações. O problema é que, uma vez desintoxicada, ou a liberavam ou ela fugia. O vício da rua era mais forte. Ali, foi sacaneada e sacaneou, aprendeu tudo que tinha de aprender, esqueceu o que deu para esquecer. E virou mulher. Talvez o mais correto seja dizer *mulheres*. Porque ela era sempre duas. Opostas.

Herdou a espantosa beleza da mãe, que o álcool e a vida desbrecada não conseguiam destruir. E boa parte de sua loucura.

Numa das temporadas que passou recolhida, Lavínia descobriu a fotografia. Foi paixão instantânea. Num daqueles cursos que davam para distrair o bando de meninas selvagens, com excesso de tempo ocioso, ela enfim se encantou com algo que parecia valer a pena. Mas foi obrigada a relegar esse interesse ao tempo futuro dos outros sonhos que pretendia realizar. Igual a casar, ter filhos, morar numa casa onde ninguém ficasse o tempo inteiro discutindo e brigando.

Quando fez dezoito anos, Lavínia participou de um projeto de reintegração social: arrumaram para ela um emprego de auxiliar numa loja de ferragens e uma vaga num quarto de pensão, junto com outras três egressas de instituições assistenciais. E por um tempo ela sossegou. Inscreveu-se num curso de fotografia, comprou no crediário uma câmera ordinária e andava com ela pra baixo e pra cima, fotografando a esmo.

Vem dessa época uma fantasia curiosa. Funcionava assim: Lavínia escolhia um homem entre os transeuntes, ao acaso, e passava a segui-lo pelas ruas até onde fosse possível. Brincava de imaginar que podia ser seu pai. Ela dava preferência a homens mais velhos e, sem que percebessem, chegava a fotografá-los. Os tipos variavam, de executivos a aposentados de boné e jornal debaixo do braço. Lavínia não tinha como saber, mas seu pai já estava morto e enterrado havia anos.

A mania rendeu um convite para um drinque, de um sujeito que percebeu que ela o acompanhava fazia tempo. Lavínia não aceitou. O homem insistiu, mudou a proposta para um café. Ela recusou. E foi embora, deixando-o assombrado.

Acontece que ele era persistente. Descobriu onde Lavínia trabalhava, mandou flores, começou a assediá-la na hora do almoço e a segui-la à tarde, no trajeto da loja para a pensão. Uma brincadeira que durou mais de um mês. No início, ela não deu confiança: caminhava sempre de cabeça baixa, ignorando a presença dele ao seu lado e suas perguntas. Estava sem nenhum dos apetites essenciais. Diante do silêncio obstinado dela, o sujeito teve tempo de contar sua vida.

Chamava-se Alfredo, um cinquentão sofisticado, boa-pinta e de gostos caros e refinados. Economista de formação e bon-vivant por vocação, um parasita abrigado no intestino de uma família capixaba endinheirada. Mantinha um casamento de conveniência, que lhe permitia trabalhar sem horário fixo na corretora de valores do sogro e também usufruir de luxos como casa de praia em Manguinhos, lancha de cinquenta pés, carro novo todo ano, festas, viagens ao exterior. Tinha dois filhos adolescentes. E bastante tempo livre, podia dedicar-se à corte. Armou um verdadeiro cerco em torno de Lavínia. Venceu pelo cansaço — num momento em que as disposições da libido dela trocaram de voltagem.

Em geral, Alfredo encontrava pouca ou nenhuma resistência se atacava de sedutor. Dá para compreender por que a teimosa rejeição de Lavínia mexeu com seus brios. Ele encarou a conquista daquela mulher estranha, de olhos e silêncios escuros, como um desafio. Mas a verdade é que se apaixonou por ela. E a quis para ele. Achou que a súbita mudança de comportamento fosse apenas um capricho de Lavínia. Mais um. Igual à indiferença que o manteve aprisionado em sua órbita por mais de um mês.

Um dia, convidou-a para jantar e, surpresa, ela aceitou. Topou também prolongar a noite num motel. Se é certo que Alfredo já andava fissurado por Lavínia, é mais certo ainda que endoidou de vez com o que aconteceu. Na cama, ela acendeu todos os fogos. E, ao saírem do quarto pela manhã, ele sabia que não tinha conseguido apagar alguns deles.

Começaram a se ver com regularidade. Alfredo alugou e mobiliou um apartamento para os encontros e Lavínia pôde deixar a pensão. Não demorou e ele a fez demitir-se do emprego na loja de ferragens e passou a sustentá-la. Estava obcecado por ela, morria de ciúmes de todos os homens de Vitória. Se pudesse, não hesitaria em mantê-la trancada.

O affair durou quase um ano. Lavínia gostava de Alfredo, mas é complicado afirmar que o amou. Criada num ambiente rarefeito de afetos, tinha dificuldade na hora de identificar e nomear suas emoções com precisão. Preferia pensar que a alegravam a companhia dele, suas atenções e carinhos e os presentes que trazia. Podia não amá-lo, mas sentia-se amada, o que é bom, como sabe até mesmo o mais sarnento dos cachorros de rua.

Ele aparecia à noite, pediam comida pelo telefone e depois, no quarto decorado com gravuras eróticas, Alfredo tentava conter os incêndios de Lavínia. Nunca conseguiu. Então era um pouco frustrado que voltava para casa, para reassumir seu papel de marido. Um dilema que o afligia mais que a Lavínia. Embora ela nada exigisse, ele vivia prometendo deixar a mulher, falava num "casamento de aparências", sustentado pelo temor de uma separação que traumatizasse os filhos. *Os meninos*. Na realidade, dois marmanjos mimados, cheios de *piercings*, em idade pré-vestibular.

Alfredo jamais romperia com a mulher, estava na cara. Adorava imaginar que faria isso, pelo prazer da vertigem que o percorria, mas adorava muito mais o estilo de vida proporcionado por seu casamento. Ele se julgava "destreinado" para começar a trabalhar de verdade àquela altura. A saída foi administrar um amor clandestino. E por uns meses, ainda que sofrendo moderadamente, Alfredo conseguiu. O problema era o ciúme.

A rusga mais séria aconteceu no dia em que ele passou de surpresa pelo apartamento, à tarde, e não encontrou Lavínia. Ele a esperou puto da vida, bebendo uísque e cheirando carreiras de cocaína. Ela apareceu no começo da noite, e as roupas que vestia, coloridas, provocantes, serviram para deixá-lo ainda mais enfurecido. Bateram boca e ele a agrediu com um tapa no rosto. Lavínia ficou possessa, gritou, quebrou coisas e entrincheirou-se no banheiro. Alfredo esticou mais algumas fileiras no vidro da mesa de centro e esperou. Bebia uísque direto no gargalo no momento em que Lavínia concordou em abrir a porta do banheiro. Ele chorou, pediu perdão, ajoelhou-se, jurou que não aconteceria de novo — o repertório clássico, enfim. E foram se reconciliar no quarto. Alfredo bem que tentou, mas, dopado como estava, não conseguiu satisfazê-la. Foi para casa de madrugada, deprimido como de costume.

Há outro detalhe que torna esse dia marcante: Lavínia, que dava um tempo com as drogas, caiu de boca num resto de pó deixado por Alfredo. Uma reincidência que conturbou ainda mais sua relação com ele.

Os dois tiveram muitas brigas. Algumas em público. Uma vez, num feriado, Alfredo a levou para a casa de praia e vetou o biquíni que ela pretendia usar. Considerou-o "escandaloso". Discutiram e Lavínia mandou-o à merda e saiu da casa pisando duro. Vestida só com os brincos. Alfredo correu atrás, alcançou-a já na rua. Em outra ocasião, num restaurante, implicou com um sujeito que não tirava o olho de cima dela. Lavínia alegou que não tinha culpa, disse que ele devia brigar com o sujeito e não com ela. Andava tão desequilibrada que, no calor do bate-boca, na impossibilidade de espetar a mão de Alfredo com um garfo, jogou sobre ele uma taça de vinho. O garçom, impassível, limitou-se a trazer um guardanapo para Alfredo se limpar e a encher de novo a taça de Lavínia, enquanto o pianista tentava abafar o vexame, tocando mais alto. Inútil: as vozes podiam ser ouvidas até na cozinha do restaurante. Um vaudevile que a seleta clientela soube apreciar com gosto, a ponto de aplaudir durante a saída do casal.

Alfredo pagava para ser discreto. Ficava tenso toda vez que se expunha com Lavínia ao mundo exterior ao apartamento, tinha paranoia de cruzar com conhecidos, o que aconteceu algumas vezes. Mas não só: incomodava-o que os outros machos olhassem para ela com evidente cobiça, sem nenhuma preocupação em dissimular. O que ele podia fazer? Andava com um trinta e oito no carro, mas, se fosse para criar caso, precisaria conseguir porte para andar com uma metralhadora. Só ia a cinemas e restaurantes porque era obrigado. Lavínia exigia. Brigavam por causa disso. Os dois estavam cheirando como nunca.

De repente, Alfredo sumiu por uns tempos. Não deu notícia nem por telefone. Lavínia sentiu falta dele, é certo. Porém estava precisando ficar sozinha naquele momento. Bastava ver as fotos dessa época, parecia que apenas o feio interessava à lente de sua câmera. Só os esquetes ásperos do espetáculo do mundo: o menino aleijado no calçadão do centro; uma árvore condenada de folhas cinzentas; as ruínas de uma casa imperial; um sofá estripado no meio da calçada.

Ela não podia censurar Alfredo pelo afastamento, tinha consciência de que, em seu estado, não era boa companhia. Lavínia se considerava portadora de uma espécie de maldição. Uma vez, quando ainda era bem pequena, uma lente dos óculos da avó pulverizou-se em sua mão.

Onde eu entro, portas batem sem motivo, tem sempre gente prendendo a mão em gavetas ou se cortando com facas, tesouras e até mesmo com papel, ela dizia. Ficar perto de mim é perigoso.

Quem por fim trouxe notícias de Alfredo foi um homem engravatado, que acordou Lavínia no meio da tarde. Um advogado. Ela o recebeu de roupão, descabelada e descalça. Estava no fundo do poço. Embalagens de comida dividiam o espaço na mesa de centro com garrafas vazias e cinzeiros superlotados. Ela passava a maior parte do tempo entrevada na cama, sofrendo de dores não catalogadas no mundo físico.

O homem foi franco e objetivo: explicou que, por razões *familiares*, Alfredo não a veria mais, e pedia que ela não o procurasse. O acordo era simples: dependendo da atitude de Lavínia, estava autorizado a oferecer-lhe uma certa quantia, para que pudesse recomeçar a vida.

Uma indenização por serviços prestados?, ela perguntou.

Ele não caiu na provocação — Alfredo o advertira do temperamento explosivo de Lavínia. Porém ela estava sem ânimo até para brigar. Não quis pegar o dinheiro e disse que não criaria caso. Ganhou dez dias para desocupar o apartamento.

Carregou o que pôde em duas malas e voltou a morar numa pensão. Uma de suas companheiras de quarto fazia programas em boates e ela entrou nessa quando a situação apertou, e até precisou se desfazer de sua amada câmera. Lavínia gastava muito dinheiro com drogas.

Reviu Alfredo uma única vez, na época em que estava fazendo programas na rua. Ele passou de carro, com a mulher, e parecia feliz da vida.

Lavínia levou esse tipo de vida por algum tempo. Até a noite em que seu caminho cruzou com o do pastor Ernani.

Postais de Sodoma à luz do primeiro fogo

Falei que estava planejando ir embora. Lavínia gritou do chuveiro:

O que você disse?

Entrei no banheiro e puxei a cortina de plástico. Ela ensaboava o corpo.

Tô pensando em ir embora daqui.

Pra onde?

Não sei ainda. Talvez eu volte para São Paulo.

Lavínia passou o sabonete entre as pernas, levantou um monte de espuma. E sonho.

O que foi, bateu saudade de casa?

Não posso ficar aqui pra sempre, tenho que dar um jeito na minha vida.

Ela guiou o jato do chuveirinho para o púbis. Desfez a espuma, não o sonho.

Você tá precisando de dinheiro?

Não.

Mentia. Minha situação financeira era preocupante: eu

levava uma vida modesta, mas quase não trabalhava. Com exceção de um ou outro casamento ou batizado que fotografava — Chang detinha o monopólio desse mercado —, eu vivia do dinheiro acumulado nos meus dias de sanguessuga. E essa reserva se esgotava de modo alarmante. Existia um apartamento pequeno no centro de São Paulo, minha única posse, que eu poderia vender para financiar meu estilo de vida por mais algum tempo. Mas até quando? Eu estava fazendo quarenta e quatro anos naquele dia. Passava da hora de pensar num rumo.

Lavínia fechou o chuveiro, pegou a toalha que eu estendia e voltou para o quarto se enxugando. Apoiou o pé na cama e curvou-se para deslizar a toalha pela coxa, me oferecendo ângulos esplêndidos. Olhei a Pentax de prontidão sobre a cômoda e decidi registrar aquelas epifanias. Eu também continuava nu.

Tocada pela luz dos flashes, Lavínia vestiu a calcinha e o sutiã. Depois, removeu a touca de plástico e voltou ao banheiro para pentear os cabelos e passar batom. Shirley, o nome que transformamos em adjetivo, preparava-se para sair apresentável da cena do crime.

Você já vai?

Ela me sorriu do espelho:

Eu te avisei que não podia ficar muito tempo.

Abracei-a por trás, beijei seu ombro, seu pescoço. Misturado à fragrância do sabonete, seu cheiro de bicho se desprendeu. O reino animal mandava notícias.

Você está com *muita* pressa?, perguntei.

E acariciei os seios por cima do sutiã, até sentir os bicos se eriçando entre os dedos. Lavínia suspirou e mexeu os quadris. Pressionei o corpo dela contra a pia e vi, no espelho, que ela estava com os olhos fechados no momento em que sussurrou:

Você vai me atrasar...

Enfiei os polegares nas laterais da calcinha que ela usava pela primeira vez — e pela última, pensei, ao ouvir o tecido rasgando — e puxei com força. Seu corpo ainda estava úmido, mas não tanto quanto sua boceta.

Eu a encontrara por acaso naquele dia. Enquanto vagabundeava pelo centro, vi Lavínia saindo da agência do Banco do Brasil, do outro lado da rua, e resolvi segui-la. Pelo prazer imenso de observá-la em movimento.

Fazia calor, muito calor. Ela usava um vestido leve e seus cabelos estavam soltos. E era uma experiência fascinante vê-la iluminar o rosto dos outros. Lavínia parou por um instante e se abaixou para colocar moedas no chapéu do sanfoneiro perneta, que ganhava a vida em seu ponto na escadaria da Câmara Municipal. Depois, atravessou a rua e entrou numa loja. Fui atrás.

Demorou para meus olhos se acostumarem com a penumbra do lugar, um magazine de artigos femininos, vazio àquela hora da tarde. Uma atendente se materializou sorrindo ao meu lado:

Boa tarde, meu nome é Míriam. E o seu?

Eu disse que era Cauby, o que não provocou nenhuma reação na atendente, uma mulata jovem e bonita, que parecia ter chegado à puberdade uma semana antes. Novas gerações, novos ídolos. Ela perguntou em que podia me ajudar e eu expliquei que procurava um presente para minha mulher. Uma lingerie.

Lavínia ainda não tinha me notado. Era atendida por outra garota, mais ao fundo da loja, e tomou um susto ao me ver sendo conduzido até o balcão.

Que tamanho ela usa?, Míriam perguntou.

Aí é que está, eu disse, rindo. Não sei.

A mulata também riu e falou que não via problema, dispunha de vários modelos e tamanhos, eu só teria de escolher. Lavínia continuava me olhando, curiosa. Na hora em que Míriam quis saber como era a minha mulher, eu disse:

Tem mais ou menos o corpo dela.

E indiquei Lavínia. Primeiro, ela corou levemente. Depois, franziu a testa, como se eu a tivesse ultrajado. Por fim, controlou-se e sorriu. E entrou, incisiva, no jogo:

Posso ajudar a escolher, se você quiser.

Vai ser um grande favor, eu disse. Homem nunca é muito bom pra essas coisas.

Míriam não gostou da interferência em seu trabalho. E, de cara amarrada, começou a espalhar os conjuntos de lingerie sobre o balcão à nossa frente. Lavínia falou bem perto do meu ouvido:

Geralmente, homem é melhor pra tirar a roupa do que pra vestir uma mulher.

Míriam olhou com malícia para a outra atendente e se afastou. Lavínia escolheu entre as peças do balcão.

Olha que lindo.

Segurava uma calcinha e um sutiã pretos, peças minúsculas, atrevidas. As duas atendentes cochichavam e ficaram sem jeito ao perceber que eu as encarava. Míriam disfarçou mexendo numa prateleira, a outra menina caminhou em direção ao caixa. Senti a maciez do tecido entre os dedos. E também o princípio de uma ereção.

Gostou?

Lavínia estava tão próxima que seu braço roçou no meu. Uma descarga elétrica. A fase das fagulhas, como diz mestre Schianberg em seu livro. O momento em que os amantes têm a certeza de que algo vai acontecer em breve para saciar a fome que sentem, e saboreiam a espera, muitas vezes prolongando-a. Choques não são incomuns nessa etapa, sustenta Schianberg.

Será que vai servir?, perguntei.

Ela testou a elasticidade do tecido. E aprovou. Então me olhou. E em raras ocasiões na vida tive a chance de empregar a palavra *lascivo* com tanta propriedade quanto diante do sorriso que vi aparecer em seu rosto. Lavínia disse:

Posso experimentar pra ver como fica.

Ah, Schianberg: "Muitas vezes, entre os amantes, em adição às afinidades do corpo, surge uma sintonia mental, intelectual, que, ao propiciar jogos, provocações e brincadeiras privados, acentua ainda mais o caráter de cumplicidade na relação. Casais costumam estabelecer espaços particulares de comunicação, inacessíveis ao restante da manada humana ao redor. Intimidade psíquica. *Wit*" (*O que vemos no mundo — Um tratado sobre o amor humano*, p. 115, Lebrão Editores, Porto, 1991).

Eu e Lavínia tínhamos conquistado essa dimensão privada de contato. E naquele instante estávamos a sós no mundo. Tanto que nada nos importava, nem mesmo a mulher gorda que entrou na loja ou a atendente que, a contragosto, avançou para recebê-la, recitando:

Boa tarde, meu nome é Míriam. E o seu?

Era visível que a mulata, de modos gentis e mecânicos, estava mais interessada no que iria acontecer do que em sua nova cliente. Falava com a mulher sem desgrudar o olho de Lavínia, que pegou as peças das minhas mãos e, escoltada pela outra atendente, dirigiu-se calmamente até o provador de roupas no fundo da loja. O ventilador enorme, que até aquele momento servira apenas para rebater o ar quente em nossa direção, curvou-se bem no instante em que Lavínia passou, e foi como se a reverenciasse. Eu me encostei no balcão e esperei. Queria ver até onde Shirley levaria aquele jogo.

Míriam usou uma banqueta para alcançar na prateleira as calças que iria mostrar à cliente. A mulher se abanava com uma revista dobrada e me olhou com hostilidade ao reparar que eu a observava. Suava em abundância e suas faces estavam afogueadas. Comentei:

Quente hoje, não?

Ela bufou como resposta. Nesse momento, o rosto de Lavínia surgiu entre as cortinas do provador.

Perfeito, disse.

A atendente ficou satisfeita com a informação, eu não. E me aproximei do provador. Lavínia sorriu.

Pena que você não pode ver.

Ela mantinha as cortinas fechadas na altura do pescoço e uma expressão de vitória no rosto. Era o limite que impunha ao jogo. Mas eu o ultrapassei. Ergui a vista e, pela fresta acima de sua cabeça, vislumbrei a imagem refletida no espelho às suas costas. Lavínia percebeu a manobra e cerrou as cortinas no ato. Não conseguiu me impedir, no entanto, de constatar que as peças tinham mesmo ficado perfeitas em seu corpo.

Paguei e saí à rua, indiferente ao olhar bovino da gorda suarenta. Esperei que Lavínia deixasse a loja, entreguei-lhe a sacola com a lingerie e falei:

Na verdade, eu é que deveria ganhar presentes hoje.

Um relâmpago de genuína surpresa atravessou seu rosto: Lavínia tinha se esquecido do meu aniversário. Consultou o relógio e balançou a cabeça.

Merda. Eu não posso, Cauby, tenho um compromisso.

E se afastou apressada pela rua fumegante. Não ganhei nem mesmo um beijo de presente de aniversário. E ainda estava atordoado quando vi Chico Chagas estacionando sua Brasília numa rua lateral. Fui até lá para cumprimentá-lo e aproveitei para dizer que continuava interessado em fotografá-lo. Chagas tornou a recusar. Sorria, exibindo os dentões de ouro para as pessoas que passavam ao nosso lado. Achei que olhavam para ele com um tipo de respeito. Grana, pensei. O estado terminal da Brasília não queria dizer nada — naquele lugar, sujeitos podres de rico se vestiam como mendigos, e mendigos às vezes surpreendiam com gestos educados, quase aristocráticos, sequelas da época em que bamburraram. Mas não era dinheiro que fazia as pessoas olharem para Chagas daquele jeito. Seu poder tinha outra natureza.

Depois de perambular mais um pouco pelo centro, voltei para casa. E encontrei meu presente de aniversário na soleira da porta: Lavínia sentada no degrau, ao lado da sacola com a lingerie.

Você não falou que tinha um compromisso?

Ela recolheu a sacola e se levantou.

Ainda tenho, não posso ficar muito tempo.

Abri a porta e entramos, e Lavínia foi direto para o banheiro. Saiu vestida com a calcinha e o sutiã que eu havia comprado e me puxou pela mão em direção ao quarto. Antes de me comer, disse:

Feliz aniversário.

Escurecia na hora em que ela foi embora de casa. Saiu atrasada para o curso de terapia prânica que estava frequentando, ministrado por uma velha *freak* que aportara na cidade. Algo ligado à cura pelo alinhamento dos chacras. Vi a mulher na foto que ilustrava os cartazes do curso: tinha cabelos grisalhos eriçados e cara de bruxa.

Também não conseguiu curar Lavínia.

Naquela noite, antes de deitar, abri ao acaso o oráculo de são Jorge de Lima. Saiu o trecho que fala dos demônios de cinza consumida e da persistência de tudo numa zona oculta. Um presságio que não chegou a me incomodar. Havia outros sinais no ar, bem mais concretos e inquietantes. Eu poderia reclamar de tudo, menos da falta de avisos.

Viktor Laurence telefonou no dia seguinte, disse que tinha um assunto importante a tratar comigo. Ele me recebeu na varanda do casarão com chá e bolachas, o gato Camus no colo e uma palidez que me espantou. Eu sabia que Viktor andava doente, mas os cabelos despenteados, a barba mal escanhoada e, sobretudo, as olheiras — perfeitas demais, parecia maquiagem — transformaram meu espanto em susto. O preto habitual das roupas só piorava o quadro.

Bebericamos chá e filosofamos sobre a vida. Viktor, na verdade, mais tossiu do que falou. Estava no bico do corvo, como o povo gosta de dizer. Tinha um tumor no cérebro. Inoperável.

Sabe o que é foda, Cauby? Olhar para trás e descobrir que a vida da gente não teve importância nenhuma, entende?, que não vamos ser lembrados por nada que fizemos.

Ele coçou as orelhas de Camus, um gato vira-lata rajado. Camus me olhou com ar de enfado. Dizem que os animais costumam adotar traços da personalidade de seus donos. Ali, isso era flagrante.

Termine seu poema, falei.

Não quero ser lembrado por uma poesia, pô. Você não gostaria de ser lembrado por algo maior, que tivesse realmente interferido na vida das pessoas?

Eu ri.

Li um monte de poemas que mudaram minha maneira de ver o mundo. Você acha isso pouco?

Ah, Cauby, você não passa de um romântico.

Pegou uma bolacha e colocou diante do focinho desinteressado do gato. De acordo com o professor Schianberg, a vida da maioria das pessoas é medíocre, o que não as impede de enxergar tudo numa perspectiva heroica. Suportamos a existência tentando converter o banal em épico. Viktor mordiscou a bolacha que Camus recusara e mastigou devagar, ambos me espreitando.

Me conte uma coisa, Cauby: você continua de caso com aquela mulher do pastor?

Encarei-o, alerta. Nunca falávamos de Lavínia. O alarme soou em algum canto do meu cérebro.

Por quê?

Ele alcançou um envelope sobre a mesa e me passou.

Dá uma espiada.

Fotos de Lavínia, um punhado de fotos que eu conhecia bem. As poses eram variadas, o cenário sempre o mesmo: minha casa. Em nenhuma delas Lavínia estava vestida. Eu me levantei da cadeira.

Onde você conseguiu isso?

Viktor ergueu a mão, pedindo que eu esperasse, e teve um acesso de tosse prolongado. Camus saltou para o chão e espreguiçou-se, antes de entrar no casarão. Senti um pico de taquicardia.

Um sujeito apareceu aqui outro dia e me mostrou essas fotos, disse que queria vender. Imaginei que iam te interessar.

Quem é o sujeito?, perguntei. Ele roubou essas fotos da minha casa.

Foi o que pensei.

Ele serviu-se de mais chá e demorou um tempo respirando, como se aquele movimento tivesse exigido um esforço tremendo.

Quem é ele, caralho?

Viktor recostou-se na cadeira e usou um lenço para remover as gotas de suor que porejavam na linha dos cabelos. E teve outra crise de tosse, que, ao cessar, deixou-o com os olhos aguados e ainda mais pálido.

Eu tô morrendo, Cauby.

Isso ele falou com dificuldade. Eu permanecia em pé, segurando as fotos de Lavínia. Na praça, a massa passava sob o sol. Viktor se levantou, esfregando a mão no peito.

Preciso me deitar um pouco, estou zonzo.

Posso fazer alguma coisa?

Ele me abraçou e pude sentir toda a fragilidade de seu corpo. Magro como um santo.

Eu vou ficar bem, só preciso me deitar.

Perguntei mais uma vez pelo sujeito de quem ele comprara as fotos. Mesmo no bico do corvo, Viktor preservava seu sarcasmo sombrio e suas fontes:

Não posso falar, Cauby. Tenho que pensar no futuro.

Recoloquei as fotos de Lavínia no envelope. Viktor tossiu.

Tinha tanto futuro quanto um tapete branco naquele lugar empoeirado.

Você é um cara de sorte, ele disse. Ela é um mulherão.

Havia um pouco de cada Lavínia nas fotos do envelope, o sublime e a sarjeta. Mas era pessoal, íntimo: minhas declarações de amor a ela. Pensar que outras pessoas tinham manuseado aquelas imagens me encheu de ciúme. Viktor deu um tapinha em meu ombro.

As fotos estão muito boas. Já pensou em fazer uma exposição?

O que começou como uma gargalhada virou um novo acesso de tosse, que chegou a curvar seu corpo. Ele se apoiou em mim. Estava trêmulo.

Vou te levar para o hospital.

Viktor protestou, indignado. Disse que preferia morrer em casa. E tinha certa razão: o que chamavam de hospital naquele lugar não passava de um galpão vil e malcheiroso. Todo mundo viajava até Belém quando precisava de algo mais que um band-aid.

Quanto você pagou pelas fotos?

Ele informou uma quantia que abriria uma cratera no meu orçamento franciscano. Reclamei. Viktor disse que eu deveria agradecer: estava me dispensando da taxa de serviço em consideração à nossa amizade. Só me restou dizer:

Passo aqui depois pra trazer o dinheiro.

Não tenha pressa, Cauby. Só não vá esperar que eu morra pra dar o calote, hein?

Fiquei parado na varanda, segurando o envelope e ouvindo Viktor tossir no interior do sobrado. Pensava numa advertência que ele fizera.

Tome cuidado: o sujeito pode ter mostrado essas fotos por aí antes de vir me procurar.

Era uma possibilidade danada de ruim, uma possibilidade apavorante. De tirar o sono. Eu tinha noção da ameaça, mas vinha convivendo relaxado com ela até então. Apenas procurava não pensar muito no assunto. De repente, me deu medo. Temi por Lavínia e por mim, nessa ordem. Bateu a paranoia.

Num lugar onde as pessoas evitavam se encarar, homens me olhavam de maneira suspeita na rua, como se soubessem de alguma coisa. Você não teria medo? Às vezes, eu acordava no meio da noite, achando que tinha ouvido barulhos estranhos na casa. Passei a dormir com um porrete ao lado da cama. Não melhorou a qualidade do meu sono. Um inferno.

O que eu podia fazer? Trocar Zacarias por um pitbull?

Apenas uma das Lavínias se preocupava com essa questão. A que usava calças com mil fechos e blusas abotoadas até o colarinho. A Lavínia das saias abaixo dos joelhos. Uma mulher blindada. Era comum ela aparecer à tarde em casa só para conversar. Resistia às minhas investidas, não queria nem ser tocada (o que não me impedia, claro, de tentar tirar sua roupa). Passávamos horas ouvindo música, fumando uma erva de ótima qualidade — eu andava cultivando maconha hidropônica, de forma experimental.

Essa Lavínia costumava falar de culpa. Achava errado o que a gente estava fazendo. Dizia que era uma sujeira com o marido.

O que eu achava?

Eu achava espantoso o bico do peito me provocando, em relevo, no tecido da blusa comportada que ela vestia nessa ocasião. Estiquei o dedo e o toquei. Lavínia se encolheu no sofá, deu um tapa na minha mão.

Você não tá prestando atenção no que eu estou falando, Cauby.

Quantas vezes não me flagrei sentindo mais desejo por essa Lavínia inacessível do que por seu lado Shirley? Fazer amor com aquela mulher recatada tinha um quê de profanação. Os momentos em que se via como pecadora. Ela acreditava na existência de um plano superior, onde todos os nossos atos são conhecidos. Temia pela hora de prestar contas.

A Lavínia contraditória.

Numa tarde em que um contratempo a obrigou a cancelar nosso encontro, ligou e se masturbou enquanto conversávamos. Explicou que não achava justo compartilhar com o marido o tesão despertado por outro homem.

Foi a ela que propus um dia:

Vamos embora daqui.

Não posso, Cauby.

Ela se considerava em dívida com Ernani, disse que preferia morrer a causar dor a ele. Falei das fotos que foram parar nas mãos cadavéricas de Viktor Laurence e do risco de sermos descobertos.

Vamos embora antes que isso aconteça.

Você sabe que eu não posso, ela dizia.

E segurava meu rosto com as duas mãos para me beijar de leve os lábios. Depois, sumia por vários dias.

Até reaparecer tomada pelo espírito (e corpo, principalmente) da outra. Foi para essa Lavínia que falei:

Vou embora daqui.

Sua reação foi me abraçar e sussurrar no meu ouvido:

O que posso fazer pra você ficar?

Depois, mudou de assunto, me convidou para passar uns dias na praia com ela — Ernani viajaria até São Paulo, para participar de um encontro de lideranças da igreja.

E se alguém descobre?

Eu não penso nisso, ela respondeu.

Mas eu pensava. E isso me deixava muito inquieto.

Uma vez, na loja de Chang, reagi com grosseria a uma pergunta inocente do chinês:

Você tem visto a Lavínia?

Por quê?, rosnei. Eu não dou palpite na sua vida, não se meta na minha, caralho.

Chang se assustou com a explosão de perdigotos e ergueu os braços, na defensiva.

Desculpe, Cauby, não quis te ofender. Perguntei porque ela deixou um monte de filmes pra revelar e não apareceu pra buscar. Já tem umas duas semanas.

O mesmo período de tempo que eu não a via. Já me preocupava a hipótese de um novo sumiço. Com Lavínia, nunca dava para saber. Eu me acalmei, pedi desculpas, disse que andava meio tenso, com problemas. Chang aceitou, satisfeito, curvando a cabeça.

Eu estava quase sem dinheiro. Em breve, teria de me desfazer de câmeras e lentes para sobreviver. E aquele chinês pedófilo seria a única pessoa que poderia se interessar. Não valia a pena brigar com ele.

Quer ver uma coisa engraçada?, Chang perguntou.

E, sem me dar tempo de responder, colocou uma caixa de papelão abarrotada de fotos sobre o balcão.

O que é isso?

São as fotos que ela fez, disse.

A caixa continha centenas de fotos — precisamente quinhentas e vinte e sete, de acordo com o chinês. Retirei algumas e enfileirei-as no balcão. Todas iguais. Retratavam, de forma obsessiva, a mesma cena vista do mesmo ângulo: uma janela de madeira fechada em uma velha casa. A única diferença perceptível de uma foto para outra era a variação mínima da luz, indicando que Lavínia passara horas imóvel, disparando alucinada sua Canon, só parando para trocar o filme. Talvez um dia inteiro. Escavei o interior da caixa, algumas fotos caíram no chão, até encontrar uma sequência em que já não havia mais luz natural. Mal dava para enxergar a pintura descascada da janela.

Louco, né?, Chang comentou, com bafo de bala de anis.

Louco? Por quê? Eu não a fotografava com a mesma obsessão? Qual o problema?

(Questionei Lavínia sobre essas fotos. Ela explicou que tinha se apaixonado pela janela. E resolveu homenageá-la fotografando um dia de sua existência. Contou que chegou ao local às seis da manhã e ficou dezoito horas sentada diante da casa. Tomou apenas água nesse período. E só parou de fotografar porque sofreu um desmaio.)

A esperança é o pior dos venenos, seu Cauby. O senhor não concorda?

O careca sabe que concordo, mas assim mesmo olha para mim e espera que eu confirme. Está filosófico hoje. Filosófico e mais nostálgico que o normal. E muito satisfeito da vida também: no almoço, dona Jane serviu sua legendária maniçoba, o prato favorito dele. Comeu de lamber os dedos. Literalmente.

O segredo dessa iguaria de sabor peculiar e aspecto pungente (lembra, falando com franqueza, bosta de vaca) é a paciência, de acordo com dona Jane, paraense da gema, nativa de Marabá. O preparo da maniçoba exige tempo. O cozimento das folhas de maniva moídas deve ser lento e cuidadoso e consome vários dias, quando então se adicionam, com alguma variação, os apetrechos básicos de uma feijoada. Um prato que, quando bem preparado, costuma conquistar devotos ardorosos, feito o careca.

Sentados na varanda, contemplamos um pôr do sol inverossímil. Um flerte da natureza com o clichê. Não conheço fotógrafo que não possua alguns no prontuário. O ar está fresco e a tarde de primavera, silenciosa. O vento que sopra com suavidade do rio traz as primeiras notícias da dama-da-noite, que se espicha por cima do muro de uma das casas, na entrada do beco.

Chega ao fim o dia em que, após uma trégua que durou semanas, a tensão voltou a envolver a cidade em sua bruma envenenada. Uma serpente que encontrou um ninho aconchegante para chocar os ovos. Tudo porque Guido Girardi resolveu se entregar à polícia. Apareceu de surpresa na delegacia na hora do almoço. Barbudo, cansado, molambento. Enjoado de se esconder feito bicho num sítio abandonado dos arredores, sem recursos, sendo devorado por insetos e pela fome. Para encenar uma farsa infantil, porque todo mundo sabia o tempo inteiro onde ele estava.

A notícia se alastrou pela cidade feito achamento de ouro e, num minuto, juntou um aglomerado na frente da delegacia. Gente armada no meio. Exigiram a liberação de Guido. O argumento da turba obedecia à lógica perversa do lugar: qualquer um teria feito o mesmo com o chinês, talvez pior. Precavido, o delegado garantiu que Guido não ficaria preso, ia apenas prestar depoimento e depois sairia. Mas ninguém debandou até a hora em que ele deixou a delegacia, e só faltou aplaudirem e carregarem Guido pelas ruas. Soltaram até fogos. Quem viu, conta que ele ficou meio constrangido com a festa. Um herói desajeitado. O assassino confesso de Chang nem chegou a sentir o cheiro de mijo velho do xadrez local. Eu tive esse privilégio.

Dona Jane sai na varanda, aspira o ar perfumado e espia o azul do céu se degradando em tons de ocre e violeta. Faz um elogio à beleza da tarde. É tocada pela graça do momento. Viaja para um lugar bem distante dali, por uns segundos se retira para o interior macio de algum sonho. O careca, inoportuno como sempre, a resgata:

Me diga uma coisa, dona Jane.

Ela demora um pouco a pousar de volta na varanda. Porém a sutil mudança em sua expressão mostra que captou o ruído indesejável que se intrometeu entre ela e o sonho. A voz do careca rompeu a conexão com algo precioso, e isso a irrita.

Sobrou?

Sobrou o quê, seu Altino?

Ora, *o quê*. Sobrou maniçoba pro jantar?

A oportunidade de retaliação surge, inesperada. Uma luz de prazer visita o rosto de dona Jane. Ela contém o riso a custo.

Não, não sobrou.

Nada?

Nada.

Ver a cara de decepção do careca é pouco para satisfazer dona Jane. Ela tripudia, impiedosa:

Em casa, minha mãe sempre falava: quem não se contenta comendo, nem lambendo. O senhor conhecia essa?

O careca não responde. Prefere refugiar-se na lembrança, é um grande especialista nisso. Ele põe as mãos micóticas sobre a barriga e em seu rosto surge uma expressão de regozijo. Chega a estalar a língua.

Ah, como estava bom.

Apoiada na grade, dona Jane levanta o pé esquerdo do chinelo e o descansa na canela direita, enquanto olha o crepúsculo e tenta reconciliar-se com o devaneio interrompido. Não consegue, o instante esfumou-se. Fechou-se o acesso a qualquer outra dimensão que não seja a tarde enjoativa de tão perfumada, a varanda precisando de pintura, o casario encardido do beco. O jeito é contentar-se com o real em movimento: a moto que sobe a rua e passa estrepitosa pela frente da pensão. Antes de voltar para dentro, ela diz ao careca:

Eu estava brincando, seu Altino. Guardei um pouco pro senhor.

O sorriso de felicidade dele tem mais de um palmo. E seu olhar outro tanto de gratidão legítima. As alegrias miúdas de que fala o professor Schianberg em seu livro, que servem como pequenas recompensas por continuarmos vivos depois de depor as armas.

Anoitece devagar. Os insetos aparecem, pontuais como funcionários de uma fábrica de relógios. O careca esbofeteia a canela. E também entra, para pegar o repelente.

Fico sozinho na varanda, pensando em Guido Girardi: sua rendição, de certa maneira, encerra um ciclo de brutalidade iniciado com a morte de Chang. Estava no ar, pronto para explodir, faltava só alguém acender o estopim. E o assassinato do chinês, a quem metade da cidade odiava por dever-lhe dinheiro e a outra metade gostaria de esfolar por conta de seus folguedos com meninos, serviu de mote. Atiçou as feras.

Eu e Lavínia fomos tragados por esse turbilhão.

O tempo de vida que restava a Chang já podia ser medido em horas na última vez em que nos encontramos. Passei pela loja para pegar o carro dele emprestado — ele cobrava diárias pelo *empréstimo*, bem entendido. Sei que é fácil falar de modo retrospectivo, mas Chang me pareceu inquieto na ocasião, como se pressagiasse o punhal sinistro que não demoraria a revirar suas entranhas. Lembro que reclamou de uma azia que o maltratava naquela manhã. Lembro também que me contou um sonho, que na hora achei apenas curioso.

Eis o enredo: o filho de Chang, um menino de uns dez anos, aparecia para visitá-lo e os dois não conseguiam se comunicar, pois não falavam a mesma língua. A maior aflição de Chang era saber, daquele jeito misterioso como sabemos de tudo nos sonhos, que o filho tinha uma mensagem vital para transmitir. Uma revelação. As palavras saíam da boca do menino em tom de advertência, e Chang sabia que continham avisos de catástrofe iminente, embora não compreendesse nenhuma delas.

Um detalhe engraçado: fora dos sonhos, Chang nunca teve filhos.

O despertador o acordou cheio de suor e pressentimentos, cozinhando ácidos corrosivos na siderurgia do estômago, para viver o seu dia número 17.483 (conforme a anotação que fez numa espécie de diário, logo que saiu da cama). O último de sua não muito apreciada passagem por este mundo.

Vou ficar fora uns três dias, avisei.

Você vai pra Belém?

Não.

Chang me olhou com cara de quem tinha todo o direito de ser informado sobre aonde eu pretendia levar seu estimado e nunca negligenciado Corcel, àquela altura quase um item de colecionador. Como fiquei quieto, ele maquiou sua curiosidade com uma explicação fajuta:

Se você fosse, ia pedir pra me trazer umas coisas.

Eu não disse nada. Chang recomendou cuidado com o carro e que eu não esquecesse de devolvê-lo limpo e com o tanque abastecido. Recebi as chaves e fui embora da loja. E durante três dias, sem ter a mínima noção do que acontecia, dirigi o carro de um morto. Porque nessa mesma noite Guido visitou Chang. Abriu sua barriga e, extraoficialmente, a temporada de caça aos fotógrafos na cidade.

Faz dias que o menino não aparece para ouvir conversa alheia na varanda. Andava gripado. Enquanto borrifa repelente nas pernas, o careca diz que o motivo do sumiço é outro. O menino está recolhido. *Trabalhando*. Escrevendo um livro a partir das gravações que faz com o careca.

Pediu licença pra contar a minha história com a Marinês, ele informa.

É uma boa história para ser relatada, uma história temperada com sofrimento e resignação. Um amor de servidão. No fundo, um sacrifício tão poético quanto inútil. Dá um bom livro, com certeza, como a maioria das histórias de amor. Um paradoxo: as mal contadas são as melhores.

Marinês marcou a data do casamento, mas escondeu do

careca o quanto pôde. Só que ele captou um zum-zum entre os colegas, sentiu que o olhavam com mais piedade que o normal — todos no banco sabiam de sua paixão obsessiva por Marinês, já tinha virado folclore, existiam até torcidas pró e contra o noivo. O careca entrou em pânico com a notícia e a interpelou. Marinês desconversou, demorou para admitir. No fim, não teve como negar. Faltava um mês para a formatura do noivo, doravante *doutor* Carlos Alberto. Pretendiam casar-se logo em seguida. Não havia nada a fazer: os proclamas já estavam em andamento e os convites na gráfica, como se diz.

Nem assim eu desisti, seu Cauby. Acreditei até o fim. E depois do que aconteceu sofri muito, fiquei me sentindo culpado.

Nesse ponto, o careca para de contar e revisita o tribunal de uma lembrança, de onde retorna absolvido, mas amargo.

Foi como se eu tivesse desejado o mal, o senhor entende?

Eu também acreditei até o fim. A diferença é que não cheguei a sentir culpa com o que aconteceu, não me deram tempo para isso. Fui condenado à revelia.

Lavínia saiu da água e veio andando sob um sol imenso, paralisado no meio do céu. Uma nereida de biquíni azul e chapéu de palha deitou na rede seu corpo quente e úmido por cima do meu. A pele de seu rosto estava vermelha, brilhante de suor. Ela apoiou a cabeça em meu ombro, beijou meu peito nu. Era a primeira vez que ficávamos tanto tempo juntos em público — o pastor viajara para São Paulo. Lavínia perguntou se eu estava feliz.

Estou, menti. Muito feliz.

Chamavam aquilo de praia fluvial. Exagero. Na verdade, o rio se alargava depois de uma curva, criando, na extensa falha do barranco, um remanso enorme e um banco de areia escuro e pedregoso. Um espertalhão explorava meia dúzia de chalés na boca do mato, construções rústicas, pouco mais do que quartos com banheiro, ambos precários. Comíamos num quiosque com mesas e bancos de madeira. Arroz e peixe todo dia. Lavínia tinha descoberto aquele recanto uns tempos antes, numa época em que precisou ficar sozinha.

É provável que tenham sido os dias mais cúmplices que partilhei com ela. Poucas vezes a vi tão alegre e estável. E dedicada a ter e a proporcionar prazer. Seu hálito fez cócega em meu ouvido:

Vamos entrar?

Dias em que coisas extraordinárias aconteceram, dentro e fora do quarto, como era comum quando estávamos um perto do outro. Coisas que, de certo modo, não pude viver por inteiro. Faltou entrega da minha parte. Uma dor me atormentava: eu tinha decidido voltar para São Paulo, o passeio era nossa despedida. Nosso *unhappy-end*. Não arranjei coragem para contar a ela, nem deixei que pressentisse. Não quis arruinar um momento perfeito.

Lavínia colocou um dos pés no chão, impulsionou a rede.

Posso deixar você ainda mais feliz.

Não duvido, eu disse.

E me mexi para livrar os braços e me espreguicei. Devia estar fazendo mais de quarenta graus na sombra. Um calor viscoso. O bafo da selva. O gerente da espelunca cochilava esticado numa cadeira de lona, sob as árvores, o rosto coberto por uma revista. Ou fingia cochilar para poder nos observar à vontade, estava numa ótima posição para isso. Éramos os únicos hóspedes, e eu já havia notado que ele não tirava o olho de Lavínia. E não fazia muita questão de disfarçar, não. Um sergipano parrudo, de olhos verdes e desconfiados e cara pouco amigável, que não perdia a oportunidade de nos exibir a musculatura — mais para Lavínia, claro, do que para mim. Contou que seu forte eram as facas. *Peixeiras*. Fora da temporada, passava bastante tempo isolado naquele lugar, longe de tudo e sem mulher. Convinha não facilitar com ele.

Estou a fim de dar pra você.

Agora?

Agora.

Ela me beijou, esfregando com força os lábios nos meus, e deslocou o braço entre nossos corpos, para me apalpar por dentro do calção. Um dos defeitos da Lavínia-Shirley era a impaciência. Você não podia vacilar. Ela se ergueu e ficou de joelhos na rede, equilibrando-se com dificuldade. E sorria com cara de travessa no momento em que escorregou a alça do sutiã pelo ombro. Expôs um seio pálido na tarde, mais claro que o resto da pele bronzeada. Doeu saber que, em breve, eu não teria mais aquele peito bonito ao alcance dos olhos. E da mão. E da boca. Puxei Lavínia e prendi seu corpo num abraço.

Não aqui, sua louca.

Ela se debateu, fingiu que lutava, até conseguir se livrar, e saiu da rede para entrar rindo no quarto e se jogar na cama. Eu me levantei, ajeitei a bermuda e recolhi o chapéu de palha que caíra no chão. O gerente continuava imóvel sob as árvores, com uma *Caras* na cara. O sol estalava na vegetação calcinada e nuvens enormes se agrupavam no céu, sem nenhuma pressa. Como de costume, teríamos um aguaceiro no fim da tarde.

Um motivo a mais para ficarmos confinados no quarto, embora não precisássemos de motivos. Lavínia e eu passamos horas na cama, respirando um ar abafado, que o cheiro opressivo do cânhamo deixava ainda mais denso. E suando. Um inventando maneiras de agradar o outro.

Poucas vezes me senti tão confortável no mundo. E, no entanto, sofria, por antecipação, o grande vazio que seria o resto da minha existência sem ela.

O que acontece é que, quando estou com você, eu me perdoo por todas as lutas que a vida venceu por pontos, e me esqueço completamente que gente como eu, no fim, acaba saindo mais cedo de bares, de brigas e de amores para não pagar a conta. Isso eu poderia ter dito a ela. Mas não disse.

Talvez por saber que era o fim, e a gente nunca se comporta mesmo muito bem nos finais; ou talvez por impotência, desamparo, angústia; e também por covardia, não há vergonha alguma em admitir; talvez por tudo isso, e à falta de um nome adequado para a sensação de impotência que me esmagava, o fato é que desabei. Agarrado ao corpo ainda trepidante de Lavínia, logo depois de fazê-la gritar a ponto de me preocupar com o sono do gerente lá fora, caí num choro convulsivo. Chorei de soluçar e de franzir o rosto e fazer caretas, sem nenhum pudor (existe algo mais despudorado do que um homem nu chorando?, e mais patético?). Lavínia beijou meus cabelos, afagou-os, tocou as feridas em meu braço. Disse que o veneno ainda devia estar fazendo efeito no meu sangue. Talvez tivesse razão.

No dia da nossa chegada, eu tinha acompanhado Lavínia numa visita a uma cabana no meio do mato, num lugar bem distante do rio, onde vivia um velho curandeiro que aplicava o kambô. Ali, ainda que com um pouco de receio de dar vexame (eu estava com um puta cagaço, pra falar a verdade), deixei que ele queimasse meu braço com um cipó incandescente e esfregasse sobre as queimaduras a secreção tóxica da *Phyllomedusa bicolor*, uma rã amazônica. Entrei num transe regressivo e vivi uma experiência mística radical: meu pai se comunicou comigo.

Precisei me deitar no chão da cabana para suportar o grande desconforto físico que o veneno causou ao chegar à corrente sanguínea. Uma trilha de fogo percorreu meu corpo, da planta dos pés ao alto da cabeça, e fui varrido por tremores; minha garganta se fechou, achei que ia morrer, torci para que isso acontecesse. Sentia um enjoo incontrolável, uma agonia que durou uma eternidade. Depois que vomitei, veio o alívio: entrei num estado profundo de bem-estar e serenidade. Ouvia a voz do curandeiro entoando cânticos ao longe e tinha uma vaga noção de onde me encontrava e do corpo de Lavínia ao meu lado. Nada me fazia falta naquele momento e nada do que eu tinha era excessivo. E nunca me senti tão alegre (e tão sozinho) na vida. Fui transportado para um lugar iluminado por milhares de cores das quais eu nem sequer sabia o nome, e comecei a ter visões — e meu pai apareceu. Em aparência, tal qual eu me lembrava dele. Um velho turrão e meio malcheiroso. Disse que eu estava em dívida com ele, me fez prometer que montaria uma exposição com suas fotos.

Logo que meu pai morreu, voltei a morar com minha mãe. Na época, eu arrastava sem muito entusiasmo a faculdade de jornalismo, depois de abandonar pelo caminho o curso de arquitetura. Na realidade, eu não sabia direito o que fazer da vida. Foi quando resolvi seguir o evangelho da fotografia. E não há como negar: ainda que por influência póstuma, meu pai teve tudo a ver com isso.

Aconteceu no dia em que mexi no espólio do velho, uma enormidade de imagens, negativos, lentes e câmeras armazenados sem muito zelo por minha mãe, após a morte dele, no porão úmido da casa. O grosso do acervo não me interessou — cenas de jogadores de futebol, com boa vontade passos de um balé viril em torno de uma bola.

Mas fiquei emocionado ao descobrir um punhado de registros da minha infância, fotos para as quais, obviamente, eu não me recordava de ter posado. Uma imagem em particular me tocou, um flagrante doméstico captado em preto e branco: eu e minha irmã numa rede no quintal de casa, em companhia de Lui, um vira-lata que idolatrávamos a ponto de chorar sua morte de velhice. Éramos bem pequenos. Minha irmã, que hoje mora em Miami, casada com um gringo metido com exportações, e com quem converso por telefone, quando muito, uma vez por ano, no Natal, segura a minha mão, como se me protegesse. Miramos a lente com sorrisos marotos naquela cumplicidade só possível entre irmãos. Estamos transbordantes de alegria, até Lui parece sorrir. Uma das idílicas manhãs de domingo em que o velho nos usava como modelos antes de almoçar e sair para ganhar a vida nos estádios de futebol.

Havia ainda no acervo flagrantes urbanos, paisagens, monumentos, transeuntes e flores, muitas flores. Uma obsessão. Achei livros com reproduções das flores gloriosas de Mapplethorpe e Maricato, o que me surpreendeu; nunca imaginei que um sujeito bronco como meu pai os conhecesse. Ao examinar aquelas imagens, tive de reconhecer o apuro técnico posto a serviço de uma sensibilidade refinada. Fiquei impressionado. Meu pai, à sua maneira, fora um grande artista.

Outra coisa me espantou: a organização meticulosa do material — as fotos possuíam etiquetas no verso, que informavam a data e o local em que haviam sido feitas. E eu me recordava de meu pai como um homem desmazelado, que nem todos os dias se dava ao trabalho de tomar banho e fazer a barba ou de mudar as roupas de baixo.

O melhor de sua obra, contudo, achei acondicionado numa enorme caixa de papelão. Uma estupenda coleção de nus femininos, em formatos diversos. Um material infernalmente bom, ensaios que se equilibravam com grande imaginação entre o erótico refinado e o vulgar. A maravilhosa "obra paralela" de meu pai. Não eram simples fotos, eram olhares de paixão para as modelos. E eu conhecia pelo menos duas delas, conhecia bem.

O velho deve ter começado a fotografar minha mãe logo após se casarem. E durante quinze anos, de acordo com o registro nas etiquetas, dedicou-se a colher as provas da passagem do tempo sobre o corpo de uma mulher bela e triste — sempre triste, mesmo quando sorria para a câmera. Imagens feitas em casa e, ao que parecia, em quartos de hotel.

Uma surpresa: eu também aparecia num dos retratos, se bem que de modo indireto, ainda abrigado no útero dela. Uma das preciosidades da coleção a mostrava nos últimos meses da gravidez, expondo de um jeito despudorado os seios volumosos e a espessa pentelheira escura, onde terminava o ventre que, como comprovava a etiqueta, eu dilatava, prestes a vir ao mundo.

Sou obrigado a confessar que ver as formas delicadas daquele corpo, aos poucos se tornando opulentas, mexeu comigo de um jeito inesperado. Tive uma ereção. Por obra e graça do velho, submerso no odor azulado de mofo do porão, desejei minha mãe.

De repente, cessaram as fotos dela — um marco do momento em que o amor dos dois se estagnou?, eu me permiti especular. Entrou em cena outra modelo, de quem também estive muito próximo, nossa vizinha Marieta, a primeira mulher por quem me apaixonei, o oceano inicial em que mergulhei sem saber nadar. Revê-la desnuda, no auge de sua beleza madura, me inundou de saudade de nossas tardes. A última foto em que ela aparece foi feita dias antes da morte do velho. Um caso de amor renitente. Marieta posou no banheiro, com uma toalha enrolada nos cabelos e um dos braços levantados, depilando a axila. A luz do flash rebateu na extremidade do espelho e cobriu de prata os contornos de sua pele. Escreveu um poema ali.

Eu associava o cheiro pungente daquele porão mofado aos tempos de menino e à descoberta das emoções do corpo em companhia de revistas suecas. Passou também a me lembrar o dia em que tomei a decisão de me tornar fotógrafo. Cada um tem a *madeleine* que merece.

(Tentei mostrar essas fotos a minha irmã, depois da morte de minha mãe, quando cuidávamos da partilha dos bens. Ela nem quis ver. Meu cunhado gringo sugeriu que eu as queimasse, o que, é óbvio, não fiz.)

Revisitei-as, uma a uma, durante o embalo do kambô e me lembro de ter prometido a meu pai que faria uma exposição com elas. Então saí do transe. Acordei com a cabeça apoiada no colo de Lavínia, que acarinhava meus cabelos e cantava baixinho uma cantiga imprecisa. Uma canção que eu não conhecia — ninguém conhecia, na verdade, uma música que ainda não tinha sido inventada pelos homens.

O careca se levanta da cadeira com o jornal dobrado na mão e tenta abater uma bruxa que ziguezagueia pela varanda. Resmunga e golpeia o ar, mas tudo que consegue é improvisar os passos de uma dança arriscada, uma coreografia ousada e de equilíbrio precário, que termina num volteio gracioso, quando ele senta outra vez. O careca arfa. Diz que é alérgico e que vai morrer naquele lugar sem ter se acostumado com os insetos. E, quando diz que vai morrer ali, não é força de expressão, não. Já tem até a sepultura comprada e paga, ele me conta, com uma alegria malsã, meio macabra. E, por coisa de um segundo, seus olhos brilham por trás das lentes engorduradas:

Vizinho do túmulo da Marinês. Ficaremos juntos para sempre.

Conheço o cemitério local, frequentei-o duas vezes em menos de um mês. Na primeira, por lealdade a Chang, fui o espectador solitário de seu sepultamento, além dos coveiros, ambos com evidente má vontade. Joguei um punhado de terra sobre o caixão e os homens fecharam a cova trabalhando rápido, com cara de que andavam sobrecarregados de trabalho. Chuviscava quando terminaram de cimentar. Reparei num garoto debaixo de uma árvore, acompanhando a cena de muito longe. Imaginei que podia ser o filho de Guido Girardi, o pivô do crime, mas não tive como confirmar. Um personagem tão trágico quanto o pai.

Conheci Guido logo que cheguei à cidade. Tomei uns tragos com ele numa boate chamada Five Stars, que o vulgo apelidava de Grelo de Ouro. Eu estava ali interessado nas mulheres, Guido não.

Era um paranaense sonhador, filho de italianos, tão valente quanto destemperado, que desde a juventude se embrenhava pelo interior do Pará em busca de riqueza. Um garimpeiro calejado, quase uma lenda viva do lugar, que já contraíra todo um compêndio de doenças tropicais e sobrevivera a incontáveis refregas com índios, animais selvagens e cobras peçonhentas em sua procura obsessiva pela fortuna. Guido não tinha sorte, essa era a verdade. Poucos o levavam a sério, alguns o consideravam doido, outros evitavam tê-lo por perto. Vivia procurando seduzir investidores que financiassem expedições mirabolantes a barrancos longínquos, de difícil acesso e localização nem sempre muito clara, por mais detalhados que fossem os mapas consultados. Se conseguia encontrar sócios, partia prometendo a eles dividendos astronômicos e retornava, meses depois, quase sempre derrotado, com as mãos abanando, sujo, doente, endividado. Um fracasso.

Matou Chang porque descobriu que seu filho caçula cabulava aula para passar a tarde enfurnado no quartinho dos fundos da loja, entregue a farras muito bem documentadas pelo chinês numas fitas VHS que a polícia encontrou no local. Essa é uma boa perspectiva para se analisar o caso. Mas não a única.

Guido destripou Chang porque devia muito dinheiro ao chinês, herança de antigos projetos malsucedidos. É também uma maneira de explicar o crime. Há até quem aposte nisso. Num giro rápido pelos botecos da cidade, você não terá dificuldade para encontrar gente que fale na soma das duas motivações.

Porém, se você se aprofundar um pouco mais na ferida gangrenada que é a noite neste lugar, se subir as escadas rangentes de madeira e penetrar, sem medo ou nojo, na luz incerta do submundo dos bordéis, surgirão outras versões. Uma delas: Guido assumiu a autoria, mas, na verdade, quem matou Chang foi seu filho. Crime passional, briga de amor. O galãzinho desafinado do karaokê — o chinês tinha instalado um aparelho de som no quarto e o garoto aparecia num vídeo, só de cueca, cantando e dançando "Maria-Fumaça", um hit da guitarrada, um gênero local.

É difícil saber com exatidão o que aconteceu. Só posso falar do que vi. E o que vi foi brutal. De volta da praia, deixei Lavínia em casa e depois passei pela loja, para devolver o carro a Chang. Estranhei que ainda estivesse fechada àquela hora da manhã. As pessoas passavam e espiavam sem grande interesse a porta metálica abaixada, pareciam achar normal. Era como se, em segredo, já soubessem. Empurrei o portão lateral e nem precisei andar muito pelo corredor: havia marcas de sangue no chão e na parede, ao lado da porta entreaberta. E havia o cheiro.

Entrei com cautela, me preparando para o pior. Mas foi pior que o pior. Eu nunca estaria preparado. Um enxame de moscas se alvoroçou no quarto. Chang estava sentado no chão, só de camiseta, as costas apoiadas na cama, cabisbaixo, estripado, com as mãos pousadas abaixo do umbigo, como se tivesse morrido tentando impedir que os intestinos transbordassem para fora do ventre. Tinha defecado e urinado. Sua boca aberta deixava ver as fileiras de dentinhos de rato trancados numa dor derradeira. Já era o terceiro dia de sua ausência no mundo. O fedor da morte empesteava o quarto.

Aquilo me abalou. Voltei vomitando em direção ao corredor e depois me sentei no chão, descompensado por uma queda de pressão. Sentia muita tontura e minhas têmporas formigavam. E eu ainda nem me refizera de outro choque, maior, de minutos antes, quando me despedi de Lavínia.

Vivíamos o fim da nossa história, mas só eu sabia disso. E não deixei transparecer. Conversamos amenidades por um tempo, relaxados, dentro do Corcel de Chang estacionado em frente da casa. O pastor voltaria de viagem naquele dia — e a possibilidade de que pudesse chegar a qualquer instante e nos surpreender ali não parecia afetar Lavínia. Antes de entrar, ela ainda terminou de me contar, em detalhes, uma longa história sobre a avó, sua amada avó. Estava descendo do carro com o mochilão verde-oliva, depois de me beijar no rosto, na hora em que perguntei:

Já pensou se ele descobre?

Lavínia ruminou a questão por um momento, junto com o chiclete que tinha na boca. Então fechou a porta do Corcel e se debruçou na janela, para me presentear com uma bola e, depois que a estourou, com uma revelação:

Não se preocupe. Ele sabe.

Os últimos textos escritos por Viktor Laurence foram cartas, bilhetes, recomendações. Seu testamento.

É fácil imaginá-lo sentado de roupão à mesa colonial da sala, xícara fumegante de chá inglês ao lado, a pele da mão ainda mais amarelada pela luz do abajur, escrevendo com sua caligrafia rebuscada, cheia de floreios, rodeado por livros que, dá para afirmar sem medo de engano, ele amou muito mais do que as pessoas que conheceu no mundo. Vários cômodos do sobrado hospedavam torres oscilantes de livros. Viktor lia em quatro ou cinco idiomas. Tinha aquela capacidade encantadora de falar de personagens literários como se fossem reais. Falava com afeição, como se de amigos queridos. Nunca o ouvi referir-se a qualquer ser humano de suas relações com metade desse entusiasmo.

O que eu posso fazer, Viktor me perguntava, se me dou melhor com eles do que com as pessoas?

Faz todo sentido, portanto, que tenha deixado instruções expressas para a criação de uma biblioteca na cidade. Destinou dinheiro para isso, doou o casarão e o acervo de livros ao município. Surpreendeu a todos com um gesto final de generosidade e inesperada cidadania.

Também faz sentido que tenha imposto como contrapartida *sine qua non*, em documento lavrado de próprio punho, que a biblioteca levasse seu nome. Encontrou assim um meio de perdurar entre aqueles que detestava. Viktor era vaidoso e contraditório a esse extremo.

Faz sentido ainda que tenha recomendado que me entregassem uma rara edição ilustrada do *Quixote* e um exemplar autografado da primeira tiragem francesa de *L'Etranger* (1942). Duas preciosidades. Por causa da paixão comum pelos livros, fui talvez a criatura que mais perto esteve de merecer o afeto de Viktor, além dos Camus, o gato e o escritor.

E, ainda assim, ele me prejudicou. E isso não faz sentido.

Como não fez, na hora em que recebi, o bilhete que Viktor fechou num envelope lilás e deixou endereçado a mim sobre a mesa da sala. *Fuja. Leve a dama.*

O delegado me convocou ao casarão para me mostrar os livros e o envelope, que violara, me disse, num flagrante desrespeito à lei, pelo bem das investigações, "um bem maior" — eu teria de esperar o fim do inquérito para reavê-los. Ele achou a mensagem intrigante, não entendeu nada, o que o deixou zangado. Quis saber que código era aquele. Eu disse que não fazia a mínima ideia, e ele não ficou nem um pouco convencido. Olhei para a viga do teto, mas não tive tempo de imaginar a cena tenebrosa, porque o investigador Polozzi apontou a escadaria.

Ele se matou no quarto.

Já haviam removido o cadáver. Um espectro que podia ser visto todas as tardes na varanda do sobrado, desencarnando em público. Até que cansou. Escreveu isto — "Não quero servir de pasto" — antes de laçar o caibro do quarto com uma cordinha de náilon, dessas de varal, que deu conta do recado. Viktor estava pesando menos de trinta quilos nessa noite. Pele e osso.

A polícia encontrou Camus na cozinha, não muito longe de um pires com um resto de leite. Viktor envenenara o gato.

Não fez nenhuma menção a parentes ou ao seu passado nebuloso nos escritos finais. Morreu como mistério. Exercitando seu duvidoso senso de uma morte elegante, vestiu um terno novo, preto, óbvio, e borrifou-se de loção antes de subir no banquinho.

O delegado tomou o bilhete da minha mão.

Quem é essa dama?

Não tem dama nenhuma, respondi.

Vi que Polozzi me acenava. Fez mímica, pediu que eu pegasse leve. A truculência do delegado era cantada em verso e prosa na cidade. Entrava em bares varrendo do balcão os copos de cachaça. Ia acabar tomando um tiro qualquer hora.

E por que você vai fugir?

Não vou fugir, eu disse com irritação. Vou embora porque quero. Sozinho.

Lavínia também dizia que eu estava fugindo. Abandonando-a.

Fiquei vários dias sem vê-la depois de nosso passeio à praia. Eu pensava: o marido *sabe*, não estranhou o bronzeado da mulher ao voltar de viagem. Eu me sentia desconfortável, um pouco mais canalha e cínico. E ao mesmo tempo culpava Lavínia pela indefinição. Decidi não procurá-la (no íntimo, não tenho por que esconder, esperava que ela ligasse). E, ainda que de maneira lenta e errática, comecei a empacotar minha mudança. Sem pressa. Brincava com o deus Cronos. Pra que pressa? Refiz contato com alguns amigos em São Paulo, existia uma possibilidade de trabalho logo que eu chegasse. Como fotógrafo de jornal. Podia não ser o melhor dos mundos, mas já era alguma coisa. Uma retomada depois de um período de aventura irresponsável. Um recomeço, mais um dos que tive na vida.

Num deles, com a parte que me coube da herança deixada por minha mãe, comprei um pequeno apartamento no centro de São Paulo. Então me demiti do jornal e dissipei o resto da grana vivendo uma longa temporada no exterior. Nessa época, estudei fotografia pra valer em Paris. Um tempo alegre e hedonista, do qual sinto muita nostalgia. Perambulei por diversos países me descobrindo como fotógrafo. Vi poesia e vi maldade.

Tive mulheres de raspão nessas andanças, nenhuma que me fizesse pedir visto de permanência no país. Eu me sentia um filósofo vagabundo, que só filosofava para consumo próprio. Até que acabou o dinheiro e precisei voltar.

O mercado passava por mais um espasmo em sua crise permanente. Trabalhei um pouco com publicidade e, quando a coisa apertou, acabei no time de paparazzi de uma revista de escândalos. Saía na noite no encalço de astros e estrelas infiéis. Tomei um tapa na cara, beliscões, bolsadas, empurrões diversos, quebraram meu equipamento mais de uma vez. A maioria das celebridades, contudo, posava com satisfação para os flagrantes. Péssimo para a reputação e a autoestima de qualquer fotógrafo que se preze.

Fiquei nessa vida até o dia em que ganhei uma bolsa de uma agência francesa de fotografia. E achei que ia fazer bem para a minha alma um livro com as mariposas dos garimpos. Vim para este lugar onde as casas, os carros, as pessoas e até os cachorros pareciam sujos de terra. Um lugar do qual fiquei íntimo a ponto de acompanhar o enterro de conhecidos.

Cuidei pessoalmente de todos os detalhes do funeral de Viktor. Vigiei para que seus desejos fossem obedecidos à risca — o gato Camus foi sepultado no jardim do casarão, como ele queria.

O adeus a Viktor deu mais bilheteria que o enterro de Chang, gente da mineradora na maioria. Um figurão da empresa leu um panegírico preparado por um *ghost-writer*, e me pareceu que até ele se espantou ao se ouvir falando de Viktor Laurence como um homem bom. Quando o caixão baixou à cova, jogaram pétalas de rosas champanhe, e duas dondocas da sociedade local choraram abraçadas, sem disfarçar. Então, para minha surpresa, aplaudiram o belo ser humano que deixava o nosso convívio.

Confesso que a homenagem me tocou. E, ainda que não devesse, pensei com carinho em Viktor. Não ia demorar para mudar de ideia, para pensar nele como um grande filho da puta.

Anotei o número da sepultura para uma fezinha no bicho, mas acabei esquecendo de jogar. Deu a centena na cabeça.

Faltavam cinco dias para o casamento, o careca diz.

E é obrigado a uma pausa para limpar a garganta. Está um pouco nervoso com a solenidade inesperada do momento. Eu e o menino acompanhamos sem fazer nenhum ruído ou movimento na varanda. O careca se curva outra vez na cadeira e fala diretamente para o gravador sobre a mesa de centro. É uma das sessões em que o menino colhe subsídios para seu livro.

Eu estava no caixa, descontando o cheque de um cliente, e vi que Marinês foi chamada para atender o telefone.

Ele respira fundo, junta as mãos manchadas de velhice.

Ouvi o grito de Marinês, ele conta. Olhei para trás bem na hora em que ela caiu desmaiada, sem largar o telefone, e levou tudo que estava na mesa pro chão.

Carlos Alberto tinha acabado de morrer num acidente de carro. Voltava para Belém da casa dos pais, no interior. Dormiu no volante, ao que parece, atravessou a pista, chocou-se com um caminhão e teve morte instantânea entre as ferragens. Ficou irreconhecível, foi sepultado num caixão lacrado. Marinês enlouqueceu de dor. Lacrou-se. *Virgo intacta*.

O careca ergue a cabeça e agora fala para nós:

Dava pena ver uma mulher bonita daquelas definhando e não poder fazer nada.

Marinês emagreceu, teve de recorrer a terapias e remédios.

Virou maníaca, falava de morte o tempo inteiro. E só vestia roupas escuras. O careca cercou-a de cuidados, tomou para si a missão de confortá-la, de tentar amenizar um calvário que chegava a ser obsceno. Sagrou-se cavaleiro da rosa indiferente. E durante décadas abdicou de viver.

Eu não me afastaria dela numa hora daquelas, ele diz. Eu sofria junto.

Marinês licenciou-se do banco por períodos cada vez mais longos, até que a aposentaram por invalidez. Num primeiro momento, ela continuou vivendo em Belém, se é que se pode chamar aquilo de *viver*. O careca a visitava nos finais de tarde e, enquanto passeavam, procurava distraí-la. Um esforço inútil: o sofrimento de Marinês era do tipo irredutível, que não dá tréguas. O careca considerava uma vitória cada vez que ela sorria. Não falavam disso, mas ele temia que Marinês atentasse contra a vida. Daí, chegou a fase em que ela passou a gostar de sofrer. A nutrir-se de sua dor, um filão descomunal de amargura e autopiedade.

O professor Benjamim Schianberg, o homem que dizia ocupar-se das "fezes da alma", escreveu que nos alimentamos tanto do bem quanto do mórbido. No meio disso, ele assunta, existe a poesia.

Marinês exibia seu drama a quem quisesse assistir. Falava sobre a tragédia a desconhecidos na rua. Julgava-se punida pelo destino. Desgraçada. Renegava tudo que, de alguma forma, aludisse à felicidade. Casais de namorados que passavam mereciam dela um olhar de bruxa má. E o careca sofrendo a seu lado. Duplamente. Por assistir, impotente, ao naufrágio de Marinês e também de culpa. Martirizava-o a ideia de que seu desejo, ainda que de forma inconsciente, pudesse ter atraído o infortúnio.

Esse padecimento durou muito tempo — e a única novidade entre os dois foi que ambos envelheceram, Marinês mais do que o careca. Muito mais. Ela se acabou. Não era nem a sombra da mestiça viçosa que o escravizara. Tinha se transformado numa mulher cava. Vulnerável. Acidentes de carro mostrados no noticiário da televisão a levavam às lágrimas.

Quando a mãe de Marinês morreu, ela decidiu mudar-se de Belém e voltar para sua cidade natal, no interior. O careca foi atrás. Embora ela não prometesse nada (nem ele pedisse), acompanhou-a como um cão fiel. Não foi fácil, ele teve até de acionar uns contatos políticos em Brasília. Por fim, conseguiu a transferência no banco.

Foi assim que vim para cá, o careca relembra para o gravador. E acabei ficando, nunca mais fui embora.

Comigo foi diferente: eu quis ir embora. Cansei daquela vida, do povo, do lugar. Enjoei. Cheguei a me despedir de Lavínia.

Ela me telefonou, disse que queria me ver. Marcamos para um final de tarde, na minha casa. Apareceu oposta à Lavínia solar: maquiada, de cabelo preso, entrincheirada num vestido cinza abaixo dos joelhos. Fechada como um broche de família.

Providenciei música de ocasião — a *Missa solemnis, op. 123*, com a Orquestra de Câmara da Europa, regida por Harnoncourt; de cortar o coração, até mesmo um coração inconstante como o de Lavínia. E deixei a solenidade por conta apenas da trilha sonora servindo Claudinei, um conhaque de gengibre manuseado localmente pelos nativos, sem muita precisão química. Um veneno. Era do que eu dispunha na ocasião para atender ao pedido que Lavínia fez logo que entrou:

Quero uma bebida forte hoje.

Ela viu as caixas abarrotadas de livros na sala, mas não comentou nada. O desmonte do refúgio. Sentados no sofá, bebemos e conversamos sobre outras coisas, coisas bem mais amenas. Falamos do passado e evitamos, por um tempo, mencionar o futuro. Evocamos com carinho o dia do nosso primeiro encontro, Lavínia lembrou-se de ter consultado os astros naquela tarde, depois que saiu da loja de Chang. Eles apregoavam: *jogue-se na vida*.

Perguntei por que me escolhera.

Gostei do jeito que você me olhou, disse. Parecia que estava pedindo desculpas por me achar tão bonita.

Remova a poesia do que ela falou: eu a olhei na loja de Chang com uma fome que nunca senti por nenhuma outra mulher. Um episódio inaugural. E também fui olhado de uma maneira que ainda não tinha acontecido antes. Conhecê-la fez do passado um mero ensaio, um treino antes de ser exposto à sua incandescência.

Também gostei do que você falou sobre as fotografias, Lavínia acrescentou. Vi que você não era um cara comum.

Ela me achou raro, a começar pelo nome. Interessou-se por mim. Tornou-me raro entre os demais.

E aquilo agora estava acabando. Estertorava. Mas continuamos sem tocar nesse nervo por mais um tempo. Lembrando de momentos alegres e de outros que, apesar de engraçados, não a fizeram sorrir.

A vez que meu vizinho voyeur nos flagrou em ação no quintal, o dia em que coloquei a chaleira no fogo e, de volta ao quarto, acabei me distraindo nuns improvisos com o corpo de Lavínia, e esqueci do mundo — e quase pus fogo na casa.

Nunca mais isso existiria. Um soneto inacabado. Lamentei que estivesse em cena a Lavínia nublada na nossa hora final.

Eu ia embora. O rebuliço das caixas pelos cômodos, a falta de bebidas no armário da cozinha, um lençol improvisado como trouxa de roupa no quarto, as marcas mais claras na parede de um ou outro quadro ausente, tudo alardeava a notícia da minha partida. E a gente falando das diversas poesias e miudezas do mundo. Até mesmo de um tatu chamado Zacarias.

A missa chegou ao fim, a música cessou, porém não me mexi. (Nunca mais ouviríamos Beethoven juntos, como quem acompanha uma oração.) Fiquei quieto, deixei que aquela sala escutasse pela última vez os acordes da voz de Lavínia. Ela acendeu um cigarro e enfumaçou o relato de um sonho da véspera: nós dois numa cidade deserta, sem mais ninguém. Uma cidade pintada inteirinha de azul, como no soneto do Penna Filho. Foi o mais próximo que chegamos de falar do futuro. Mas evitamos. Assim como evitamos incluir o pastor Ernani na conversa.

Falamos, falamos, falamos. E mesmo assim faltou dizer tanta coisa. E escutar também. Ela nunca disse que me amava. Jamais ouvi de seus lindos lábios a sentença que pronunciei algumas vezes.

A claridade do dia declinou, mudou a sombra dos móveis de lugar, a luz amarelada do poste espionou-nos pela janela da sala. Lavínia levantou-se na penumbra e disse:

Preciso ir agora.

Então era isso. *The end.* O que eu poderia fazer? Propor um brinde com Claudinei? Dizer: foi bom, valeu? Prometer que telefonaria, ao menos no aniversário dela? Que mandaria postais — da Praça da Sé ou da Liberdade? Que voltaria qualquer dia para visitar a cidade como turista? Que a esqueceria?

Eu não podia prometer nada disso.

Nem pedir que ela me procurasse, caso fosse a São Paulo numa das viagens com o marido. Ou que me escrevesse de vez em quando para dar notícia de sua *singularíssima pessoa*, com uma letra infantil, bordada por solecismos preciosos.

Embora estivesse morrendo de vontade, não pedi que abrisse o vestido sóbrio, para que minha sede pudesse despedir-se das fontes de seu corpo. Sabia que não me saciaria.

Bebi um gole de conhaque, fiz a cara feia inevitável e coloquei o copo de volta sobre a mesa. E também me levantei, fiquei de frente para ela. A tempo de ver, mesmo na penumbra, o momento em que um brilho riscou seu rosto fechado, feito uma estrela cadente. Lavínia baixou a cabeça, chorava em silêncio.

Se eu fizer uma exposição com suas fotos, brinquei, mando um convite pro vernissage.

Ela me olhou e sorriu. Breve. Coisa de um segundo, se tanto. E limpou as lágrimas do rosto. Então nos abraçamos. E nos beijamos. Achei em sua boca um gosto que misturava cigarro, conhaque e remédio. E tristeza. Nós dois tremíamos.

De repente, Lavínia travou. Minha língua esbarrou em dentes cerrados, ela pôs as mãos no meu peito e tentou se afastar. Não deixei.

Você está me abandonando, ela disse.

Apertei seu corpo e beijei seu rosto, suas lágrimas, seu pescoço. Lavínia resistia. Quando abri o primeiro botão do vestido, ela deteve minhas mãos.

Não.

Me pede pra ficar, falei.

Blefava, como só os amantes são capazes. Capelinhas de beira de estrada que se enxergam como catedrais. Deslizei meu corpo colado ao dela, até ficar de joelhos, e comecei a levantar seu vestido. Lavínia me empurrou, raivosa.

Não posso, ela disse.

E pôs as mãos no alto da cabeça, como se houvesse soado um alarme do lado de dentro. Um ruído insuportável, que a fez contrair o rosto e abrir a boca para um grito, que afinal não saiu. O som mudo de uma dor descomunal. Ainda de joelhos, nada pude fazer quando ela se aproximou da parede e bateu a cabeça. Uma, duas vezes. Com força. Um som apavorante. Lavínia revirou os olhos por um instante e depois, convertida numa estranha, voltou a fixá-los em mim.

Uma única vez presenciei Viktor Laurence sofrer uma

crise epilética. Estávamos em sua biblioteca e ele ainda possuía vigor suficiente para galgar a escada de metal, em busca de seu exemplar de *Holzfällen* na prateleira mais alta, a fim de conferir uma citação de Bernhard. Vi que ele desceu sem o livro, com o rosto crispado, esfregando os dedos na fronte. Teve tempo de colocar um lenço entre os dentes, mas não de chegar ao sofá, como pretendia. Estrebuchou no chão, convulsivo, de olhos arregalados. Emitia um silvo, um lamento vindo das fossas mais abissais da garganta. A saliva borbulhou no canto da boca. Nesse momento, fiz um negócio reprovável: peguei a Pentax que carregava na bolsa e documentei a ebulição de Viktor. Em closes. Até que o ataque cedeu, finalizado por estremecimentos a intervalos irregulares em todo o corpo. Rendeu uma sequência de imagens impressionantes, que, além de mim, ninguém mais chegou a ver. *Doenças profissionais*.

O abalo que atingiu Lavínia foi de outra natureza. Ela começou a quebrar tudo que via pela frente. Quadros foram parar no chão, o telefone, um vaso, fileiras de livros, um cinzeiro. Histérica, gritava que eu estava fugindo. E golpeava a mobília ao redor. Não fiz nada a princípio, deixei que extravasasse sua fúria. Porém, quando ela se virou na direção dos spots e do tripé com a Nikon, eu me adiantei e bloqueei sua passagem junto ao sofá. Ah, pra quê? Lavínia veio com tudo para cima de mim e, com as garras armadas, tentou arranhar meu rosto. Estava possessa. Segurei seus braços e foi nesse momento que ela me mordeu. Com vontade.

Fiz o que manda o manual, aquilo que sempre escutei por aí. E, é claro, reagi a uma dor intensa. Esbofeteei seu rosto. Com tanta força que Lavínia balançou e teria caído se não a tivesse amparado.

Ela deu um grito. Saiu do ar e voltou. Reequilibrou-se. Puxou as mãos e eu a soltei. Daí ficou me olhando com um misto de susto, dor e ultraje no rosto, além de uma marca vermelha, que se desenhou ali aos poucos. Abri os braços, conciliador, pedi desculpas. Lavínia recuou, ofegante.

Merda, eu disse.

Ergui a mão para avaliar o estrago causado pela mordida e isso a assustou ainda mais. Ela se encolheu, na defensiva, com os braços levantados, como se temesse ser atacada de novo. E abrigou-se atrás do sofá.

Calma, eu disse. Não vou te machucar.

Lavínia não falou nada. Me olhava, apavorada, como a um inimigo. O acesso de cólera parecia controlado, mas havia desorientação em seu rosto. Uma expressão de quem não fazia ideia de onde estava. Eu me mexi com cautela, como se espreitasse um animal selvagem.

Vou pegar um copo d'água pra você.

Ela foi embora enquanto eu estava na cozinha. Quando voltei, achei a sala vazia e, pela porta aberta, ainda pude vê-la subindo a rua, apressada. Meu vizinho pitava em seu portão, aproveitando a fresca do começo da noite. Devia ter ouvido o barulho do quebra-quebra. E a gritaria de Lavínia. Pelo jeito que me olhou, tive certeza de que adoraria relatar a ocorrência na reunião da associação de moradores do bairro, se existisse uma ali.

Três dias depois, eu e Lavínia tivemos outra chance de dizer adeus. No dia da minha partida, quando eu já não esperava mais vê-la. Uma segunda despedida tão perturbadora quanto aquela, que encerrei dando uma solene banana para Decião, antes de fechar a porta.

Um galo cantou na vizinhança, outro replicou de um quintal mais afastado. Bichos descalibrados. A luz do relógio latejava sobre o criado-mudo, manchando de vermelho as sombras do quarto: era cedo, ainda estava escuro o meu último dia no Pará. E quente. E úmido, muito úmido. Perdi o sono. Existia naquele momento uma bala com meu nome na cidade. Talvez mais de uma. Você não ficaria tenso?

Sentei na cama, tirei a camiseta e usei para enxugar o suor do peito e em volta do pescoço. A caminho do banheiro, esbarrei nas caixas empilhadas no corredor, onde eu acomodava o que levaria na mudança. Foi aí que escutei o ganido. Alguém tinha abandonado um filhote na porta de casa.

Você diz que não crê em sinais até o dia em que vem um deles e se esfrega na sua cara. Abri a porta e, em vez de um cachorrinho, achei Lavínia encolhida na soleira, descalça, choramingando baixinho. Surtada. Tremia de um frio impossível na madrugada de ar imóvel e quente.

Há quanto tempo você está aí?

Não sei, ela disse.

Por que não me acordou?

Pensei que você já tinha viajado.

Levei-a para a cozinha e coei um café. Lavínia pediu conhaque e misturou um pouco na xícara. Ficou bebericando em silêncio, com o olho perdido no labirinto de Gröss estampado na toalha da mesa, fumando à razão de um cigarro a cada dois minutos. Esmalte rubro descascando nas unhas, dedos amarelados de nicotina. Vestia uma camiseta branca respingada de molho. Ou talvez de sangue. E continuava com frio.

Não quer deitar um pouco?

Lavínia falou com uma voz de outra, que eu ainda não conhecia:

Me empresta um casaco?

Resgatei do fundo do armário do quarto um velho agasalho do glorioso Esporte Clube do Remo, meio puído e desbotado, mas limpo e de resto desnecessário, dado o clima local. Mais de dois anos antes, na época em que instalei o laboratório, o pedreiro que vedara a janela do quarto havia esquecido o agasalho ali. Lavínia encolheu as pernas na cadeira e embrulhou-se nele. Fiz um chamego em seu cabelo emaranhado, sebento, saudoso de um xampu. Ela pegou a minha mão, beijou-a no lugar que tinha mordido — as marcas de seus dentes ainda não haviam sumido por completo — e apertou-a de encontro ao rosto.

Tive medo que você tivesse ido embora.

Lavínia agarrou-se em mim igual uma criança assustada, forçou o rosto contra meu estômago, a pele gelada como a de um réptil. E chorou como se quisesse esgotar sua cota de lágrimas nesta encarnação. Eu não sabia o que fazer para ajudá-la, além de acariciar seu rosto e dizer que estava tudo bem, embora não estivesse — era uma crise brava.

A claridade da manhã desenhava o vitrô na parede oposta da

cozinha na hora em que ela se acalmou. Parou de chorar, entrou no banheiro e trancou a porta. Eu a ouvi tossir e vomitar. Depois, escutei o chuveiro. Apaguei a luz da cozinha e saí no quintal. Amanhecia escandalosamente azul, meu vizinho acompanhava o noticiário matinal com o rádio ligado num volume de quermesse. Ainda dava para enxergar a lua esmaecida no céu. Uma meia lua de lenda árabe.

Vi Zacarias parado entre os pés de maconha, imerso em seu habitual desinteresse pelo mundo. O danado andava incluindo os canteiros de avencas em seu cardápio. Sei que pode parecer loucura, mas pretendia levá-lo comigo para São Paulo. Ia convertê-lo num bicho urbano, de apartamento. E me pergunto: o que teria feito se soubesse que aquela era uma das últimas vezes que via meu tatu? Talvez tivesse me abaixado para afagar uma despedida em sua placa corrugada. (Imagine: entre as coisas que me fazem falta na vida, existe até um tatu.)

Lavínia surgiu na porta da cozinha, enxugando os cabelos. O rosto tenso, vincado. Tinha trocado sua camiseta por uma das minhas e vestia o agasalho por cima. Virou uma dama sisuda, que me observou por um tempo, como se estivesse imaginando o futuro. Sorriu sem mostrar os dentes. Um sorriso cansado. E balançou a cabeça, negando o que havia imaginado. Nesse estágio, eu e o marido sabíamos, sua vulva ficava com um odor acre. Exalava a química hostil de suas entranhas.

Você está bem?

Estou, ela disse.

Com aquela voz que eu nunca tinha ouvido. Como se alguém a estivesse dublando.

Quer que eu prepare um chá?

Só quero mais um pouco de café.

Entramos na cozinha e Lavínia tornou a sentar-se à mesa e a beber café com conhaque. O café tinha esfriado, mas ela quis assim mesmo. Então acendeu o último cigarro e amarrotou o maço. Eu também me sentei, com um copo de café frio na mão, que ela batizou com um gole de Claudinei, e ficamos olhando um para o outro, sem dizer nada, apenas escutando a sexta-feira irromper naquela parte da cidade. Um primeiro carro desceu a viela, vindo do centro; vozes e risadas de gente que passava entraram pela porta da rua; um cachorro latiu. E galos, muitos galos. Um recital.

A cinza do cigarro despencou sobre a toalha da mesa. Lavínia umedeceu a ponta do indicador para recolhê-la e a depositou no cinzeiro.

Que pena que você está fugindo.

A gente já falou sobre isso, eu disse. Não acho que estou fugindo.

Eu não queria discutir. Conhecia o potencial destrutivo da Lavínia belicosa, detestaria acordar a vizinhança tão cedo com o barulho de objetos espatifando no chão. Se bem que eu havia empacotado quase tudo que me interessava levar. Lavínia podia quebrar o que quisesse, à vontade. Nada me faria falta. A não ser ela.

O que você quer que eu diga?

Só não diga que eu não sei o que estou perdendo. Se existe uma coisa que eu sei, e lamento muito, é o que estou perdendo.

Estou com medo, Cauby.

Medo do quê?

Ela demorou para responder. Pensei em dizer que não havia mais razão para sentir medo. Eu estava de partida.

Do que vai acontecer, Lavínia disse.

É bem verdade que eu ainda esperava por alguma coisa de última hora, um desvario qualquer, que modificasse o desfecho da minha história com ela. Só não sabia o quê. Tirei o tarô com uma vidente e só saiu o arcano das sombras. O Enforcado. Três vezes seguidas. Espírito sujo, a mulher diagnosticou. E o que eu podia fazer para limpar? Reza e recolhimento, ela prescreveu. E evite andar na beira dos precipícios.

Como evitar? Lavínia esmagou o cigarro no cinzeiro e me olhou com olhos mais escuros do que nunca. O maior dos meus precipícios.

Havia outros. Não menos assustadores. Dois dias antes, Chico Chagas aparecera na minha casa para uma visita. Eu ainda encaixotava os livros em marcha lenta, parando com frequência para reler passagens, e cheguei a pensar por um instante que ele afinal topara ser fotografado. O tripé continuava armado na sala, achei perfeito que fosse ele o modelo de minha derradeira foto naquele lugar. Um tipo à altura, uma aquisição e tanto para a minha coleção de *freaks*. Mas não se tratava disso.

Chagas tirou o chapéu e entrou. Afastei a pilha de livros, abrindo espaço no sofá. Ele preferiu permanecer em pé e ajeitou os óculos para examinar as fotos que ainda restavam nas paredes. Pela cara que fez, não entendeu direito o jogo de sombras que eu captara no interior de uma igreja em Metz. Nem se interessou muito pelo *chiaroscuro* no quadro ao lado; franziu os olhos míopes, mas duvido que tenha sacado que era um detalhe de um nu feminino. Passou batido pelo casal de namorados à beira do lago, visto de longe sob uma árvore frondosa, não reparou que eram duas garotas se beijando. Chagas parou diante da velhinha de Granada, campeã absoluta de visitação naquela sala.

Sua avó?

Eu ri.

Não, é só uma velhinha que encontrei na Espanha.

Ele notou as caixas abarrotadas de livros.

O moço tá de partida?

Vou embora pra São Paulo.

Quando?

Por esses dias.

Mexi na Nikon sobre o tripé. Estava calculando se teria alguma chance de fotografá-lo sem que ele percebesse. Uma tentação. Chagas se movimentou no ato, sumiu do campo do visor. Puro instinto animal. Desisti do artifício, lembrava meus tempos odiosos de paparazzo a soldo das revistas de fofocas sobre artistas.

É bom mesmo, ele disse, de repente. Tem gente por aqui que não gosta muito de você.

A porta da cozinha estava aberta. Dava para ver um pano de chão amarelo tremulando no varal lá fora, como a bandeira agourenta de um navio com peste a bordo. Escutei a voz de Decião. Meu vizinho cantava uma música antiga do Reginaldo Rossi. Devia estar em seu quintal, tratando dos passarinhos engaiolados numa fileira extensa sob as mangueiras. Ele tinha mania de pôr nome nos passarinhos. Um por um. Nomes de santos. Cosme. Antônio. João. Catarina. Conversava com eles. Um são Francisco com o cérebro comprometido pelo uso imoderado da cachaça clandestina fabricada na região.

Vieram me sondar ontem, Chagas comentou, de um jeito neutro.

Ele mantinha os olhos de sapo cravados nos meus. Tive uma iluminação nessa hora, ainda que atrasada. Compreendi sua aversão à ideia de ser fotografado. E também o que havia no rosto das pessoas quando cruzavam com Chagas na rua. Não era respeito, era medo. O bom e velho medo.

Queriam saber quanto eu cobraria pra dar um jeito no moço.

Continuei calado. E não tive nenhuma reação visível à informação. Mas senti um vento me esfriando por dentro. Chagas desviou a vista, pousou-a na estante vazia. Se escolhesse o corredor, talvez conseguisse chegar ao quintal e pular o muro. Opção arriscada: o sofá estava no caminho e as pilhas de caixas no corredor atrapalhariam. Eu poderia jogar o tripé com a câmera sobre ele, pegá-lo de surpresa, e tentar sair pela porta da rua. Chagas ergueu a cintura da calça.

Falei pra eles que estou aposentado.

O dente dourado veio à luz numa risadinha.

Tive que mentir.

Decião continuava cantando Reginaldo Rossi e sua voz não era de todo ruim. Incrível, mas essa foi uma das lembranças que ficaram daquele momento. A outra foi que meu corpo se molhou inteirinho de suor, uma coisa repentina, absurda. Uma descarga. Tive a sensação de que até meus ossos suavam. O cheiro do suor subiu ao meu nariz e não era nada agradável.

Quem procurou você?

Chagas ignorou a pergunta.

O moço me ajudou naquela noite, lembra?, eu nunca esqueço esse tipo de coisa. Posso ter mil defeitos, mas ingrato não sou. Nem *cagueta*.

Ele ajustou com cuidado o chapéu de feltro na cabeça e olhou outra vez para as caixas de livros. E me estendeu a mão.

Vá embora logo. Não vão demorar pra achar outro por aí que aceite o serviço.

Ele se despediu e entrou na Brasília estacionada diante do portão de casa. Soltou o freio de mão e o carro deslizou fazendo ruído no calçamento de pedras da rua. O motor caquético rateou um pouco antes de pegar no tranco, em meio a estouros do escapamento, na quadra seguinte. O que fiz? Telefonei para a transportadora e agendei a data de retirada das minhas tralhas.

Pra quando?, perguntou o rapaz.

Pra ontem, eu disse.

Lavínia despejou mais conhaque na xícara, agora sem café. Bebeu um gole longo, de lacrimejar os olhos. Meu estômago vazio, agredido pela mistura, contraiu-se só com a ideia.

Posso pedir uma coisa, Cauby?

Ora, podia pedir o que quisesse. Até que eu fosse a pé para a Mongólia. Eu iria. Só para ver um sorriso em seu rosto. Achei que dava para adivinhar o que ela queria. Mas me enganei.

Me dá o retrato da sua avó?

Tive trabalho para fazer aquela foto. A velhinha espanhola, a princípio, não topou. Sua filha e o genro se meteram na história, precisei oferecer dinheiro a eles. Valeu a pena. Era uma imagem poderosa. O rosto enrugado, os olhos miúdos e a boca arqueada tinham a força das grandes tragédias, contavam uma porção de histórias, todas de sofrimento humano. Fomos para a sala, removi o quadro da parede e o entreguei a Lavínia. Ela me beijou no rosto. Senti seus lábios frios e o hálito denso.

E eu, tenho direito a um último pedido?

Ela riu forçado e seu rosto corou. Ficou nervosa. Tateou os bolsos da calça atrás de cigarros inexistentes. Deve ter imaginado que sabia o que eu iria pedir. E também se enganou.

Quero tirar uma foto sua.

Foi pior do que convidá-la para a cama. Lavínia encolheu-se.

Ah, isso não, Cauby, pede outra coisa. Estou horrível.

Não era verdade. Estava abatida, com olheiras medonhas e os cabelos despenteados e ainda úmidos. E tinha no rosto uma dureza que eu desconhecia e que a distanciava do resto da humanidade. Descalça, vestida com o velho casaco do Remo, folgado a ponto de cobri-la como uma capa, parecia uma mendiga, uma dessas ciganas pedintes que esbarram na gente pelas ruas. Uma cigana louca que, com toda certeza, você não hesitaria em levar para casa. Se me pedisse para ficar, eu ficaria. De joelhos.

Por favor, insisti, é minha última foto aqui. A *saideira*.

Lavínia suspirou. E, mesmo contrariada, acabou cedendo e sentou-se no banquinho sob o spot. Liguei a luz, ajustei a câmera e a enquadrei no visor. Ela parecia represar, no limite de suas forças, um tipo de impaciência, uma grande irritação com tudo ao redor.

Não deu tempo de revelar esse filme. No entanto, pelos anos que me restarem, vou me lembrar da imagem que enxerguei no visor. Só não existirá a prova material. Se existisse, mostraria, abraçada ao quadro da velhinha, Lavínia olhando para a lente com uma sombra de horror no rosto, como se a acuasse o orifício do cano de um revólver. Mordia o lábio no instante em que disparei a câmera. O agasalho e o cabelo desarrumado davam um toque de desamparo ainda maior à sua figura. Medo e abandono — seria uma legenda perfeita para essa foto que nunca existiu. Não me lembro de ter visto alguém tão triste quanto ela naquele momento.

De repente, sem mais nem menos, Lavínia falou:

Estou esperando um filho seu, Cauby.

Alguém poderia escrever um manual sobre como se deve reagir a esse tipo de notícia, se as circunstâncias não forem favoráveis ao casal. *Eu receberia as piores notícias dos seus lindos lábios*. Seria bastante útil para homens como eu. Já havia acontecido uma vez: uma colega dos tempos do jornal, com quem mantive um namoro por quase dois anos, cismou que engravidara. A gente se gostava, mas não se amava, não a ponto de querer ficar junto e pôr um filho no mundo. E a nossa história, que andava morna, pra acabar, implodiu de vez. No fim, era alarme falso. Se, naquela ocasião, eu não soube como reagir, com Lavínia não sabia nem o que dizer. Ou melhor: me ocorreram na hora várias frases, que achei muito ruins. Escolhi a pior. A mais vergonhosa. Uma glândula purulenta que rebentou dentro de mim. Veio à tona de forma inconsciente, expelida pela lógica do rancor. Lamentei muito cada uma de suas sílabas assim que terminei de falar.

Como você sabe que é meu?

Lavínia pensou um pouco no assunto e desceu do banquinho. E me fitou. Naquele minuto, desapareceu por completo toda a intimidade que existia entre nós. Olhou-me como a um estranho. Pude ler uma porção de coisas em seu rosto, todas desfavoráveis. Raiva. Frustração. Mágoa. E até desprezo. O que mais doeu, contudo, foi ver ruindo em seus olhos a admiração que sentia por mim. Tentei reparar o irreparável:

Desculpe.

E quis tocá-la. Lavínia não deixou e se aproximou da parede, para devolver o quadro ao lugar. Tremia tanto que teve dificuldade em encaixá-lo no prego, e o quadro acabou caindo no chão e o vidro se estilhaçou. Ela se agachou para retirar a fotografia da moldura. Pisava sobre os cacos de vidro e não dava mostra de sentir. Permaneceu assim, em transe, contemplando o rosto compungido da velha espanhola, como se estivesse pedindo perdão pelo que acontecera. Tive de levantá-la pelo braço. Lavínia sentou-se no sofá e aceitou que eu segurasse seu pé, mas evitou me encarar. Eu estava removendo os fragmentos de vidro grudados na sola gelada, quando ouvi a campainha. Um único toque. Curto.

Ainda eram seis e meia da manhã, o que restringia bastante as chances de uma boa notícia, em particular para alguém como eu, que recebia pouquíssimas. Talvez por isso, antes mesmo de pousar o pé de Lavínia no chão, com delicadeza, e de me levantar e afastar a cortina da janela, eu já soubesse que era ele.

O pastor Ernani tinha recuado para o portão e esperava de braços cruzados, encostado em seu carro. Não parecia nervoso ou preocupado. Nem hostil. Apenas patético e infeliz na luz brilhante da manhã. Usava jeans e uma camiseta que realçava a barriga e um porte atlético em declínio, na única vez que o vi sem um de seus ternos. Ele me notou na janela, não mexeu um músculo da face. Eu estava só de calção.

Seu marido está aí.

Lavínia saiu do torpor sem pressa. Mexeu-se lenta pela sala, pensativa, tocou o tripé, alisou o tecido do sofá, lançou para a porta do quarto um olhar melancólico de despedida, desses que se viam antigamente nos filmes com cenas em estações de trem.

Daí, parou do meu lado e me abraçou, e meu lábio tremeu, involuntariamente, quando ela me beijou. Um beijo rápido. Meu coração batia na garganta.

Imaginei muitas vezes aquela cerimônia de adeus. Antevi-a. Encenei-a mentalmente. Ficava pensando no que um diria ao outro na hora final. Que promessas formidáveis e impossíveis faríamos? Arrogaríamos o futuro? Pesquisei versos atrás de declarações aflitas, desenganadas de amor, mesmo sabendo que, nesses momentos, o que se acaba dizendo quase sempre é banal. Quando não raivoso.

No fim das contas, eu nada disse.

Coube a Lavínia a última fala. E não existia em sua voz uma farpa sequer de rancor. Ao contrário, havia até uma certa doçura.

Ele não pode ter filhos, ela disse. Fez vasectomia quando virou pastor.

Eu abri a porta de casa para que ela saísse. Acreditávamos na superstição de que um visitante não deve fazer isso, sob pena de nunca mais retornar. Embora aquilo não tivesse mais a mínima importância para nenhum dos dois, tomei esse cuidado. E Lavínia se foi. Minha flor distraída. Tinha entrado pela primeira vez naquela casa mais de um ano antes. Saiu descalça, levando um agasalho esdrúxulo, que mais parecia uma capa de super-herói, e a foto da minha falsa avó. E um filho nosso na barriga.

O pastor ajudou Lavínia a entrar no carro e depois o contornou. Foi quando se interessou por mim. Um instante apenas. Ele costumava dizer que o homem não é a obra-prima de Deus e que precisamos de alguma maneira nos conformar com isso. Somos criaturas do sexto dia, Ernani falava, uma jornada que, se pudesse, o Criador removeria de sua memória absoluta. A desgraça de Deus é não poder esquecer de nada.

O pastor acreditava em muita coisa. Até na teoria de que eu ganhava a vida como cafetão, como muita gente pensava na cidade. E eu não podia condenar ninguém por isso. Ele estava cansado. Eu e Lavínia também. No fundo, estávamos fartos de tudo aquilo e de ser quem éramos. Ernani tinha razões de sobra para me dar um tiro. Mas eu seria capaz de jurar que havia piedade no jeito como me olhou. Ele entrou no carro, deu a partida e foi embora com Lavínia. Ela virou-se para trás enquanto se afastavam. Acenei.

Eu devia cair fora. Dar as costas, simplesmente. Levar a sério os sinais.

Ficariam comigo as lembranças boas. Os perfumes delicados e ásperos do corpo daquela mulher. Sua nobreza e sua cólera. A música da sua presença em minha casa. E também os dias em que comunicava notícias de outros mundos, que só ela vislumbrava. Por mais alterado que estivesse, nunca consegui chegar sequer aos subúrbios dessa fronteira. Lavínia tinha o hábito de rebatizar tudo ao redor. Cadeira virava *enofa*. Travesseiro era *fenola*. Chamava lâmpada de *bria* e cachorro de *bagué*. Não sei que nome dava ao amor.

Uma mulher que caía no choro toda vez que ganhava um presente, não importava se um colar ou um postal. Não conseguia se conter.

Coisas tolas e essenciais de que eu sentiria falta e que me fariam sofrer mais tarde.

E eu tinha conhecido apenas o abalo, não o terremoto.

Existiam as fotografias. Manuseei cada uma delas com ciúme e um prazer de primeira vez, quando as embalei para a viagem. Uma quantidade absurda de imagens, naufrágios irresistíveis. O perverso Viktor Laurence, que em breve nos daria um alô do reino dos mortos, estava certo: eu podia montar uma exposição. E, ainda assim, eu sabia, não captara Lavínia por inteiro. Faltava *a foto*.

E agora havia o filho.

Depois dos trinta e cinco, passei a aceitar sem alarde a ideia de que sairia deste mundo sem transmitir meu DNA. E, com exceção do incidente com a colega do jornal, não vivi esse sobressalto outra vez até aquele dia. Considerei a possibilidade. Deixei que ela pousasse sobre mim com sua leveza e seu peso. Recitei-a como um mantra: um filho. Fechei a porta embriagado por esse poema.

Várias pessoas já disseram que não tenho um pingo de juízo, talvez estejam certas. Peguei um martelo e a caixinha de madeira que ganhara meses antes de Lavínia e que permanecia esquecida, acumulando pó, sobre o criado-mudo no quarto. Para um dia de bastante desespero, ela recomendara. Achei que era o caso. Moí a caixa sobre a pia da cozinha. O papel dobrado que encontrei continha uma mensagem curta. Daria um telegrama lacônico e definitivo. Uma notícia primordial de um amor vira-lata. Apenas duas palavras. Escritas numa letra redonda, graciosa, quase infantil.

Amo você.

Entendeu agora por que eu fiquei?

Sou um sobrevivente.

Tenho no corpo dezessete ossos que precisaram de reparos. Fora o crânio. Meus ouvidos foram comprometidos de modo irreversível, é como se alguém tivesse baixado o volume do mundo. Não me faz falta nenhuma a algaravia mundana, mas confesso que sofro com a ausência de certas nuances quando escuto música, em especial, e veja só a ironia, o velho Ludwig. Parece que suprimiram alguns instrumentos das gravações, tudo soa oco, incompleto. Minha cabeça dói de forma crônica desde que acordo. E desconfio que meu olfato e paladar também mudaram. Tenho pesadelos e ereções com a mesma frequência à noite, mas isso não me assusta, já acontecia desde a adolescência.

O dano maior, contudo, foi que perdi um olho, o direito, o que para um fotógrafo, habituado a privilegiá-lo na hora de olhar a vida ao redor, pode ser considerado um problema sério. Conheci um fotógrafo caolho na época do jornal, grande craque das imagens, ganhou prêmios aqui e no exterior. Você nem notava que ele tinha só uma vista. Alguém me disse que é apenas questão de treino, igual ensinar um jogador destro a chutar com o pé esquerdo. Pode ser. Tenho me esforçado bastante com a Pentax. Às vezes, gosto do resultado, outras vezes, não. Normal.

A verdade é que tudo parece meio desfocado à minha volta.

Caminho pelas ruas empoeiradas de cabeça erguida, olho as pessoas sem nenhum tipo de animosidade ou temor. A maioria evita me encarar. Não é como se eu fosse portador de alguma moléstia contagiosa ou de uma maldição, nada disso. É diferente, mais sutil, fingem não me ver. Ninguém fala comigo, um voto de silêncio impera na cidade. Me ignoram, apesar do tapa-olho de pirata que ando usando por decoro e para resguardar do sol a pálpebra vazia. (Por enquanto, tenho resistido à ideia de pôr um olho de vidro, precisaria voltar a Belém para isso.) Sou apenas mais uma aberração num lugar onde elas brotam a cada esquina. Um fantasma estrangeiro. Me olham, quando olham, como se eu não estivesse mais ali. Afinal, fui morto. Já me mataram. Só que, feito um Lázaro de tempos multimídia, retornei para assombrar a todos com a minha câmera a tiracolo e as minhas chagas.

Estou de volta para lembrá-los de um equívoco que cometeram, e ninguém gosta de ser lembrado desse tipo de coisa.

Descobri que morrer não é assim tão fácil. Mesmo num lugar onde a vida pesava sempre menos que as pepitas.

Viktor Laurence também não voltou do além-túmulo? Sete dias depois de seu enterro, não deu notícias, péssimas notícias, por sinal, ainda que no lugar mais apropriado para isso, o semanário que circulava na cidade? Não inundou a sarjeta com sua baba epilética?

Não cheguei a ver a edição. E acho pouco provável que alguém tenha guardado um exemplar.

Eu estava consciente de que corria riscos, nunca poderei alegar que não recebi os recados a tempo, mas mesmo assim resolvi ficar. Evitava sair à noite, passei a ser mais cauteloso e, até onde foi possível, mais atento — a *Cannabis* atrapalhava: eu fumava direto, o dia inteiro, para combater a paranoia, o que servia apenas para aumentá-la.

Se bem que, e eu usava isso com a nobreza de uma desculpa, não me sentisse mais em perigo do que qualquer outro cidadão do lugar. Pairava acima de nossas cabeças uma atmosfera de ameaça fazia tempo. Tensão demais entre os garimpeiros e a mineradora. Um clima de guerra, de acerto de contas. Se não estivesse resfriado, você conseguia farejar a pólvora no ar. Faltava apenas alguém acender o pavio.

Era comum trombar com desconhecidos andando a esmo pelo centro, que não faziam nenhuma questão de ocultar que portavam armas. Um estouro de escapamento na rua, e vários deles se viravam na hora e levavam a mão à cintura. Seria até divertido de ver, caso você não estivesse preocupado em correr para buscar um abrigo. A lua estava fora de curso. O vento da peste soprava com força. Uma prostituta esfaqueara um cliente no Grelo de Ouro. Um lote de bananas de dinamite havia desaparecido do paiol da mineradora. Cartazes nos postes pediam informação de gente sumida, crianças inclusive. Até os animais pareciam inquietos: havia um surto de raiva na região, vira-latas suspeitos eram perseguidos e mortos a pauladas e incinerados. Diziam que a mineradora tinha importado uns caras ruins da Paraíba, para usá-los no extermínio do pessoal do sindicato que se refugiara na mata. Diziam também que o Exército não ia demorar a intervir. E existia ainda o boato de que uma grande matança estava para começar. Falavam até que circulava uma lista com nomes marcados.

E eu à espera de notícias de Lavínia.

As mortes de Chang e Viktor Laurence ajudaram a deteriorar esse clima, sobretudo a evisceração do chinês, pela brutalidade absurda (na penúltima edição do semanário que preparou antes de cometer suicídio, Viktor chamava o assassino de "Guido, o estripador"). Chocou até os detratores dele. Deixou a cidade com os nervos ainda mais à flor de sua pele já bastante sensível e esburacada.

Muita gente tirou os trabucos da gaveta e cuidou de limpá-los.

O mais curioso, no entanto, é que, para mim, a morte de Chang só teve consequências positivas. Como ninguém reclamou, fiquei de posse do Corcel e usava o carro em meus deslocamentos. De repente, na ausência do fotógrafo oficial, meus serviços profissionais foram valorizados e passei a ser muito requisitado para documentar aniversários, casamentos e batizados — fui obrigado até a desencaixotar minhas câmeras. Voltei a ganhar dinheiro. Como acontece nas guerras, apesar da atmosfera hostil à sua volta, as pessoas tentavam levar uma vida normal e continuavam envelhecendo, casando, dando festas, tendo filhos. E morrendo.

E eu sem saber do meu filho com Lavínia.

Telefonava várias vezes por dia, mas, em geral, ninguém atendia. E, se escutava a voz do pastor, punha o fone de volta no gancho no ato. Se estivesse no meu lugar, não sei se você consideraria a possibilidade de existir um identificador de chamadas instalado no aparelho dele. Eu considerei, e me pareceu uma preocupação descabida. Ernani sabia muito bem quem estava ligando.

Rodei quilômetros com o carro de Chang subindo e descendo a rua em que moravam. Vigiei o sobrado a distância, durante horas, com paciência de tocaia, sem detectar nenhum movimento. Uma vez, criei coragem e parei para tocar a campainha. Ninguém respondeu, a casa estava deserta. Sei porque a rodeei, para espionar o interior pela janela da sala — móveis simples, TV, um aquário enorme, quadros com fotos nas paredes. Um deles, familiar: um silo brilhante convertido em foguete, no momento da decolagem, sob um céu de tempestade.

Num fim de tarde, flagrei o pastor Ernani regando o jardim com a mangueira. Vestia bermuda e camiseta e assobiava, aparentando ser o único espírito tranquilo do lugar. Ele não me viu passar. O que eu pretendia? Dar tempo para que a Lavínia ensolarada reaparecesse. Eu achava que poderia convencê-la a ir embora comigo.

Então riscaram o fósforo.

O investigador Polozzi passou pela minha casa numa segunda-feira, na hora em que eu preparava o almoço. Arroz, linguiça e pão. Ele sentou-se à mesa da cozinha, mas não quis me acompanhar. Aceitou apenas um copo de água. Um calorão opressivo e ele de jaqueta de couro e chapéu, e com o cabo da pistola para fora do cinto. Polozzi levava a sério seu papel naquele bangue-bangue. Era um dos *mocinhos*. Viera de Manaus, pegou amizade comigo na época dos meus plantões na zona. Eu gostava dele: um sujeito com um ar infantil, meio ingênuo, mas sério e confiável. Grande fã de Marlon Brando; levou emprestada minha trilogia dos *Chefões* em vídeo, nunca mais devolveu. Apresentei-lhe Scorsese e Ferrara, em especial a fase besta-fera dos dois.

Ele observava as pilhas de caixas, que obstruíam o corredor, quando sentei com meu prato. Sorria, amistoso.

Você não estava de mudança?

Estou dando um tempo, eu disse, mas já deveria ter ido embora. É que agora, sem o Chang por aí, fiquei cheio de trabalho.

E cheio de grana também, aposto.

Dá pro gasto.

Ele olhou na direção do quarto e recolheu o sorriso. Mastiguei um bocado de arroz. Estava excelente, firme e empapado, com um toque preciso de cebola. *Al dente*. E sem muito sal. Comi com gosto. Polozzi bebeu a água em goles curtos. Depois, pousou o copo sobre a mesa, bem no centro do labirinto de Gröss, e empurrou o chapéu para coçar a cabeça.

Ah, Cauby, Cauby...

Parei um naco de linguiça a centímetros da boca.

O que foi?

Você está encrencado, rapaz.

Pousei o garfo no prato. Polozzi apoiou os cotovelos sobre a mesa, para poder falar mais de perto.

Bem encrencado.

Eu passara a manhã trancado no laboratório, revelando os filmes de um casamento. O telefone tocou uma vez, mas, quando saí para atender, quem ligava já havia desistido de falar comigo. Ainda não pusera os pés para fora de casa naquele dia. Não tinha como saber, embora a cidade inteira estivesse comentando. E tanto quem falava quanto quem ouvia, invariavelmente, levantava as sobrancelhas com o assunto. Até eu fiz isso, olhando incrédulo para o rosto de bebezão do meu amigo Polozzi.

Mataram o pastor Ernani de madrugada, ele informou. Deram três tiros nele.

Foi o investigador, e não o amigo, quem examinou com ares de ourives que tipo de reação percorreria meu rosto. Nenhuma. Apenas a temperatura do mundo pareceu baixar ao meu redor. Tudo passou a fazer menos sentido. Sentido nenhum. Comecei a morrer ali. Pensei em Lavínia e afastei o prato da minha frente. Polozzi adivinhou que eu pensava nela:

E a mulher tá sumida.

Lavínia e Ernani não tinham empregados, com exceção do velho jardineiro, que prestava serviços esporádicos. Se estava bem, ela fazia as tarefas domésticas. Caso contrário, o pastor se encarregava de tudo, sem reclamar. Metódico como era, sentia muito prazer em cuidar pessoalmente da casa. Quem encontrou o corpo foi um devoto da igreja, com quem Ernani tinha uma reunião. Dois dos tiros no rosto. Não localizaram Lavínia.

Polozzi olhou mais uma vez para a porta do quarto.

Achei que ela podia estar por aqui.

Faz tempo que a gente não se fala.

Engraçado você me dizer isso, Cauby.

Ele se levantou para beber mais água. Eu arrotei, um arroto azedo, e também fiquei em pé. Polozzi falou de costas para mim.

Dei uma checada no telefone do pastor. Quer saber quantas vezes você ligou pra lá nos últimos dias? Vinte e nove, meu amigo.

Eu o puxei pelo braço, para que me olhasse.

E o que isso quer dizer? Eu não consegui falar com ela.

Polozzi baixou a vista para minha mão em seu braço. Esperou que eu a retirasse. Não estava feliz.

Eu considero você um cara legal, Cauby. Mas não gosto dessa história. Cadê a mulher?

Como é que eu vou saber?

Ele deixou o copo sobre a pia, sem beber toda a água. Depois, passou do meu lado, quase esbarrando em mim, e empurrou a porta para devassar o interior do quarto. Viu os lençóis revolvidos na cama. E viu Lavínia. Sorridente. Linda em sua luz particular. No porta-retrato sobre o criado-mudo. O famoso porta-retrato do dia em que nos conhecemos na loja de Chang. Dia em que me apaixonei por ela. Em que contraí o vírus da sua loucura. Um veneno para o qual eu ainda não havia encontrado antídoto.

Eu poderia dizer tudo isso a Polozzi, mas duvido que o comovesse e conseguisse modificar a expressão de censura em seu rosto. Ele me olhou com cara de quem, por mais que se esforçasse, jamais aceitaria a ideia de que eu pudesse ter, ao lado da cama, a foto da mulher de outro sujeito.

Que bom saber que você não acredita em mim, eu disse, indignado.

E puxei a porta do quarto. Polozzi também estava alterado. Cinzento de irritação.

Tem gente que viu um carro rondando a casa do pastor várias vezes, ele disse. Espero que não seja esse Corcel que está parado aí na sua porta. Carro que, diga-se de passagem, está ilegalmente em seu poder.

Na falta do que dizer, eu ri. De nervoso. Deixei Polozzi ainda mais emputecido.

Se eu fosse você, não brincava com isso, Cauby.

Ei, eu reagi, você tá achando que eu matei o cara? Nunca peguei numa arma, Polozzi, você é meu amigo e sabe disso, porra.

Se vocês dois fizeram besteira, vou descobrir, pode escrever.

Ele me olhava como tudo, menos como a um amigo, no momento em que foi embora de casa. Provoquei-o na saída:

Você acha que eu devo procurar um advogado?

É a coisa mais sensata que você vai fazer em muito tempo.

Ou é melhor fugir?

Polozzi me olhou com sua cara de crianção contrariado. Ele também gostava de mim. E estava sofrendo.

Isso é você quem deve saber.

Eu poderia ter fugido, Polozzi me deu essa chance naquela hora. Mas seria o mesmo que assinar minha confissão, e eu era inocente. Preferi ficar. Ao invés de cair fora, como aconselhavam até as previsões para o meu signo no horóscopo vagabundo do semanário (*by* Viktor Laurence, diga-se, sob o pseudônimo de Madame Henriette), resolvi ficar e enfrentar a tempestade que o vento da peste soprava na minha direção.

Peguei o carro de Chang e passei em frente à casa de Ernani e Lavínia. Havia muita gente no local, gente transtornada. Um alvoroço. Achei prudente não parar. Tive um palpite e dirigi direto até o refúgio onde estivera com ela, na esperança de encontrá-la por lá. Achei apenas o gerente se exercitando com pesos, em companhia de suas moscas de estimação.

Voltei à cidade bem tarde da noite e rodei por ruas vazias e silenciosas. Sodoma acalentava em paz o sono dos injustos. Até as árvores da praça pareciam calmas, as folhas imóveis no ar parado da madrugada, que, eu juro, fedia a enxofre. Antes de ir para casa, arrisquei ainda um giro pelos bordéis. Estavam desertos.

No maior deles, o Grelo de Ouro, que em seus tempos dourados chegou até a programar apresentações de chacretes, segundo me contaram, três sujeitos conspiravam na única mesa ocupada, pouco interessados nas mulheres que, sem utilidade, bebiam sentadas junto ao balcão do bar ou se mexiam entediadas na pista de dança, salpicadas pelos fragmentos de luz do globo. Os homens pareciam ressabiados com elas — não fazia muito tempo, uma delas esfaqueara um cliente; péssimo para a reputação das colegas e do lugar. Eles pararam de falar quando entrei e esperaram que eu me encostasse no balcão e pedisse cerveja, antes de retomar uma conversa velada, cheia de cochichos sinistros.

Magali aproximou-se pelo lado interno do balcão com a garrafa de cerveja, dois copos e o comentário de que eu andava sumido. Ela viera do Ceará ainda menina, tentar a sorte no garimpo, como tantas outras. Agora, era uma quarentona ajeitada ainda, sensual, de traços graciosos e lábios que, na impossibilidade de beijar, você gostaria de morder. Uma flor perfumada do Cariri. A voz das ruas dizia que Magali funcionava como testa de ferro do verdadeiro dono do Grelo, um deputado da região. Foi a primeira mulher que fotografei para o meu livro, em sessões vespertinas num dos quartos, enquanto não começavam as funções na casa. Ficamos amigos, íntimos até. Surgiu um clima entre nós, que infelizmente não prosperou. Magali saltou fora. Me disse:

Não posso viver essa história agora.

E me revelou o óbvio: estava comprometida com outro macho, era amante fiel do deputado. Podia posar de gerente de bordel, de "ex-puta", como ela mesma gostava de falar. Nenhum aventureiro a levaria para a cama naquele momento.

Nessa época, Magali me introduziu num nicho de mercado promissor, que me deu fama de rufião. Um negócio simples e lucrativo: fazer as fotos que as prostitutas vendiam como suvenir a garimpeiros de passagem pelos bordéis, um paliativo valioso para ajudá-los na travessia solitária de noites imensas, em acampamentos no meio do nada. Um exercício e tanto: tinha de desprezar qualquer veleidade erótica, mesmo as involuntárias; chafurdei na pornografia barata. Arreganhada. E ganhei dinheiro com isso, fiquei conhecido na zona. Igual a uma puta, eu vivia "da porra dos outros", como Magali também gostava de falar. E muita gente considerava essa atividade uma forma disfarçada de cafetinagem.

Em paralelo, colhia material para o meu livro, me sentindo o Keith Carradine em *Pretty Baby*.

No comando das noitadas do Five Stars, Magali acumulava um gênero de primeira necessidade, tão precioso naquele lugar quanto as pepitas: informação. Sondei-a sobre as novidades. Ela disse que sabia o que todo mundo sabia. Uma parte da história.

Qual parte?

Foi a mulher que matou o pastor, Magali falou. Ela é louca de pedra.

Melhor do que ninguém, conheci as variações de personalidade de Lavínia. Por mais de um ano, estive exposto a essas vertigens. Aprendi a conhecer, pelo cheiro, qual delas estava por perto. Se era fera ou flor. Não conseguia imaginá-la dando tiros em ninguém, muito menos em Ernani. Nunca acreditei nisso, nem sequer considerei essa possibilidade.

Ela fez isso porque foi abandonada pelo amante, Magali disse. Não é romântico?

E me olhou, maliciosa. Muita gente na cidade sabia, e era provável que alguém tão bem informado quanto Magali também soubesse. Só me restou sustentar o olhar. E desafiá-la a mostrar suas cartas:

Quem é o amante?

Ah, Cauby, essa é a parte da história que eu não sei.

Ela sorriu com aquela boca que ainda fazia muito homem sonhar no bordel. E se afastou em direção ao caixa, para fechar a conta da única mesa com clientes. Bebi a cerveja e não demorei a ir embora.

Encontrei Polozzi cochilando dentro da viatura no portão de casa. Acordou suado e aborrecido, nem queria me deixar entrar. Contou que tinham decretado minha prisão preventiva. Embora a contragosto, frisou, estava ali com a missão de me conduzir ao xadrez. Vi um par de algemas na cintura dele. Viera preparado para qualquer eventualidade. Por um instante, cheguei a pensar que ele ia recitar meus direitos antes de me levar preso. Eu que sou tão avesso a solenidades.

Posso ao menos dar uma mijada antes?

Entramos em casa e ele me acompanhou até a porta do banheiro, como se desconfiasse que eu tentaria fugir. Conversamos enquanto eu urinava e, depois, lavava as mãos e o rosto.

Você devia ter ido embora quando pôde.

Por quê? Não fiz nada de errado.

Polozzi cruzou os braços e encostou-se numa das pilhas de caixas do corredor. Mal-humorado.

E você acha certo ficar comendo a mulher de outro cara?

Desde quando você virou moralista?

Eu sabia que ele tinha um rabicho com uma das meninas do bordel. Uma loira desbotada. Caso antigo. E tinha também mulher e dois filhos na cidade. Ele se defendia dizendo que era diferente.

Uma dona desequilibrada, Cauby. Não entendo como é que você é capaz de um negócio desses. Ela é perigosa.

Você também acha que ela matou o pastor?

Por que não? Ela não bate bem da cabeça. Abre os olhos, porra. Essa mulher te botou numa fria.

Esfreguei a toalha no rosto, sentindo fome e cansaço. Mais cansaço que fome, embora não tivesse comido nada desde o almoço do dia anterior. Na verdade, não era fome, era um tipo de enjoo. Que piorou quando Polozzi falou de uma testemunha que aparecera na delegacia na tarde anterior.

Diz que outro dia você recebeu a visita de um pistoleiro que todo mundo conhece por aqui.

Pensei em Decião. Pensei com raiva, muita raiva. Fiquei com vontade de esmurrar a parede até tirá-lo da cama em sua casa, quando então esmurraria sua cara inchada de pinga. Apaguei a luz e saí do banheiro. Polozzi continuava imóvel, me encarando.

Que merda você fez, Cauby?

Você quer saber por que o Chagas esteve aqui?

Não me conte nada. Você só vai se complicar ainda mais.

Eu não tenho nada a ver com a morte do pastor, caralho.

Não adianta você me dizer isso. Enquanto a gente não achar a mulher, você é suspeito.

Entrei na viatura roendo um pedaço de pão velho. Naquele momento, me preocupava mais o sumiço de Lavínia do que a minha situação. Eu era inocente, e isso me deixava confiante. Me dava uma sensação confortável de segurança. Confortável e bem ingênua.

Tudo parecia muito tranquilo na cidade na hora em que fui levado para a delegacia. Na madrugada do dia da peste, a Lua minguava em Touro. Marte e Saturno estavam em quadratura e o Sol ocultava Plutão. Astral pesado. Era chegado um tempo de grandes transformações. *Ignis mutat res*. Se o Criador planejava mandar seus arcanjos para resgatar os justos do lugar, a hora era aquela.

O menino interrompe a narrativa do careca, pede um tempo para trocar a fita no gravador, alertado por um ruído do aparelho. O careca aproveita a pausa para avisar que vai ao banheiro, e entra na pensão arrastando a perna. Está relembrando os piores anos de sua servidão, os anos finais de Marinês. O relato de uma vida anulada voluntariamente, devorada pela falta de sentido ou propósito. Uma vida, não: duas.

Todos os dias, depois do trabalho, ele ia direto do banco para a casa de Marinês. Virou rotina. O programa não variava: conversavam, jantavam, viam televisão. Também não era incomum ficarem grandes períodos de tempo em silêncio na sala, apenas se fazendo companhia. Depois, o careca se despedia e voltava para a pensão de dona Jane. E isso foi o bastante para fazê-lo feliz durante anos. Nunca se interessou por outra mulher. Ficou ao lado de Marinês até o fim. *Platônicos.*

De volta do banheiro, o careca reassume seu lugar na cadeira, diante do gravador. E, a um sinal do menino, retoma o fio de sua história com Marinês. O epílogo.

Depois que tudo acabou, voltei uma única vez à minha casa. Ao que sobrou dela. Escombros.

Na sala, parte do teto havia cedido e uma parede inteira desabara. As remanescentes, enegrecidas, ameaçavam também cair. O fogo começou no quarto que eu usava como laboratório, me disseram. Encontrou no material químico estocado um poder de combustão incontrolável, informava o laudo que li. O incêndio se alastrou e em questão de minutos consumiu a casa inteira. Milhares de livros e de fotos — e de histórias. Um período da minha vida elevado subitamente à condição de lenda. Fumaça.

O que não queimou sucumbiu à rapinagem e à imperícia da brigada anti-incêndio que a Defesa Civil improvisou para atender à ocorrência — os bombeiros de verdade estavam ocupados com o fogo que consumia as instalações da mineradora e pelo menos duas dragas. A cidade ardeu em emergências nessa noite.

Não pude entrar no quarto, obstruído pelo desmoronamento. Numa das paredes do banheiro, o cômodo que menos sofreu com o incêndio, contido pela caixa-d'água que despencou e espatifou-se no piso, alguém escreveu um palavrão. Faltava metade do teto da cozinha, onde as chamas deixaram tudo carbonizado. Era possível ver um bom pedaço do céu azul, sem nuvens. E a outra metade podia ruir a qualquer instante. O cheiro de queimado continuava intenso e arranhou minha garganta. Eu estava ali para ver se encontrava algo que me interessasse antes da demolição.

Saí no quintal, onde jazia amontoado ao ar livre aquilo que, segundo a Defesa Civil, foi possível *salvar* do incêndio. Uma cadeira, uns pratos lascados, algumas peças de roupa amarfanhadas, livros enrugados, panelas, restos de um tripé, uma gaveta vazia. Expostos ao sol e à chuva fazia tempo. Nada que eu pudesse aproveitar. Tinham devastado minha roça de maconha e pisoteado os canteiros de avenca. O carnaval da insânia não poupou nem mesmo o abrigo de madeira que Lavínia construíra para Zacarias.

Decião pôs a fuça por cima do muro. Me viu de cabeça raspada, gesso e muletas, pinta de ferido de licença do front. Assustou. Piscou várias vezes, firmou a vista, fez cara de quem não acreditava que eu estivesse vivo. Mas eu estava, estropiado, porém vivo. Erva ruim. Ele apontou o tronco e os galhos chamuscados da mangueira. Comentou:

Perdi onze passarinhos.

Eu não disse nada. O que ele esperava, que eu o indenizasse? Decião chupou um resíduo dos dentes.

Levaram seu tatu.

Olhei para o canto em que Zacarias costumava dormitar. Nem o muro tinha escapado das lambidas do fogo. O pneu esquecido no quintal não resistiu à temperatura e virou uma massa amorfa e escura, um Magritte derretendo a céu aberto, sob o sol do Pará. Quem levou Zacarias não tirou grande proveito, pensei, era um tatu velho, carne dura. Conseguiu no máximo uma carapaça para adorno de mesa.

Você viu quem foi?

Não. Tinha muita gente.

Alguém que você conhece?

Ele pensou um pouco no assunto. E deve ter-se imaginado na delegacia, numa sessão de reconhecimento de suspeitos. Franziu os lábios e calculou a amolação, sem contar o medo de represálias. Refutou, balançando a cabeça.

Foi uma confusão dos diabos, disse, não deu pra ver nada direito. E logo começou o incêndio.

A turba sem nome. Que invadiu minha casa para depredá-la e saqueá-la, num acesso coletivo de cólera. Um dia ruim para muita gente na cidade. O proprietário já tinha me procurado, estava apreensivo: a casa não possuía seguro, queria saber quem iria ressarci-lo. Sugeri que processasse os autores do vandalismo. Ele riu, irônico. Teria de processar metade da população da cidade. Para piorar, lembrou, Chang fora meu fiador, e àquela altura só podia ser acionado numa sessão espírita. Perda total.

Tenho umas coisas pra você, Decião disse.

E sumiu atrás do muro. Não acreditei quando ele voltou: trazia minha Pentax e um livro. *O que vemos no mundo*, de B. Schianberg.

Foi só isso que deu pra salvar no dia, lamentou.

Puta que pariu. Eu devia abraçar meu vizinho, e só não fiz isso por causa do braço engessado. Tinha obrigação de congraçar-me com ele, de pedir perdão pelos maus antecedentes e pela falta de civilidade, agradecer pela comovente demonstração de afeto — imagine: quando que eu podia pensar que Decião tinha se preocupado em salvar minhas coisas? Jamais. Na verdade, cheguei a me perguntar se ele, eventualmente, não tinha se juntado ao bando que saqueou a casa, antes de incendiá-la. Erros de avaliação.

Mas aí, claro, Decião fodeu tudo. E para isso bastou ficar parado, me encarando com os olhos injetados e ardilosos e os braços apoiados no muro. Queria propina. Começou com uma indireta.

Deve valer um dinheirinho, né?

O quê?

A máquina, o livro.

Eu adorava aquela Pentax. Fazia tempo que estava comigo, andei o mundo com ela. Minha câmera predileta. Do ponto de vista da estima, não tinha preço. E gostava também do livro, um exemplar autografado pelo autor. Eu vivia relendo e anotando comentários em suas páginas. Era um tratado delicioso e nem um pouco ortodoxo sobre o amor. Schianberg, por sinal, não era nada ortodoxo. Um psicanalista doidão, que andava meio nômade pelo mundo. Conheci-o em São Paulo, na época do jornal, ficamos amigos. Fotografei-o para uma reportagem — na ocasião, ele arrendava um cinema pornô na avenida Rio Branco, para um experimento com os frequentadores. Mais *freak*, impossível.

Têm apenas valor sentimental, eu disse.

Mas você não acha que eu mereço uma gratificação?

Estou bem arrumado, pensei. Achacado pelo proprietário da casa, que me ameaçava com um processo por perdas e danos, extorquido pelo vizinho, que pedia recompensa por um gesto que, a princípio, julguei desinteressado. E eu não tinha onde cair morto.

Perdi tudo, você sabe. Não tenho grana nenhuma agora, só dívidas.

Decião deu um sorrisinho matreiro. E o pulo do gato. Ergueu acima do muro mais um item que resgatara do fogo e que ainda não havia mostrado. Um quadro com uma das minhas fotos. Uma antiga namorada. Sandra, uma nisei. Um nu dos meus primeiros anos.

Posso ficar com isso? Como pagamento.

Achei a escolha engraçada. E propus, de brincadeira:

Você não prefere o livro?

Não vai ter proveito, eu não tenho leitura.

Ou a câmera?

Decião fez cara de cachorro triste.

Já pensou se alguém me vê andando com ela por aí? Na certa, vai falar que eu roubei. E eu não sou ladrão.

Eu disse que ele podia ficar com a foto e isso o deixou radiante. Meu vizinho solteirão esticou os braços para contemplar melhor a nudez da modelo. Sentada na cama, ela escovava os cabelos, com o corpo levemente curvado, banhada por uma luminosidade suave, que realçava em sua pele aquela textura de seda que só as orientais têm.

O nome dela é Sandra, eu disse.

No livro que eu tinha na mão, o único sobrevivente da minha biblioteca, Schianberg escreveu: o detalhe é a alma de toda fantasia. Qualquer detalhe, por mais inusitado ou pervertido que seja. Daí os fetiches. A particularidade do desejo. E um detalhe pode tornar-se muitas vezes mais excitante que a própria fantasia. Dei razão a Schianberg ao presenciar a reação do meu vizinho.

Sandra, ele repetiu, alheio.

Como se saboreasse o nome. Seus olhos brilharam com promessas de noites solitárias de luxúria. Daí, voltou a si e me olhou. E disfarçou, incluindo nos autos uma informação desnecessária.

Vou pendurar na parede.

Terminei a vistoria no quintal e voltei para o interior da casa, para me despedir dela. Um espaço precioso no mundo que deixaria de existir para sempre, transtornado em mito. Não passo de um sentimental, eu sei, e ainda por cima na ocasião estava ainda mais vulnerável. Pensei em meus dias ali com Lavínia, e a memória perdida do paraíso subiu num bolo pela garganta. E me fez viver uma cena ridícula, felizmente sem testemunhas. Comecei a chorar no meio dos escombros. Mas, quase de imediato, passei também a rir, tocado por uma novidade insólita: descobri que minhas lágrimas brotavam só do olho esquerdo. No direito, a pálpebra murcha permanecia seca. Estéril.

De vez em quando, o que sobrou do nervo óptico doía, como se o olho ainda estivesse ali. Normal, disse o oftalmologista que me atendeu. Ele também disse que, se tivessem me removido a tempo para Belém, talvez eu não tivesse perdido o olho. Mas para quem eu podia reclamar? Não tinha nem a quem acusar. Não havia como exigir uma reparação por tudo que se perdeu.

Me dê nomes, o delegado pedia.

Fiquei uma noite inteira ensanguentado num corredor imundo, ouvindo gemidos e choro, devastado por dores alucinantes, antes que alguém se interessasse pelo meu caso. Eu devia dar graças a Deus por estar vivo, repetia meu *anjo da guarda*.

Sem nomes, não posso trabalhar, insistia o delegado.

Tinha múltiplas fraturas pelo corpo, o crânio danificado, lesões profundas no rosto, no tórax e nos braços. E do meu olho direito vazava sangue, como se eu chorasse vermelho. O quadro, no entanto, parecia não impressionar os médicos e enfermeiros, que passavam diligentes, cuidando para não pisar em nenhum dos feridos de guerra que se amontoavam no corredor. Sim, *feridos de guerra*: a cidade se convertera numa zona de conflito. Havia outros casos mais urgentes para os médicos, gente com queimaduras, uma criança baleada. Uma demanda para a qual não estavam preparados. E muito menos o precário hospital local, em pior estado que a maioria de seus pacientes.

Sinto muito, sem nomes não posso fazer nada, dizia o delegado.

Teve um momento em que parei de sentir dor. Desliguei. Abandonei meu corpo. Não importava mais nada. Tinha uma consciência bastante imprecisa do que acontecia ao meu redor, enxergava tudo envolto numa névoa silenciosa. Percebi, sem nenhuma emoção especial, que estava morrendo. E isso não me deixava triste nem feliz. Apenas aliviado. O consolo do vazio. Fiquei pensando em Lavínia, quis que fosse dela meu último pensamento. No apagar das luzes, porém, fui acolhido nos braços de um inesperado anjo da guarda. Vi o rosto aflito de dona Jane e comecei a gritar. Porque as dores voltaram na hora, ainda mais atrozes. Debruçada sobre a maca no corredor, dona Jane falava comigo e gesticulava de um jeito nervoso, mas eu não conseguia escutar o que ela dizia. Então apenas sofria com as dores. E gritava.

Nomes, pedia o delegado.

Eu não tinha nomes para dar.

Eu queria dormir, esquecer. Mas, se fechava os olhos, lembrava de cada minuto do dia da peste. O dia em que o fogo purificou a cidade.

Fui trancafiado numa cela escura, que fedia a mijo, ocupada por três outros hóspedes, gente miúda do crime. Dormiam quando entrei, ainda era madrugada. Sentei num canto e esperei, ouvindo o ronco e os peidos dos caras. Logo que amanheceu, o delegado chegou e me chamou para uma conversa. Explicou que a minha situação não era boa, as evidências me implicavam, no mínimo como cúmplice. Lembrou-se, triunfante, do bendito bilhete deixado por Viktor Laurence, sacou-o do inquérito e o esfregou na minha cara.

Tá vendo, seu Cauby, como agora as coisas começam a se encaixar?

Ele expôs sua tese: Lavínia pretendia fugir comigo, mas o marido descobriu na hora agá e tentou impedir. Por isso ela o matou. Agora, estava escondida em algum lugar, à minha espera.

Eu repeti que era inocente. E falei que não sabia onde Lavínia estava. O delegado ignorou.

Ela matou com raiva, ele comentou. Atirou na cara. Típico.

Eu disse que não acreditava que Lavínia tivesse matado o

pastor. O delegado comentou que era só uma questão de tempo, que não iam demorar para pegá-la e pôr tudo a limpo. E mandou me devolverem ao xadrez.

Imagino que deviam ser umas dez da manhã, se tanto. Da cela, ouvíamos, já fazia tempo, o rumor de um tumulto constante, crescente. Um dos meus companheiros saltou para alcançar a janela gradeada, suspendeu o corpo e espiou a cena. Um aglomerado sitiava a delegacia.

A notícia da prisão do *assassino* do pastor já era servida fazia horas nos botecos, junto com aguardentes de procedência suspeita. Atraiu curiosos e devotos da igreja para a porta da delegacia. Gritavam por justiça.

Muito a propósito, um dos caras na cela começou a relembrar um episódio de linchamento de presos ocorrido *não-sei-onde*, um primo dele estava nessa e foi queimado vivo. Outro comentou que, nesses casos, em sua opinião, a polícia deveria entregar o preso pro justiçamento; assim evitava prejuízo para os demais, que não tinham nada a ver com o peixe. Um pretão que estava deitado no catre tinha uma opinião diferente. Para ele, esse tipo de coisa não aconteceria ali, o delegado era casca-grossa, ninguém teria peito de tentar invadir a delegacia. Usava uma bermuda desfiada e, numa daquelas coincidências que tornam a vida deliciosa, uma camiseta com uma foto tirada por mim: o advogado de rosto esburacado, candidato de oposição derrotado nas últimas eleições para a prefeitura.

Não participei do papo. Um assunto excelente para o ânimo da cela, e para o meu, em particular. Me encostei na grade. Polozzi apareceu no corredor, com cara de preocupado. Fechou a porta às suas costas, abafou o som da massa. Ululavam.

Já mandamos pedir reforço.

Nesse momento, escutamos um som de vidro quebrando. Tentavam entrar na delegacia. Polozzi sacou a pistola e se afastou correndo. Da cela, só ouvimos as discussões. Até que tudo se acalmou. O que soubemos depois é que o delegado saiu e enfrentou o bando de revólver na mão. Gritou, chegou a disparar para o alto. Conseguiu que debandassem, ameaçou pôr em cana quem não obedecesse. Macho no duro.

Depois do almoço, coçando pulgas num canto da cela, olhei para o rosto na camiseta do preto e mandei chamar o Polozzi. E pedi para usar o telefone: queria contratar um advogado. O baixinho aceitou a causa. E não perdeu tempo: conseguiu que o juiz despachasse o relaxamento da prisão. Eu tinha endereço fixo conhecido, nenhum antecedente etc. Às cinco em ponto, ele me tirou da cadeia.

O delegado reteve meus documentos. Para evitar que eu deixasse a cidade antes da conclusão das investigações, ele explicou. Meu advogado ameaçou criar caso, falou em lavrar um protesto contra a arbitrariedade, mas eu não permiti. Não queria que nenhuma confusão me atrasasse, me impedisse de fazer o que eu deveria ter feito muito tempo antes. Larguei os dois discutindo e fui embora. Eu ia cair fora dali, os documentos não fariam falta nenhuma. E, de fato, não fizeram.

O que me faltou foi sorte.

Saí a pé da delegacia com o plano de passar em casa, abarrotar o Corcel com o que desse para levar e partir em seguida. Quando estivesse em segurança, providenciaria a retirada do resto das minhas tralhas. Mas o vento da peste continuava soprando forte nas ruas e esquinas da cidade. Ao virar numa delas, aconteceu: dei de cara com a multidão que acompanhava o enterro do pastor Ernani. Não tive tempo de recuar, e eles me viram. O cortejo parou. Primeiro, me olharam com curiosidade, que não demorou para virar raiva. Alguém gritou um palavrão. Corri.

Me lembro de estar correndo pelas ruas de calçamento irregular, apavorado, com os pulmões queimando, no limite das forças, acossado pela gritaria dos meus perseguidores. Que não desistiam. Ao contrário: dava a impressão de que o bando engrossava a cada esquina. Até cachorros se juntaram à perseguição.

Não sei quanto tempo corri ou até quando teria resistido. Eu já não tinha mais energia, porém continuava correndo do mesmo jeito. O medo me empurrava. Mas comecei a perder terreno, tive a sensação de que passei a ouvir, além do tropel e dos gritos, a respiração feroz nos meus calcanhares. Ao olhar para trás, pisei num buraco e torci o tornozelo. Perdi o equilíbrio. Não cheguei a cair, mas tive de parar. E, no desespero, cometi um erro estratégico fatal: me refugiei, mancando, num terreno baldio. Um descampado.

Num segundo, fui cercado. Homens e mulheres. Não dava para saber quantos eram, talvez uns vinte. Me olhavam com hostilidade e não diziam nada. Apenas se aproximavam, ofegantes. Eu estava exausto demais, não conseguia falar. E nem me manter em pé direito — sentia uma dor aguda no tornozelo.

A primeira pedra me atingiu no peito.

Ergui as mãos para me proteger e tentei falar, imagine, que estavam cometendo uma grande injustiça. Mas faltou fôlego. E tempo. E sobrou dor. Uma segunda pedra bateu no meu ombro. A terceira, no meu rosto. Eu me ajoelhei. E sofri um baque na cabeça — alguém me golpeou por trás. Foi nesse instante que caí. Então choveram pedras. Uma acertou meu olho direito. Um clarão de fogo. Foi a última imagem que vi com ele. Eu já não sentia os impactos. E não me lembro de mais nada.

Dona Jane traz para a varanda a bandeja com a garrafa térmica. E fica um tempo por ali, à toa, o que parece deixar o careca inibido. Ele suspende seu relato e se levanta da cadeira.

Uma pausa pro café?, propõe.

O menino se agacha junto à mesa e mexe no gravador, interrompe a sessão. E aproveita para rebobinar e ouvir um trecho da fita. Estamos em pé, bebendo o café adoçado em excesso, como de hábito, quando a voz do careca soa na varanda, com o timbre um pouco alterado, sujeito a ecos, como se ele falasse do interior de uma concha. Dona Jane contempla o gravador com a boca levemente aberta e um fascínio infantil no rosto, parece uma criança índia vendo um truque de mágica.

Foi a tristeza que matou a Marinês. Os médicos disseram que ela teve um enfarte. Pra mim, ela morreu foi de desgosto, cansou da vida, desistiu. (*Pausa.*) Um dia, a Marinês me chamou na casa dela, falou que sabia que tinha chegado a hora. Me chamou pra se despedir. (*Tosse.*) Eu nem liguei muito, estava acostumado com aquele papo: a Marinês tinha mania de falar de morte. Ela preparou o jantar, abriu uma garrafa de vinho, disse que era uma ocasião especial. E falou a noite inteira do Carlos Alberto, o que também era normal. Falou que estava muito feliz, ia se reencontrar com ele em breve. (*Pausa. Uma cigarra canta fora de estação.*) Na hora em que fui embora, Marinês me agradeceu por tudo que eu tinha feito naqueles anos todos. Isso ela nunca tinha dito, e eu fiquei preocupado. Lembro direitinho daquela noite, como é que não ia lembrar? Como se fosse hoje: saí tarde da casa dela e, no caminho pra pensão, escutei uma coruja piar. Três vezes. Foi um sinal. (*Ruído de gente se mexendo na cadeira de palhinha.*) A Marinês morreu nessa noite. (*Mais barulho na cadeira.*) Uma pausa pro café?

O menino desliga o gravador. Dona Jane está encostada na grade, imóvel. Petrificada, melhor dizendo, e um pouco pálida, me parece. E só não caímos em completo silêncio porque o careca sorve, barulhento, um gole de café. E me olha por cima das lentes embaçadas, enrugando a testa. Me olha com cumplicidade. Sei no que ele está pensando.

Claro que o menino não tem como saber, mas seu gravador registrou uma versão expurgada dos fatos. Há mais. Porém, ao dar seu depoimento, algo que lhe proporcionou um enorme prazer, o careca optou por omitir, dessa espécie de biografia *autorizada* de Marinês, um acontecimento essencial. Mais tarde, podem acusar o menino de "mau biógrafo" por conta disso. Uma coisa é certa: se ele de fato escrever o livro, vai faltar um episódio que, se não modifica a história, ao menos aprofunda suas contradições.

Como sei disso? O careca me fez uma confidência noite dessas, com o menino ausente. Mencionou um detalhe fundamental de seu enredo com Marinês, que o fez sorrir enquanto contava, que o deixou feliz da vida, quase o fez remoçar. Um detalhe que tornava legítimo algo que o ouvi repetir com frequência nas conversas da varanda. Um trunfo tardio. Seu troféu de lata.

No fim, fui o homem da vida da Marinês.

Dona Jane cumprimenta uma mulher que passa em frente à varanda. Depois, examina com atenção a casa de marimbondos deserta e com carinho a cauda de samambaias que se derrama do xaxim. Rotinas. Sei até o que ela dirá em seguida, e ela diz: está na hora da novela. Falta só me perguntar se preciso de alguma coisa, e ela pergunta. Respondo, como sempre, que não preciso, que está tudo bem. E ela entra satisfeita na pensão. Nunca mais abandonou o jeito maternal de me tratar — desde o dia em que me resgatou no corredor infecto do hospital. Tem esse direito. Salvou a minha vida.

Dona Jane estava ali em busca de informações sobre um primo, baleado nos conflitos da noite anterior. Reinava o caos, ninguém sabia informar coisa nenhuma, e ela criou coragem para arriscar uma visita ao *corredor da morte*, na esperança de reconhecer o parente entre os feridos. Foi assim que me achou, por acaso, naquele zoo de degradações. Jogado sobre uma velha maca, coberto de hematomas, de feridas, de sangue ressecado. E de moscas. Eu havia urinado mais de uma vez. E evacuado.

Ela sabia que eu não tinha a quem recorrer numa emergência, que meus raros amigos estavam mortos. Virou meu anjo da guarda naquela hora. Resolveu assumir a responsabilidade pela sorte do fotógrafo paulista meio maluco que morou por uns tempos em sua pensão logo que chegou à cidade. Ela botou a boca no trombone. Incomodou todo mundo, até conseguir que um médico me examinasse, ali mesmo no corredor, e recomendasse minha remoção urgente para Belém. Foi o que me salvou. E, de quebra, dona Jane me acolheu na pensão quando pude deixar o hospital. Cuidou de mim enquanto eu convalescia, com zelo de mãe.

O investigador Polozzi apareceu para me visitar no dia em que voltei. Foi por ele que eu soube dos desdobramentos do dia da peste, quase um mês antes, quando eu já não estava mais em cena. Naquela tarde, enquanto um bando de devotos da igreja me apedrejava num terreno baldio nos arrabaldes da cidade, num acampamento no meio do mato eram encontrados os corpos de cinco garimpeiros que andavam sumidos. Tinham sido chacinados. Os parentes e amigos trouxeram os cadáveres para a cidade, exibiram em praça pública. O fedor de decomposição empesteou tudo e perfumou a revolta geral. Houve ataques contra a mineradora, que reagiu com sua matilha de jagunços, em confrontos que, é óbvio, dada a disparidade de armamento e, digamos, de know-how dos envolvidos, só deixaram baixas nas fileiras da comunidade. Isso aumentou ainda mais o ódio. Os ataques contra a mineradora recomeçaram e vararam a madrugada. Puseram fogo numa draga. E depois no escritório e nos alojamentos da empresa. Também surgiram focos de incêndio em outras partes da cidade — gente aproveitando a temperatura da hora para dirimir rixas antigas. O saldo da batalha, depois que o Exército interveio e acalmou os ânimos: oito mortos (treze, contando os garimpeiros chacinados), entre os quais um garoto de dez anos, e um número incerto de feridos, sem contar os desaparecidos — muita gente fugiu da cidade.

Polozzi ainda não se refizera. Parecia gasto, doente, a pele do rosto cinza-esverdeada. E talvez nem se refizesse mais. Um bebezão senil. Contou que, na confusão, tinha matado um sujeito. O primeiro em sua carreira de policial.

Um pai de família, ele disse, amargurado.

A besta andou solta pelas ruas. E Viktor Laurence não poderia ter escolhido momento mais oportuno para ressuscitar dos mortos e expelir seu veneno. Escolheu o momento a dedo, com seu dedo cadavérico apontado para mim. E para Lavínia.

Na manhã seguinte ao dia da peste, quando o conflito parecia serenado, Viktor destilou sua pestilência. Conspurcou o luto coletivo com o jornal que saiu da gráfica e começou a chegar às casas e muquifos do lugar. O último número do semanário que ele havia preparado, antes de pendurar-se numa corda de varal. Sua obra póstuma.

Não vi o jornal. Posso apenas imaginar.

E também só posso imaginar que Viktor tenha subornado o dono da gráfica. Deu dinheiro grosso a ele — o homem abandonara a cidade. Diziam que ele aproveitou a ocasião para largar a família. Pagou, como de costume, para os garotos distribuírem o jornal de casa em casa e deu no pé com outra mulher. Boatos. Difícil saber com precisão. Naquele momento havia mais fofocas do que homens sensatos na cidade empoeirada, e ainda meio esfumaçada pelo fogo dos incêndios e dos trabucos.

Em sua última edição, o jornal trazia um brinde para seus fiéis leitores, um encarte especial, de oito páginas, muito bem impressas, ocupadas por um longo trecho do poema que Viktor escreveu durante anos de sua vida. *A baba servida ao grande público em taças de cristal*. Acusações contra a espécie humana, pelo que pude conhecer da obra. Ele chegou a ler partes para mim, em deliciosas noitadas na biblioteca do casarão, regadas a charutos cubanos e conhaque de boa cepa.

Não se pode dizer que o poema tenha alterado os rumos da história da literatura na cidade, de resto ainda carente de sua pedra fundamental. Nem mexeu com o ânimo dos leitores do semanário, na maioria semianalfabetos. *Bugres*. O que os deixou irados, a ponto de romperem a trégua, foi o punhado de fotos que Viktor usou, com muito bom gosto, por sinal, para ilustrar os excertos da obra que legava à posteridade. Lavínia vestida apenas com a luz do flash da minha câmera. Cópias das fotos roubadas que ele me vendera um dia. Eu devia saber que Viktor nunca desperdiçaria munição desse calibre. E enfim alcançou pleno sentido a charada que me coubera em seu espólio. (Mas eu não a resolvi. Não fugi. Nem levei a dama.)

Consideraram aquilo uma provocação inaceitável. Tinham acabado de soterrar o fotógrafo atrevido sob um monte de pedras e nem assim o filho da puta sossegava. E, em conluio com a bicha suicida, afrontava a memória do pastor, menos de vinte e quatro horas depois de seu sepultamento. Muita gente achou que eu havia passado da conta. E, na impossibilidade de me matar de novo, voltou sua fúria contra minha casa. O covil da serpente. Era preciso destruir os ovos, queimar o ninho. Jogar sal grosso sobre os escombros fumegantes.

Quem viu conta que, sem aviso, ali pela hora do almoço, começou a juntar um povo na praça. Em pouco tempo, já dava para chamar de multidão. Pessoas chegavam, como se estivessem atendendo a um comando invisível, e se aboletavam nas mesas dos botecos ou nos bancos da praça. E esperavam. Curiosos paravam para ver o que acontecia e ficavam zanzando por ali, engrossando o caldo. Havia muita gente, é certo. Mas exageram ao dizer que metade da população se encontrou para um ato de desagravo que, de repente, converteu-se numa passeata de protesto e desceu, furiosa, a viela em direção à minha casa. Invadiram, saquearam, queimaram. Zacarias virou butim. Decião teve a casa chamuscada e perdeu vários passarinhos com nome de santo.

Restaram controvérsias. Há quem sustente que a brigada de

bombeiros ainda se ocupava com o rescaldo nas instalações da mineradora. Mas também existe quem diga que uma parte deles se recusou a atender à ocorrência — havia muitos adeptos da igreja do pastor Ernani na corporação, ao que tudo indica. Faz sentido: um bombeiro não ia brincar na hora de lidar com o fogo do inferno. Talvez algum até tenha participado do apedrejamento.

Polozzi contou que tinha visto o jornal. Fez um elogio às fotos. Fiquei sem saber o que dizer. Naquele momento, eu já fora declarado inocente de forma oficial. Punido, mas inocente. Um pistoleiro paraibano detido pela polícia confessara a morte do pastor e implicara a mineradora no crime. Havia tempo acusavam Ernani de insuflar os garimpeiros com suas pregações inflamadas.

Mas de que adiantava ser absolvido àquela altura? Como reparação, ganhei apenas o salvo-conduto da indiferença dos demais. Podia perambular por onde quisesse sem ser molestado. O apedrejamento ungiu-me com um halo de santo, tornou-me uma espécie de animal sagrado da aldeia. Um bicho exótico, de muletas e tapa-olho, que se prestava a expiar-lhes a culpa por um erro cometido.

Lavínia também era inocente. E continuava desaparecida, a polícia até já suspendera as buscas. Na opinião de Polozzi, ela estava morta e enterrada em algum lugar. Ele dizia mais: tão logo estivesse inteiro outra vez, eu devia pegar meu rumo e recomeçar a vida em outro canto. Eu ficava imaginando se algum dia voltaria a me sentir inteiro de novo. Dificilmente. Pergunte a alguém que teve o campo visual reduzido à metade se o mundo melhorou. Duvido.

As más notícias, assim como as andorinhas e as varejeiras, sempre voam aos bandos. O carteiro passou uma tarde pela pensão para me entregar uma correspondência registrada. Reconheci o logotipo da agência francesa de fotografia no envelope. Cobravam informações urgentes sobre o livro, falavam de prazos — até mesmo a prorrogação, que haviam me concedido um ano antes, tinha expirado. Um ultimato. E uma ameaça velada de processo, mais uma — em breve, eu teria de organizar em fila aqueles que queriam me extorquir. Assim que estivesse livre do gesso, planejava escrever um relato detalhado sobre os meus infortúnios para os franceses. A ideia era prepará-los para a aterradora verdade: não restava mais um mísero fotograma do livro, todo o material fora incinerado. Eu era um homem arruinado. Precisaria de um novo prazo, para recomeçar da estaca zero. Os franceses não iam apreciar a notícia.

Olhei para Polozzi com o olho sobrevivente. E mesmo sabendo que contribuía para arrasá-lo ainda mais, não deixei passar em branco:

O que eu mais lamento é você ter duvidado de mim. Até o fim, você duvidou.

Ele passou a mão no rosto, desconsolado. Falou que, na ocasião, as evidências me incriminavam, e que nada pôde fazer, apesar de ser meu amigo. Lembrou, generoso, que me dera a oportunidade de ir embora. Era verdade. Polozzi praticamente me avisou, na véspera, que iam me prender. Eu é que optei por ficar. Ainda assim, eu sabia, ele sentia um pouco de remorso pelo que me acontecera. Cutuquei a chaga. Fingi que ajustava o tapa-olho que dona Jane havia costurado para mim.

Essa brincadeira me custou uma vista, eu disse. Pra não falar do resto.

Polozzi me encarou, incomodado com aquilo. Depois se levantou com dificuldade, deu até um gemido, como se carregasse nas costas um fardo pesado. Mexeu os ombros, tensos, fez uma careta de dor. Dava para dizer que nunca mais voltaria a ser o manauara tranquilo que eu tinha conhecido na zona. Antes de ir embora, ele me fez uma promessa. Como se aquilo o ajudasse a livrar-se, ao menos em parte, da carga que carregava.

Eu vou achar a mulher, Cauby. Se ela ainda estiver viva, eu vou acabar encontrando, pode escrever.

O careca se levanta da cadeira e estica os braços para o alto, se espreguiça, faz tilintarem as engrenagens da carcaça. E avisa que já vai se recolher, que terá um dia cheio pela frente amanhã. No fundo, está um pouco ansioso, não consegue esconder. O menino prometeu que virá para mostrar o primeiro capítulo do livro sobre Marinês. O careca me disse que tem uns contatos no banco e talvez consiga patrocínio para a publicação — ainda não comentou isso com o menino.

Se o livro ficar bom, ele ressalva.

Pode ser que fique, mas, de todo jeito, será um relato incompleto, estará ausente de suas páginas um episódio crucial, que o careca omitiu na minha opinião por puritanismo e na dele por respeito à memória da falecida. Na noite em que o chamou à sua casa para o jantar de despedida, na véspera de sua morte, Marinês entregou-se a ele. Abriu mão da virgindade na última hora, *in extremis*, como um agradecimento por todos aqueles anos de servidão. Isso ele não contou ao menino, apenas a mim. E, como não entrou em detalhes, tive pudor de invadir sua intimidade. E fiquei sem saber como foi. Você não pede a alguém a quem chama de senhor detalhes de sua única noite de amor com a mulher da sua vida.

O careca diz boa noite e entra na pensão. Eu fico sentado na varanda por mais um tempo, apreciando a noite perfumada, que meu ouvido avariado torna deliciosamente silenciosa.

Poema escrito com bile

A mulher faz o melhor que pode, mas não tem como esconder: minha aparência a desconcerta. Ela leva algum tempo assimilando a figura remendada à sua frente. E o mais correto talvez seja dizer não que me olha, mas que me examina com interesse de taxidermista. A começar pela bengala, que substitui a muleta há alguns dias.

Tenho evitado o espelho mesmo na hora do banho. Não preciso dele para saber que estou parecendo um punk. O cabelo aponta eriçado, curtíssimo, não camufla a falha extensa na lateral da cabeça, onde tomei os pontos. Em lugar de tatuagens, posso mostrar lacerações e cicatrizes ainda vivas, inclusive no rosto. E não me falta nem um piercing (interno), se você considerar o pino de titânio que reforça meu tornozelo. A barba, que não corto desde que fui apedrejado, torna tudo mais lamentável. Vejo espanto e dor no rosto de quem olha na minha direção. E piedade. E não é agradável ser olhado com piedade, acredite. Estou um personagem de balada russa. A mulher faz cara de quem prefere nem imaginar o que há por baixo do tapa-olho.

O investigador avisou que eu viria, mas ela nunca estaria preparada para tanto — e olha que deve estar habituada a lidar com o excêntrico. Ela tenta disfarçar, no que resulta me tratar com uma simpatia desconfiada. Sabe quando uma pessoa finge que acha normal tudo que vê e dá a entender que encontra tipos tão extravagantes pelo menos duas vezes por semana?

Durante a entrevista, ela diz algo que registro feito um alerta: não é bom alimentar muita expectativa. E pergunta quais são as minhas. Todas, penso; nenhuma, digo. Melhor assim, ela diz, de um jeito frio, técnico. É uma profissional. Depois me conduz por um corredor de cor suave e piso asséptico até o refeitório, e pede que eu espere. Antes de sair, lembra que é proibido fumar ali. Digo que não fumo, e melhoro um pouco no seu conceito. Só um pouquinho.

O espaço é amplo, limpo, arejado. Desenhos coloridos em folhas de caderno enfeitam as paredes. Flutua no ar sobre as fileiras de mesas cobertas por toalhas de plástico um odor vencido de gordura, está incrustado no ambiente. Faz um silêncio absurdo na tarde. Ainda mais para alguém com a audição prejudicada; não ouço nem os passarinhos. Eu me ajeito num dos bancos de madeira e encosto a bengala ao meu lado. Um toque de lorde num velho punk fora de época. Talvez consiga me livrar da bengala no futuro. Mas é incerto. Estou condenado a coxear. Em definitivo. Antes coxear que coaxar, disse a princesa manca para o sapo.

O que pensará ela ao me ver nesse estado? Ficará surpresa? Chocada?

Faz tempo que não nos vemos. Sinto um friozinho adolescente na barriga. A falta dela dói mais em mim do que qualquer uma das fraturas. Mais que a perda do olho até.

E a verdade é que quem fica surpreso e chocado sou eu quando a mulher abre a porta do refeitório para que Lavínia entre. Ela caminha alheia como um autômato, nem sequer olha na minha direção. Magra, cabelo mal cortado, olhos opacos e receosos. Sem viço e sem vontades. Está vestida com roupas desbotadas e tênis ordinários — cortesia da casa. E a mulher tem algum trabalho para convencê-la a sentar-se diante de mim. Lavínia faz isso de maneira dócil, mas com uma lentidão narcótica. Parece um pouco sem coordenação motora, precisa apoiar as mãos na mesa para sentar-se. Daí, evita levantar a vista para mim. Tem saliva acumulada nos cantos da boca. Percebo que está dopada. Impregnada.

Para nos deixar à vontade, a mulher se afasta devagar entre as mesas e as inspeciona, como se procurasse manchas nas toalhas, mas na verdade atenta ao que vai acontecer. E fico com a impressão de que nada vai acontecer, se eu não tomar a iniciativa. Gastaremos o resto da tarde ali, um na frente do outro, em silêncio. Ela de olhos baixos. Então digo:

Lavínia.

Ela ergue a cabeça e fazemos contato. E uma emoção se acende em seu rosto, uma brasa breve que não sobrevive e logo se apaga. E só. Um fragmento de lembrança que emerge do passado, tão tênue que não chega a ser decifrado. Uma *quase-lembrança*, que surge e se desfaz com a mesma rapidez no ar engordurado do refeitório.

Lúcia, ela me corrige.

Ela não é mais Lavínia. Desde que chegou e puseram fogo no seu cérebro, ela deixou de ser. É outra. Em mais de um sentido. Trocou de pele. De alma. E de nome. Por pudor de sua loucura, o pastor a internou num sanatório distante mais de cem quilômetros da cidade, sob nome falso. Lúcia. Por isso Polozzi demorou tanto para encontrá-la.

Não era a primeira vez que Ernani apelava para esse recurso, que considerava extremo. Uma internação já acontecera no passado — e só aí entendi o primeiro sumiço repentino e inexplicável de Lavínia. Durante os anos que viveu com ela, o pastor evitou como pôde essa medida. Tinha medo do inevitável estigma que recai sobre ex-internos de hospícios. Mas Lavínia não conseguia superar a crise. Parecia piorar a cada dia. Não retornava mais de seu mergulho. Ernani temia que ela afundasse de vez, que fechasse a porta às suas costas. Que tentasse o suicídio. Por isso a internou. Tomou a decisão na manhã em que a recolheu, descalça e surtada, na porta da minha casa.

Lavínia descobriu que estava grávida. Queria o filho, mas achava que não podia, que não tinha esse direito. Uma questão de consciência. A ameaça da minha deserção era o que faltava para desnorteá-la de vez. Foi pressão demais para sua fragilidade. Ela não suportou. E despencou.

O pastor desconhecia a gravidez (e o mais cruel é que sua inocência serviu apenas para prejudicar Lavínia ainda mais). Isso explica por que assinou um termo de autorização que não restringia nenhuma das terapias propostas pela equipe médica do sanatório. Nobre Ernani, queria apenas que trouxessem de volta sua estranha mulher, que a resgatassem daquela treva pegajosa, tão diferente da treva que combatia todos os dias em seu ofício de pastor. Vi o documento de duas páginas que ele rubricou e assinou, conversei com a médica que o atendeu no momento da internação. Pobre Ernani: no questionário que preencheu, estava lá o xis trêmulo e mentiroso que colocou entre os parênteses, para informar seu grau de parentesco com a paciente: *pai*.

E mais irônico ainda: ao interná-la, ele salvara a vida dela de forma involuntária. Se ela estivesse em casa com o pastor naquela madrugada, duvido que o matador a tivesse poupado. Essa gente nunca deixa testemunhas.

O quadro de *Lúcia* piorou com o passar dos dias, ela não respondia ao tratamento químico. Então a submeteram a uma sessão de eletrochoque.

Ela perdeu o filho. Abortou.

O pânico dos médicos cresceu quando tentaram contatar

seu *pai* por telefone. Ernani nunca atendeu. Nem poderia àquela altura. No sanatório, chegaram a pensar que se tratava de mais um caso de abandono de paciente pela família, como não era incomum ocorrer. Mas se enganaram: Ernani já estava morto.

As descargas elétricas também mataram Lavínia. Pelo menos a que eu conhecia.

Ela continuou internada e, aos poucos, recuperou-se do trauma. Transformada em outra. Sem memória, sem lembranças, sem passado. Uma mulher em branco, com pouquíssimas informações além do nome, que nem era seu nome verdadeiro, afinal. Uma criatura preservada em suspensão no nevoeiro dos barbitúricos, à espera de ser identificada.

Li os relatórios médicos em seu prontuário. Achavam que a perda do filho bloqueara sua personalidade. Convertera-se em outra para não ter de confrontar-se com uma dor monstruosa. Não tinha estrutura para isso.

Os psiquiatras especulavam se, em algum momento, ela se permitiria reabrir um acesso para sua *persona* anterior. Talvez isso nunca acontecesse. Eu tinha uma leve suspeita de que a mantinham internada para poder observar de perto um caso médico tão raro quanto espantoso naquelas paragens. Um tipo perverso de experimento científico. Mas não podia fazer nada a respeito. Sempre achei os psiquiatras tão pirados quanto seus pacientes, e meu amigo Benjamim Schianberg confirmava alegremente minha tese.

A metamorfose era espantosa. E fascinante.

A Lavínia sentada à minha frente me era tão desconhecida quanto eu para ela. Me olhava como se nunca tivesse me encontrado na vida. Nem mesmo o tapa-olho que eu usava mereceu dela mais do que uma avaliação concisa. Era como se olhasse para alguém que acabara de conhecer. Um completo estranho. Tive até de me apresentar, dizer que meu nome era Cauby.

Que nem o cantor, eu disse.

Mas ela não sabia de quem eu estava falando, nunca tinha ouvido a voz do meu xará ilustre. A mulher que a trouxera interferiu na nossa conversa:

Ah, Lúcia, tenha dó, esse todo mundo conhece.

Mas Lavínia não conhecia. E era sincera quando dizia isso, embora às vezes, mesmo depois de tanto tempo ao seu lado, até eu duvidasse, achando que podia ser fingimento. Seria uma atriz e tanto. Pode-se dizer que conservava pouca coisa da outra, talvez só o tabagismo. Ela pegou um maço de cigarros e fósforos, mas bastou a mulher pigarrear para devolvê-los ao bolso da calça. Sempre mansa, indistinta. Faz o que mandam, o que pedem. E o que acha que esperam dela. Ex-Lavínia.

Mais simples foi explicar a natureza do meu vínculo com ela, ainda que Lavínia se recusasse a admitir qualquer vivência anterior. Eu disse que era o *namorado*. A informação fez com que ela me observasse com um pouco mais de curiosidade, mas não tive condição de saber se a deixou feliz. Seu rosto permanecia insondável. Pediu apenas que eu continuasse a chamá-la de Lúcia.

Passei a visitá-la duas vezes por semana — continuo de posse do Corcel de Chang —, enquanto aguardo que esteja em condições de receber alta. Os médicos foram francos: é imprevisível, pode demorar. Estou disposto a esperar. Vendi o apartamento de São Paulo, estou à deriva. Disponho do tempo que for necessário. Eles dizem que minha presença tem feito muito bem a ela — e saber disso também faz bem a mim, me dá esperança. O careca não cansa de repetir que a esperança é o pior dos venenos? É. Porém muitas vezes é também o único remédio.

Eu tenho esperança de que Lavínia volte.

Enquanto isso não acontece, vou conhecendo, aos poucos, a mulher que tomou seu lugar.

O sanatório é uma construção antiga numa área rural arborizada e tranquila, afastada da cidade. Um lugar agradável, por onde passeamos e conversamos nos dias em que a visito. Às vezes, ela está triste, sem vontade de falar, e então simplesmente caminhamos pelas trilhas do mato, em silêncio, parecendo namorados tímidos em começo de romance, ouvindo os pássaros e os insetos (ela) ou inspecionando as vidas miúdas das moitas e cascas das árvores com a ponta da bengala (eu). Teve uma vez em que ela apareceu agarrada a uma boneca de pano, da qual não desgrudou nem um minuto. Não comentei nada, mas fiquei alerta. Conversamos pouco nessa ocasião; ela parecia mais triste que o normal.

Em outra visita, quis tocar as cicatrizes no meu rosto e perguntou como foi que perdi o olho. Falei do meu martírio. Aos poucos, em fragmentos, conto a ela a história do homem de alma amarrotada que caiu em desgraça na cidade, e do seu amor por uma mulher tocada por luz e sombra. Ela ouve com admiração, como se eu estivesse falando de pessoas que não conhece. Ou de personagens do capítulo de ontem da novela da TV.

Também conversamos amenidades. Conto, por exemplo, que eu e *essa* Lavínia tivemos um tatu de estimação — ela achou isso muito divertido, chegou a rir.

Até agora evitei mencionar o nome do pastor Ernani.

Estamos nos conhecendo. Restam muitas histórias por contar. E ainda não temos intimidade para algumas delas.

Os médicos me informaram que estão diminuindo a medicação de Lavínia, para observar suas reações sem a muleta dos psicotrópicos. Na semana passada, eu a levei a um salão de beleza na cidade, para que dessem um jeito no corte de seu cabelo. Ela se animou e aproveitou para fazer as unhas e se pintar. Maquiagem leve, discreta. Depois de almoçar, fomos às lojas e a ajudei a escolher roupas, sapatos e um perfume. Recuperou um dedo de dignidade e dois dedos da beleza antiga. Olhava-se nos espelhos com uma alegria a um só tempo vaidosa e humilde. Para mim, seu olhar era só gratidão.

Entramos num cinema e assistimos a uma comédia com Tom Hanks, que Lavínia idolatrava em sua encarnação passada. A mulher ao meu lado na sala escura, contudo, parecia nunca tê-lo visto antes, como se aquele fosse o filme de estreia do ator. Encerramos o passeio numa sorveteria, e ela ficou feito uma criança na hora de escolher os sabores. Eu estava com a Pentax e resolvi fotografá-la. Captei-a, confusa, diante do balcão multicolorido. Para minha surpresa, ela se interessou pela câmera, perguntou se podia usá-la. Eu deixei. Lavínia manuseou a Pentax com habilidade, mas demorou para se decidir, como no caso do sorvete. Selecionou alvos entre os transeuntes, chegou a enquadrar alguns, mas desistia. Por fim, virou-se e me fotografou. De estalo. Fez um close de um pirata assustado. O primeiro humano que ela fotografava desde que eu a conhecera. Não comentei nada, mas considerei um bom sinal.

Também não falei nada, mas, vendo-a naquele estado de leveza e alegria, flertei com a ideia de não levá-la de volta ao sanatório, de fugir com ela e recomeçar a vida em outro canto. Confesso que a loucura me tentou. Mas sei que ela ainda não está pronta.

Já era noite quando chegamos ao sanatório. Ela parecia exausta mas feliz. E falou isso na hora em que nos despedimos. Falou também que eu era bom para ela. Então nos beijamos no carro. Um primeiro beijo de namorados. Ligeiro e quase casto, se comparado aos beijos ardentes de quando Shirley aparecia na minha casa. O suficiente, porém, para provocar um tremor em seu corpo. E mais do que suficiente para que eu sentisse, em sua boca, um gosto diferente do que eu me lembrava.

Lavínia me abraçou, e seu cheiro também era desconhecido.

Antes de entrar, ela pediu uma cópia da foto que tinha feito na sorveteria, recomendou que eu não esquecesse de trazê-la na próxima visita. Queria um retrato do *namorado* para mostrar às companheiras de quarto. Ela segurava minhas mãos e olhava para o olho que me restou nesse momento.

Não demore, disse. Vou sentir muita saudade.

Você não teria esperança?

Ela já permite que eu a chame por seu outro nome. E eu faço isso com uma satisfação intensa, muitas vezes, quantas ela pedir. Não me canso. Recito em voz alta: *Lavínia*. É música na minha boca. Minha canção e meu estandarte. Meu poema sujo de sangue.

E meu apelo para que volte.

Têm sido assim meus dias. Sou mais feliz que 97,6% da humanidade, nas contas do professor Schianberg. Faço parte de uma ínfima minoria, integrada por monges trapistas, alguns matemáticos, noviças abobadas e uns poucos artistas, gente conservada na calda da mansidão à custa de poesia ou barbitúricos. Um clube de dementes de categorias variadas, malucos de diversos calibres. Gente esquisita, que vive alheia nas frestas da realidade. Só assim conseguem entregar-se por inteiro àquilo que consagraram como objeto de culto e devoção. Para viver num estado de excitação constante, confinados num território particular, incandescente, vedado aos demais. Uma reserva de sonho contra tudo que não é doce, sutil ou sereno. É o mais próximo da felicidade que podemos experimentar, sustenta Schianberg.

Não sei que nome você daria a isso.

Bem, não importa muito, chame do que quiser.

Eu chamo de amor.

Agradecimentos

Beatriz Antunes, Beto Brant, Fabio Stefani, Fabíola Moura, Felipe Ehrenberg, Leonardo Coutinho, Lourdes Hernández Fuentes, Luiz Roberto Guedes, Marcelo Levy, Monique San Jacinto, Reinaldo Santos Neves e Rubem Fonseca. Por tudo e, acima de tudo, pela amizade.

POSFÁCIOS

Do amor em tempos sombrios

Eliane Robert Moraes

Zacarias é um tatu. Aliás, um velho tatu que vive há algum tempo no quintal de uma modesta casa no interior do Pará, cujo maior atrativo é estar localizada numa viela próxima ao centro da cidade. Formada por dois quartos, sala, cozinha e banheiro, a casa se define tão somente por seus predicados acanhados, os quais se repõem sem qualquer reserva no inexpressivo quintal em cujos fundos o tatu se refugia para dar curso a uma vidinha absolutamente despretensiosa.

Na sua aparente insignificância, porém, Zacarias tem um papel nada desprezível ao longo da trama de *Eu receberia as piores notícias de seus lindos lábios*, lançado originalmente em 2005 por Marçal Aquino. Testemunha sóbria dos grandes acontecimentos que marcam as vidas de Lavínia e Cauby, protagonistas do romance, Zacarias é uma espécie de duplo invisível dos seus narradores, sobre os quais ostenta a vantagem de prescindir de palavras para contar uma história que nada tem de acanhada. Pelo contrário, trata-se de uma história permeada por escândalos cujo sigilo se limita aos coadjuvantes discretos, circunspectos e austeros como aquele tatu.

Logo de entrada, fica-se sabendo que, na visita inicial à casa daquele que logo se tornaria seu amante, Lavínia não só "gostou do quintal" mas também "adorou Zacarias, que não deu a mínima para ela". A se crer no morador, a reação não devia causar estranhamento, já que partia de um bicho herdado do antigo inquilino e não escolhido por ele. Ademais, segundo suas palavras, era "um velho tatu, que nem escavava mais. Vivia nos fundos, na dele. Eu o alimentava com bananas e tomates, mas não conquistei seu afeto. Nunca ficamos grandes amigos". Mesmo assim, diante do entusiasmo da moça com o animal, Cauby confidencia: "Eu tinha o costume de conversar com Zacarias. Longas conversas. Neurose de solitário, acho", para depois completar com uma nota sentimental que une o presente da narração ao futuro da narrativa: "Querido sujeitinho casca-grossa: minto se disser que não senti sua perda. Ela agachou-se e tocou sua carapaça indiferente naquela tarde chuvosa; tornou-o sagrado".

Que Zacarias um dia morreria, isso obviamente é esperado, sobretudo sendo um animal de idade avançada. Daí que sua morte seja anunciada igualmente na primeira parte do romance, cujo título — "O amor é sexualmente transmissível" — não deixa dúvidas sobre a matéria em questão, e o escândalo que poderia precipitar. Contudo, entre o contato inicial de Lavínia com o sisudo habitante daquela morada e seu posterior desaparecimento, que só vai de fato ocorrer na quarta e última parte, muita coisa acontece. E tudo concorre para adensar ainda mais a cumplicidade silenciosa que o bicho devota aos seus febris anfitriões.

Leia-se a seguinte passagem:

> A Lavínia sem juízo tinha cheiro de bicho. Suor e tesão. Estava sempre à beira da excitação. E era imprevisível. Um dia se atracou comigo no quintal, de repente. Levantou o vestido — o vestido verde que eu tanto amava — e fez com que eu me ajoelhasse à sua

> frente. Não estava usando calcinha. Um momento glorioso, com direito a testemunhas. Uma foi Zacarias, que dormitava feito um velhinho no fundo do quintal.

O persuasivo silêncio do animal tem como complemento ideal o recurso da fotografia, recorrente ao longo de todo o romance. Fotógrafa amadora, interessada pelo que as imagens dizem sem precisar de palavras, Lavínia é atraída pelo fotógrafo profissional que Cauby é, flagrado naquele momento em viagem de trabalho pelo interior do Pará onde retrata o universo das prostitutas convocadas pelo garimpo. Note-se, porém, que não há qualquer reprodução imagética neste volume em que as fotos são muitas, embora apenas referidas e nunca realmente mostradas. É o que ocorre, por exemplo, quando o moço surpreende Zacarias "imóvel no fundo do quintal, perto de um pneu velho encostado no muro" e observa: "Lavínia se abaixou e gastou um filme inteiro com ele. Cheguei a ver essas fotos mais tarde. Nada tinham de especial, eram apenas fotos de um velho tatu indiferente".

Ora, cabe perguntar: seriam mesmo, aquelas imagens, apenas registros "de um velho tatu indiferente?" É bem provável que não. Talvez, inclusive, o escritor esteja aí indicando os limites da consciência de seu personagem principal que, a essa altura, avalia as imagens feitas por Lavínia tão somente pelas lentes da arte fotográfica. Neste caso, porém, não é a fotografia que fala mais alto, mas sim a literatura.

As inúmeras referências do texto a fotos que não se deixam ver têm o poder de criar uma zona fantasmática que, escapando ao fotógrafo protagonista, tocam no cerne da arte praticada pelo autor do romance. Entende-se por que, ao longo da leitura, somos o tempo todo obrigados a substituir o ímpeto de olhar, que é sempre convocado pelas artes visuais, pela visita ao domínio esquivo do fantasma, que é próprio da literatura. Nessa passagem entre o visível e o invisível, pouco se vislumbra além de um intervalo misterioso que, a se crer no romance de Aquino, no mais das vezes carece de nome e de figura.

Não cabe aqui um aprofundamento da questão, cuja densidade exigiria uma argumentação bem mais longa, mas vale ao menos recordar que, no empenho de expor as formas do interdito, este livro se organiza segundo uma intrincada equação entre o que se vê e o que se diz — ou, melhor dizendo, entre o que não se vê e o que não se diz. Escusado acrescentar que os jogos precipitados pelo recorrente confronto entre o evidente e o incógnito terminam quase sempre por desembocar numa zona nebulosa que recusa qualquer precisão.

É justamente aí que reencontramos o obscuro Zacarias, criatura que não só prescinde do verbo nas longas conversas com seus dois convivas, mas ainda dá evidência ao espaço em branco que se torna a mais pura representação do que resiste a ser representado. Pergunta-se então: por acaso aquelas incipientes "fotos de um velho tatu" não são o testemunho cabal do que, a um só tempo, está e não está presente naquela casa? Não seriam elas, a despeito de sua insipidez, o registro mais preciso de algo sem nome que não cessa de pulsar?

Vale acompanhar o parágrafo abaixo, não com o intuito de compreender, mas simplesmente para se atentar aos desvarios que se seguem ao paradoxal confronto que o preside:

> Lavínia terminou de lavar a louça e os talheres e enxugou as mãos num pano de prato esgarçado. E então, com a naturalidade de um bicho doméstico, atravessou a cozinha e me puxou em direção à sala. Tínhamos falado da perfeita noção de felicidade dos animais defendida pelo grande Konrad Lorenz (1903-1989), que ela não conhecia. Como chegamos a isso? Lavínia perguntou se eu achava que Zacarias era feliz vivendo num cantinho cimentado do quintal

(esse o grau de loucura que se instaurava quando estávamos um perto do outro). Tínhamos falado também de astrologia. Sabíamos que, naquele dia, a Lua visitava a conjunção Marte e Urano, favorecendo as transformações. Algo iria ser posto em marcha. Algo grande, descontrolado.

Louça, talheres, pano de prato, a felicidade dos animais, o grande zoólogo austríaco que levou o Nobel de 1973, a conjunção de Marte e Urano pulsando na Lua para saudar futuras transformações e, de quebra, remeter a própria cena iniciada de modo tão prosaico a um plano decididamente cósmico... Sem dúvida, a passagem sugere que algo grande, descontrolado e inominado estava em marcha enquanto a existência insípida de um tatu transcorria nos fundos cimentados de um tosco quintal, a reiterar os disparates cada vez maiores que dominam a paisagem física e mental partilhada pelos protagonistas. Até mesmo a ilusão de que a casa pudesse ser um "um refúgio na tormenta", como queria Cauby, já não convencia ninguém, e muito menos o velho bicho que dava provas de não crer em qualquer proteção: para confirmá-lo, basta evocar o dia em que "Lavínia improvisou uma casa com tábuas velhas para abrigar Zacarias da chuva — casa onde ele nunca entrou, diga-se".

A eloquente mudez do longevo tatu contrasta com as numerosas vozes que atravessam o livro. Além dos narradores em primeira e terceira pessoa que se alternam habilmente, há falas diversas que se sobrepõem ao longo no romance, compondo um coro intenso no qual ecoam não só a saga do casal e seu violento entorno, mas igualmente uma vertiginosa combinação de referências que oscilam entre registros populares e cultos para ratificar a trama como um novelo de muitos fios.

Muitos fios: as mais diversas e notáveis figuras humanas — como Ovídio, Mozart, Rimbaud, Beethoven, Oscar Wilde, Augusto dos Anjos, Camus, Truffaut, Magritte ou Thomas Bernhard — surgem do nada para interpelar os personagens que contracenam com os amantes, como é o caso de Ernani (o pastor evangélico), Dona Jane (a proprietária da pensão local), Chang (o comerciante pedófilo), Seu Altino (o careca assombrado pelo amor platônico), Viktor Laurence (o refinado e misterioso dândi) e outros. Chama a atenção, no meio dessa balbúrdia, o menino humilde, tímido e sem nome que acompanha quase tudo, como se desempenhasse na cidade papel semelhante ao de Zacarias na casa que abriga os apaixonados, para completar com sua presença delicada o improvável arabesco sensível e social que se desenha diante de nós.

O pano de fundo, que não raro invade a cena principal da narrativa sem pedir licença, é nada menos que uma *guerra*. Não estranha que este seja um significante muitas vezes repetido nessas páginas, o qual só disputa a frequência com a palavra *ouro* — esta, cobiçadíssima matéria, sempre afirmada no singular enquanto aquela, multiplicada pelo conflito sem fim, se acomoda melhor ao plural. O lugar exala a situação crítica da região amazônica nas últimas décadas do século XX quando, devastada pela atividade ilegal do agronegócio e pela grilagem assassina das terras indígenas, avança de mal a pior para acentuar a atmosfera de ameaça que cresce a passos largos por todo canto. Não é por outra razão que um dos narradores conclui, categórico, que "naquela cidade, assim como muitas outras da região, a paisagem humana gangrenava de forma irremediável".

No centro desse quadro desolador encontram-se os "personagens do faroeste encenado naquele lugar" em que se podia até mesmo "farejar a pólvora no ar". Terra sem lei, a reiterar o "clima de guerra, de acerto de contas" que resulta do enfrentamento sem trégua entre a mineradora e os garimpeiros, ela é objeto de diversos instantâneos verbais por parte de Cauby:

> Era comum trombar com desconhecidos andando a esmo pelo centro, que não faziam nenhuma questão de ocultar que portavam armas. Um estouro de escapamento na rua, e vários deles se viravam na hora e levavam a mão à cintura. Seria até divertido de ver, caso você não estivesse preocupado em correr para buscar um abrigo. A lua estava fora de curso. O vento da peste soprava com força. Uma prostituta esfaqueara um cliente no Grelo de Ouro. Um lote de bananas de dinamite havia desaparecido do paiol da mineradora. Cartazes nos postes pediam informação de gente sumida, crianças inclusive. Até os animais pareciam inquietos: havia um surto de raiva na região, vira-latas suspeitos eram perseguidos e mortos a pauladas e incinerados. [...] E existia ainda o boato de que uma grande matança estava para começar.

Difícil imaginar que no coração desse centro absolutamente desolador esteja um casal de apaixonados a nos interpelar o tempo todo com a questão capital que pulsa em *Eu receberia as piores notícias de seus lindos lábios*: como é possível uma paixão sobreviver em cenário tão adverso aos transportes do amor? Acaso o par teria alguma chance, por menor que fosse, de resistir a um ambiente tão pouco propício aos arrebatamentos do coração?

O maior mérito deste romance está, sem dúvida, na qualidade das respostas que oferece a tais indagações. Sem se render aos arremedos contemporâneos que lançam mão de fórmulas obsoletas para pregar a "vitória do amor" a qualquer custo, nem tampouco se dobrar por completo às ladainhas sociológicas que reduzem todo e qualquer tipo de ficção a "retrato do país", o autor opta por trilhar um caminho sinuoso e oblíquo, na firme convicção de que as matérias obscuras nem sempre se prestam aos esclarecimentos demasiadamente rematados.

Concorre para isso a presença de outro personagem marcante dentro do livro que, igualmente incontornável, nada fica a dever em importância ao velho Zacarias. A exemplo deste, trata-se de uma criatura que assume um papel de porte na urdidura da trama, embora o faça se valendo sobretudo daquilo que o tatu prescinde por completo, ou seja, do verbo. De fato, se o professor Benjamim Schianberg se destaca como figura determinante da história, isso ocorre justamente por conta de sua habilidade com as palavras, uma vez que ele é, antes de tudo, uma referência livresca.

Suposto autor do livro *O que vemos no mundo: Um tratado sobre o amor humano*, supostamente publicado por "Lebrão Editores, Porto, 1991", o nome de Schianberg comparece reiteradamente no romance por conta das numerosas citações que Cauby faz de sua obra, sempre no intento de compreender a imponderável força de atração que o une a Lavínia. Seu tema de eleição, como era de esperar, é o desejo: "Queremos o que não podemos ter, diz o professor Schianberg, o mais obscuro dos filósofos do amor. É normal, saudável. O que diferencia uma pessoa de outra, ele acrescenta, é *quanto* cada um quer o que não pode ter. Nossa ração de poeira das estrelas".

Remetendo por vezes a importantes filósofos ocidentais, como é o caso de Nietzsche, a citada bibliografia do desconhecido pensador evoca tópicas cruciais do sentimento amoroso, como a loucura ("Há sempre um pouco de loucura no amor, mas há sempre um pouco de razão na loucura"), a memória ("A grande desgraça é que as lembranças não bastam para confortar os amantes. Nunca aplacam"), as intuições ("temos sensores internos, animais, que nos avisam em certas ocasiões. As especiais") ou as incertezas ("No reino amoroso, o professor Schianberg ensina, o 'talvez' é moeda sem nenhum valor"), para ficar em poucos exemplos. Entre essas, ganham relevo as notas sobre a tendência que têm os amantes de "se tomarem por invisíveis" ("Apaixonados, ele diz, pensam que estão sempre a sós com o mundo"), às quais

Cauby devota particular interesse, como se nelas reconhecesse traços essenciais de sua vida com Lavínia:

> Muitas vezes, entre os amantes, em adição às afinidades do corpo, surge uma sintonia mental, intelectual, que ao propiciar jogos, provocações e brincadeiras privados acentua ainda mais o caráter de cumplicidade na relação. Casais costumam estabelecer espaços particulares de comunicação, inacessíveis ao restante da manada humana ao redor. Intimidade psíquica. *Wit.*

De fato, tal é a disposição que norteia os lúbricos e lânguidos encontros dos protagonistas de *Eu receberia as piores notícias de seus lindos lábios*, embora seja esta também o principal alvo das ameaças que eles enfrentam num contexto muito mais afeito ao ódio do que ao amor. Tudo aqui é ambíguo, instável e fugidio, a começar pelas lições do filósofo que parece dominar a matéria dos afetos até abarcar os conhecimentos do sujeitinho casca-grossa que esconde o muito que sabe debaixo da carapaça. Aliás, o romance elege exatamente esse espaço — que se estende entre a consciência de Schianberg e a ciência de Zacarias — para examinar a fundo o misterioso intervalo entre o dito, o não dito e o interdito que não raro se inscreve no horizonte das relações amorosas.

Talvez seja mesmo desse intervalo que se alimentam as grandes paixões, tal como acontece na bela história de amor contada por Marçal Aquino que, a exemplo da saga de seus personagens, também resiste a tempos sombrios — e, por certo, sobrevive com vigor à passagem do tempo.

ELIANE ROBERT MORAES é crítica literária, professora de literatura brasileira na USP e pesquisadora do CNPq. Organizou várias antologias da erótica literária brasileira e publicou diversos livros de ensaio, sendo o mais recente *A parte maldita brasileira: Literatura. Excesso. Erotismo*, editado no Brasil e em Portugal.

O título só não pode ser maior que o livro

Marçal Aquino

Sei a data com exatidão. O local. A circunstância. Tenho tudo isso registrado num dos meus cadernos da época.

Numa madrugada do inverno de 2000, eu saía do Barnaldo Lucrécia, um bar que existia no bairro do Paraíso, em São Paulo, quando me ocorreu: *Eu receberia as piores notícias dos seus lindos lábios*. Estava em companhia do escritor Luiz Roberto Guedes, outro assíduo do local, um dos ouvidos mais refinados da literatura brasileira. Comentei que iria escrever um romance com esse título, e ouvi dele o primeiro dos muitos rechaços que a ideia iria enfrentar:

"Parece um verso de um bolero ruim."

Sempre me fascinaram os títulos extensos, o que também vale para filmes e peças teatrais. A primeira coisa que publiquei, na metade da década de 1980, um "tira-gosto poético" em tempos de literatura alternativa, chamava-se *A depilação da noiva no dia do casamento*.

Acho que, em alguns casos, o nome do livro acaba por funcionar até como seu real primeiro parágrafo, aquilo que vai agarrar o leitor pelo colarinho. Não que eu não reconheça o poder da síntese, a força do conciso. Respeito muito a potência da precisão. Mas é comum me render a obras a partir de seus títulos caudalosos.

Como resistir a *Gostaríamos de informá-lo de que amanhã seremos mortos com nossas famílias*, que é como o jornalista norte-americano Philip Gourevitch batizou o doloroso relato que fez do genocídio dos tutsis, que exterminou 10% da população de Ruanda, entre abril e julho de 1994?

Penso ainda no García Márquez de *A incrível e triste história da Cândida Erêndira e sua avó desalmada*, que, numa tacada brilhante, além de enunciar seu enredo, posiciona de imediato o ânimo do leitor em relação às personagens da narrativa. Gabo, por sinal, era um apreciador de títulos longos: cito *Um senhor muito velho com umas asas enormes* e *A aventura de Miguel Littín clandestino no Chile*, para ficar em apenas dois exemplos.

O velho Bukowski, também adepto da causa, deu contribuições expressivas, como *O capitão saiu para o almoço e os marinheiros tomaram conta do navio*. E é sempre bom lembrar que um livro tutelar, chamado em geral apenas de *Quixote*, tinha um título um pouco mais extenso em sua primeira edição, de 1605: *O engenhoso fidalgo Dom Quixote de La Mancha*.

O fato é que, dois anos depois daquela madrugada no bar, logo que comecei a escrever sobre o encontro entre um fotógrafo desencantado e uma mulher incandescente, à beira de um garimpo conflagrado no Norte do Brasil, me lembrei do título. Me pareceu perfeito para contar essa história. Tanto que nem por um segundo dos três anos que levei até concluir o manuscrito considerei dar-lhe outro nome.

Eu só não contava com tantas objeções.

Bastava mencionar o título (tendo sempre de repeti-lo uma, duas vezes) para ouvir do interlocutor questões do tipo "Como é que os leitores vão lembrar na hora de comprar?". Não agradava a ninguém. E só não dá para falar em unanimidade porque havia uma luxuosa exceção: o cineasta Beto Brant, para quem li a íntegra do romance enquanto o escrevia e que, mais tarde, dirigiu sua adaptação cinematográfica. Beto sempre foi um fã incondicional do título e do livro.

Mas a verdade é que a rejeição era tão sistemática que, a partir de um certo momento, adotei a estratégia de omitir o nome quando falava da obra em progresso nas entrevistas ou eventos e conversas. Mentia dizendo que tinha apenas um "título de trabalho", provisório, que não valia a pena mencionar.

Essa situação perdurou até que fui convidado para a primeira edição da Feira Literária Internacional de Paraty, a Flip, em agosto de 2003. Foi lá que tudo começou a mudar. Radicalmente.

No camarim, um pouco antes da mesa que dividi com minha amiga Patrícia Melo, o jornalista Flávio Pinheiro, que faria a mediação, me perguntou sobre o nome do romance — a Flip havia distribuído ao público presente um capítulo impresso do livro, então ainda em andamento, sem essa informação. Falei do meu incômodo com a rejeição. Flávio adorou a história, e gostou ainda mais do título. Pediu que eu repetisse e ouviu, me pareceu, como se o degustasse.

Minutos mais tarde, diante da plateia, ele fez uma provocação com o assunto, dizendo que o romance do qual eu iria ler um capítulo tinha um título magnífico, mas eu não pretendia revelá-lo. A reação do público foi previsível: com palmas e em coro, exigiram que eu falasse. Obviamente, cedi, com a ressalva de que ninguém aceitaria publicar um livro com aquele nome. Sentado na primeira fila, o editor Luiz Schwarcz levantou a mão e disse:

"Eu publico."

Foi curioso como, a partir desse dia, a recepção do título passou por uma drástica transformação. Mais que curioso — foi espantoso. Lá mesmo, em Paraty, deu tempo de comprovar isso:

em conversas aquecidas por doses de Maria Izabel ou Corisco, duas aguardentes locais, gente que havia assistido à mesa falava do título com o entusiasmo de quem menciona um poema. Um bom poema.

Quando o romance foi publicado, em outubro de 2005, essa percepção se consolidou. Inúmeros leitores comentaram comigo terem sido atraídos pelo nome do livro. A revista *Playboy* o elegeu "o título mais sexy do ano". Uma leitora tatuou a frase no corpo. Numa reunião em busca de recursos para a adaptação cinematográfica, o executivo de um grande estúdio nos avisou que sairia do projeto, caso o filme tivesse um nome diferente.

Porém houve ao menos uma exceção. Uma exceção de peso.

Um pouco antes do lançamento do livro, enquanto eu trabalhava na revisão final do texto, recebi um telefonema de Rubem Fonseca, autor fundamental na minha formação como leitor e escritor. Zé Rubem, como a gente o chamava na intimidade, me contou que havia lido os originais, e gostado. Tinha uma única ressalva: o título. Embora houvesse publicado obras como *E do meio do mundo prostituto só amores guardei ao meu charuto* e *Vastas emoções e pensamentos imperfeitos*, ele achava o meu título "longo demais". E defendia que só existia um nome possível para o romance:

"Lavínia."

Ousei discordar. E lembrei a verdadeira epopeia que cercava aquele título. De nada adiantou: o grande mestre não deu o braço a torcer. E acho que essa foi a única ocasião em que estivemos em desacordo em relação a algum assunto literário.

Um P.S.: no ano seguinte, ele publicou a coletânea de contos *Ela e outras mulheres*, na qual todas as narrativas são batizadas com nomes femininos. Uma delas se chama *Lavínia*.

1ª EDIÇÃO [2005] 24 reimpressões
2ª EDIÇÃO [2025]

ESTA OBRA FOI COMPOSTA POR CATHARINE RODRIGUES EM ELECTRA E IMPRESSA EM OFSETE PELA LIS GRÁFICA SOBRE PAPEL PÓLEN NATURAL DA SUZANO S.A. PARA A EDITORA SCHWARCZ EM SETEMBRO DE 2025

FSC
www.fsc.org
MISTO
Papel | Apoiando o manejo florestal responsável
FSC® C112738

A marca FSC® é a garantia de que a madeira utilizada na fabricação do papel deste livro provém de florestas que foram gerenciadas de maneira ambientalmente correta, socialmente justa e economicamente viável, além de outras fontes de origem controlada.